LA (PIRE) FÊTE DE L'ANNÉE

DU MÊME AUTEUR

Sophie Kinsella :

Confessions d'une accro du shopping, Belfond, 2002 ; rééd., 2004 ; Pocket, 2004
Becky à Manhattan, Belfond, 2003 ; Pocket, 2005
L'accro du shopping dit oui, Belfond, 2004 ; Pocket, 2006
Les Petits Secrets d'Emma, Belfond, 2005 ; Pocket, 2008
L'accro du shopping a une sœur, Belfond, 2006 ; Pocket, 2007
Samantha, bonne à rien faire, Belfond, 2007 ; Pocket, 2010
L'accro du shopping attend un bébé, Belfond, 2008 ; Pocket, 2009
Confessions d'une accro du shopping suivi de *Becky à Manhattan*, Belfond, 2009
Lexi Smart a la mémoire qui flanche, Belfond, 2009 ; Pocket, 2011
Très chère Sadie, Belfond, 2010 ; Pocket, 2013
Mini-Accro du shopping, Belfond, 2011 ; Pocket, 2012
Poppy Wyatt est un sacré numéro, Belfond, 2013 ; Pocket, 2014
Nuit de noces à Ikonos, Belfond, 2014 ; Pocket, 2015
L'Accro du shopping à Hollywood, Belfond, 2015
L'Accro du shopping à la rescousse, Belfond, 2016
Audrey retrouvée, Pocket jeunesse, 2016
Ma vie (pas si) parfaite, Belfond, 2017 ; Pocket, 2018
Surprends-moi !, Belfond, 2019 ; Pocket, 2020
L'accro du shopping fête Noël, Belfond, 2020 ; Pocket, 2021
À charge de revanche !, Belfond, 2020 ; Pocket, 2021
La Vie rêvée d'Ava, Belfond, 2022 ; Pocket, 2023

Madeleine Wickham *alias* Sophie Kinsella :

Un week-end entre amis, Belfond, 1995 ; rééd., 2007 ; Pocket, 2009
Une maison de rêve, Belfond, 1999 ; rééd., 2007 ; Pocket, 2010
La Madone des enterrements, Belfond, 2000 ; rééd., 2008 ; Pocket, 2010
Drôle de mariage, Belfond, 2001 ; rééd., 2008 ; Pocket, 2011
Des vacances inoubliables, Belfond, 2002 ; rééd., 2009
Cocktail Club, Belfond, 2012 ; Pocket, 2013
Un dimanche au bord de la piscine, Belfond, 2013 ; Pocket, 2015
Maman est une fée, vol. 1 : *Une baguette très magique*, Pocket Jeunesse, 2019
Maman est une fée, vol. 2 : *Un anniversaire féerique*, Pocket Jeunesse, 2019
Maman est une fée, vol. 3 : *Une licorne de rêve*, Pocket Jeunesse, 2020
Maman est une fée, vol. 4 : *Une sirène enchantée*, Pocket Jeunesse, 2020

SOPHIE KINSELLA

LA (PIRE) FÊTE DE L'ANNÉE

Traduit de l'anglais (Royaume-Uni)
par Daphné Bernard

belfond

Titre original :
THE PARTY CRASHER
publié par Bantam Press, une marque de Transworld Publishers, Londres

Ce livre est une œuvre de fiction et, à l'exception des faits historiques, toute ressemblance avec des personnes réelles, vivantes ou mortes, est une coïncidence.

Retrouvez-nous sur www.belfond.fr
ou www.facebook.com/belfond

Éditions Belfond,
92, avenue de France, 75013 Paris.
Pour le Canada,
Interforum Canada, Inc.,
1055, bd René-Lévesque-Est,
Bureau 1100,
Montréal, Québec, H2L 4S5.

ISBN 978-2-7144-9848-9
Dépôt légal : juin 2023

Belfond | un département **place des éditeurs**

place
des
éditeurs

À la mémoire de Sharon Propson

1

Je sais que je peux y arriver. Je le *sais*. Même si on me dit le contraire. C'est seulement une question de persévérance.

— Effie, je t'ai déjà prévenue : cet ange ne tiendra jamais, s'exclame ma grande sœur Bean, qui se pointe, un verre de vin chaud à la main.

— Mais si, tu vas voir !

Sans faire attention aux épines qui me piquent la main, j'essaye d'arrimer notre décoration préférée avec de la ficelle.

— Laisse tomber ! Il est trop lourd !

— Pas question ! Cet ange argenté a toujours trôné au sommet de notre arbre de Noël.

— Mais ce sapin est deux fois moins grand que ceux des autres années. Tu n'as pas vu ? Il est tout maigrichon.

Comment ne pas remarquer sa petite taille ? Je jette un bref coup d'œil à notre arbre installé comme d'habitude dans une alcôve de l'entrée. Généralement, il est immense et très fourni, alors que celui-là a l'air chétif. Qu'importe ! Dans l'immédiat, j'ai d'autres soucis.

— Ça va le faire !

Un dernier nœud, et je me recule pour juger de l'effet. Immédiatement, la branche du haut s'effondre, l'ange bascule pieds par-dessus tête et sa robe se retourne en révélant sa culotte. Super !

— Vision hyper festive, commente Bean en ricanant. On devrait écrire « Joyeux Noël » sur son caleçon !

— Très drôle !

Je détache l'ange.

— Et si je consolidais la branche avec une baguette de bois ?

Ma sœur est partagée entre le rire et l'agacement.

— Mets autre chose au lieu de t'acharner. Effie, pourquoi es-tu aussi butée ?

— Je ne suis pas butée, je suis persévérante.

— Tu as raison, Effie, lance papa qui arrive les bras chargés de guirlandes lumineuses. « Choisis ton combat. Et n'abandonne jamais », telle est notre devise.

Il a le teint rose, ses yeux brillent. Je lui souris affectueusement. Lui, il comprend. Je ne connais personne d'aussi tenace que mon père. Il a été élevé par une mère célibataire dans un minuscule appartement de Layton-on-Sea. Enfance pas facile. Mais il s'est accroché : il est allé à l'université, puis il a intégré une société d'investissement. Il est maintenant retraité, à l'aise. Tout va bien pour lui. On n'atteint pas cet objectif en abandonnant au premier obstacle.

OK, son acharnement le conduit parfois à un entêtement irrationnel. Un exemple : lors d'une course de dix kilomètres organisée pour une œuvre de charité, il s'est froissé un muscle au mollet mais a néanmoins continué en boitant. Mais, comme il l'a déclaré après coup, il avait « fait le job », il avait récolté de l'argent et n'en était pas mort. « Tu n'en mourras pas ! » Cette phrase de papa a bercé notre enfance. Une expression parfois encourageante, parfois réconfortante, et parfois tout à fait mal venue. (Parfois on n'a pas envie d'entendre qu'on n'en mourra pas. On préfère examiner son écorchure au genou et se plaindre pendant qu'on se fait consoler.)

Manifestement, papa a goûté le vin chaud avant mon arrivée. Pourquoi pas, après tout ? C'est bientôt Noël, c'est son anniversaire et c'est le jour où nous décorons le sapin, comme le veut la tradition chez nous Et, bien que désormais adultes, nous revenons chaque année dans ce but à Greenoaks, notre maison familiale du Sussex.

Dès que papa a filé dans la cuisine, je murmure à l'oreille de Bean :

— Pourquoi Mimi a-t-elle choisi un si petit arbre ?

— Aucune idée. Peut-être pour une question pratique, parce que nous ne sommes plus des enfants.

— Ouais, je réponds, pas très convaincue.

Notre belle-mère, Mimi, a toujours des idées originales et artistiques. Pour elle, plus l'arbre est grand et chargé, plus il est beau. Pourquoi se montrer pragmatique tout d'un coup ? L'an prochain, j'irai acheter le sapin avec elle. Et je lui rappellerai, avec tact, que notre arbre a depuis toujours des proportions généreuses et qu'il n'y a aucune raison que ça change, même si Bean a trente-trois ans, Gus, trente et un et moi vingt-six.

— Pas trop tôt ! s'exclame Bean.

— Quoi ?

— Gus vient d'envoyer la vidéo. Apparemment, il est content de son montage.

Il y a environ un mois, notre père a décrété qu'il ne voulait pas de cadeau. Comme si on allait en tenir compte ! D'un autre côté, comme il croule sous les pulls, les boutons de manchette et autres accessoires du même genre, nous avons décidé d'être créatifs. Bean et Gus ont réalisé une vidéo, Gus l'a finalisée. Quant à moi, je lui réserve une surprise de mon cru.

— J'imagine que Gus a été très occupé par *Romilly*, je lance avec un clin d'œil que Bean me renvoie en rigolant.

Notre frère a une nouvelle copine. Nous ne sommes pas surprises. Non, pas du tout surprises. Mais… Bon, Gus c'est Gus. Distrait. Vague. Séduisant dans son genre, très attachant et excellent informaticien. Cela dit, il n'entre pas dans la catégorie des mâles dominants, alors que la dénommée Romilly est une boule d'énergie, à la coiffure impeccable et aux robes sans manches d'un chic absolu (oui, j'ai consulté son profil en ligne).

— On monte ? Je veux jeter un coup d'œil à cette vidéo, dit Bean.

Dans l'escalier, elle ajoute :

— Tu as déjà emballé ton cadeau pour papa ?

— Pas encore.

— Au cas où, j'ai apporté du papier et du ruban. Et j'ai commandé un panier gourmand pour tante Ginny. Je te dirai ce que tu me dois.

— Bean, tu es géniale !

Elle l'est vraiment, ma sœur chérie ! Toujours organisée, efficace, pleine d'attentions.

— Autre chose, ajoute Bean en fouillant dans son sac alors que nous atteignons le palier. Tiens ! Ils avaient une offre spéciale.

Quand elle me tend un spray de vitamine D, je me mords les lèvres pour ne pas rire. Bean est accro aux produits naturels et à l'homéopathie. L'année dernière, elle m'a offert des gélules d'huile de foie de morue. L'année précédente, c'était de la poudre de thé vert.

— Pas besoin de m'acheter des vitamines. Mais merci quand même !

Nous entrons dans sa chambre que j'inspecte avec tendresse. D'aussi loin que je me souvienne, elle est restée en l'état avec son mobilier en bois, ses lits jumeaux, sa commode, son armoire et sa coiffeuse, tous ces éléments peints en blanc et ornés de personnages de *Pierre Lapin*. Pendant notre enfance, Bean n'a jamais pu se résoudre à s'en séparer malgré des envies de déco plus cool. Pour moi, Pierre Lapin est tellement associé à ma sœur que, chaque fois que j'en vois un, je pense à elle.

— Tu as invité Dominic ? demande-t-elle en ouvrant son iPad.

Entendre ce nom me fait un truc.

— Non, c'est un peu trop tôt pour une réunion de famille. On ne sort pas ensemble depuis assez longtemps.

— Ça se passe bien ?

— Très bien, même !

— Tant mieux ! Voilà…

Elle installe l'iPad sur la coiffeuse. Première image avec pour titre : *Le seul et l'unique Tony Talbot.* Une photo suit : papa à onze ans dans le journal de Layton-on-Sea à l'occasion de son prix en mathématiques. Viennent après une photo prise à la cérémonie de remise de ses diplômes et une autre avec Alison, notre mère, lors de leur mariage.

Comme chaque fois que je regarde une photo d'elle, je fixe son joli visage aux grands yeux avec un curieux sentiment de détachement, alors que je souhaiterais établir une relation plus profonde. Je n'avais que huit mois quand elle est morte et trois ans quand papa a épousé Mimi. C'est Mimi qui me chantait des chansons quand j'étais malade, qui confectionnait des gâteaux dans la cuisine, qui a toujours été présente. Je considère Mimi comme ma mère. Pour Bean et Gus, c'est différent : ils ont encore quelques souvenirs flous d'Alison. Mon lien avec elle tient surtout à une ressemblance physique – une ressemblance frappante, je dois dire. En fait, avec nos visages larges, nos pommettes apparentes et nos yeux écartés, nous avons tous les trois pris beaucoup d'elle. J'affiche en toute occasion une expression étonnée et les grands yeux bleus de Bean semblent en permanence poser des questions. Gus, quant à lui, a un air absent comme s'il était perdu dans ses pensées (ce qui lui arrive souvent).

Des vieux films apparaissent sur l'écran. Je me penche pour mieux voir. Papa tient Bean bébé dans ses bras… Un pique-nique en famille… Papa qui construit un château de sable pour Gus. Arrive ensuite une séquence que je connais : papa qui s'avance vers les portes de Greenoaks et les ouvre d'une manière théâtrale le jour où ces lieux sont devenus les nôtres. Il dit souvent qu'acheter une maison comme celle-là a été un des moments les plus importants de sa vie. « Pas mal pour un garçon de Layton-on-Sea ! » se félicite-t-il.

Parce que Greenoaks n'est pas seulement une maison ancienne. Elle est incroyable. Elle a du caractère. Et une tourelle. Et des vitraux. Les visiteurs la qualifient d'excentrique ou d'originale. Ou alors ils se contentent d'un « Oh là là ! » sonore.

Bon, d'accord, il doit y avoir quelques personnes, disons malavisées, qui la trouvent laide. Des gens aveugles qui ont tout faux. La première fois que, dans la boutique du village, j'ai entendu une femme bizarre dire que notre Greenoaks était monstrueuse, j'ai éprouvé un choc violent. Mon cœur de petite fille de onze ans brûlait de colère. Je n'avais encore jamais été confrontée au snobisme architectural. J'adorais tout dans notre maison, chacun des détails dont cette méchante inconnue se moquait. De « l'affreuse maçonnerie en briques » – tout sauf affreuse – au remblai. Ce remblai est une butte un peu escarpée sur un côté du bâtiment. La même femme en rigolait. Moi j'avais envie de crier : « C'est l'endroit idéal pour les feux de camp ! »

Je me suis dirigée vers la porte du magasin, jetant un regard rancunier à Mrs McAdam, la propriétaire de la boutique. Pour être honnête, elle avait l'air choquée.

— Tu voulais quelque chose, ma p'tite Effie ? a-t-elle demandé.

Je ne me suis pas retournée. Et je ne sais toujours pas qui était cette odieuse personne.

Depuis, je suis très attentive aux réactions des gens. Je les vois se reculer pour avoir une vue d'ensemble, avaler leur salive et se creuser la tête afin de trouver un commentaire positif. Je ne dirais pas que c'est une façon de tester leur personnalité – et pourtant ça l'est. Ceux qui se montrent avares de compliments sur Greenoaks sont à mes yeux nuls, snobs, indignes.

— Effie, regarde, c'est toi, s'exclame Bean.

Sur l'écran, une toute petite fille chancelle sur une pelouse, agrippée à la main d'une Bean de huit ans.

— Ça ne fait rien, Effie, m'encourage-t-elle quand je chute. Essaye encore.

Mimi a toujours dit que Bean m'avait appris à marcher. À faire du vélo. À tresser mes cheveux.

Je remarque que la vidéo fait l'impasse sur l'année de la mort d'Alison. Elle ne montre que les moments heureux. Normal. Papa n'a pas besoin qu'on lui remette en mémoire la période sombre de sa vie. Il a maintenant trouvé le bonheur avec Mimi.

La sonnette retentit. Bean l'ignore mais je réagis. J'attends la livraison du cadeau destiné à Mimi pour aujourd'hui. Il ne faut pas qu'elle l'ouvre par erreur.

Je mets sur « Pause ».

— Bean, tu viens avec moi à la grille ? Je crois que la table à couture pour Mimi est arrivée. Je veux la faire entrer discrètement. C'est assez volumineux.

— Bien sûr, fait Bean en éteignant l'iPad. Qu'est-ce que tu penses de la vidéo ?

— Formidable. Papa va l'adorer.

En dévalant les marches, nous tombons sur Mimi qui décore la rampe de verdure. Derrière le sourire qu'elle nous adresse, son expression est tendue. Elle a peut-être besoin de vacances.

— Je vais à la grille. C'est probablement un livreur.

— Merci, mon Effie, dit Mimi avec son accent irlandais que nous aimons tant.

Elle porte une robe imprimée de motifs indiens, ses cheveux sont retenus par une pince en bois décorée à la main. Elle attache habilement la guirlande avec un ruban de velours rouge. Inutile de dire que tout reste en place. Évidemment.

Bean et moi empruntons l'allée de gravier qui mène à la grille. On sent l'hiver dans cette fin d'après-midi sombre. Une camionnette blanche est garée dehors. Un type au crâne rasé tient un carton.

— Ce n'est pas ça ! Trop petit, je remarque.

— Un paquet pour le Vieux Presbytère, lance le livreur quand nous ouvrons la petite porte pour les piétons. Il n'y a personne. Vous le réceptionnez ?

— Oui, fait Bean.

Alors qu'elle est sur le point de signer le reçu, je l'arrête.

— Attends ! Ne signe pas ! J'ai signé un jour pour un paquet destiné à mes voisins. Le vase qu'il contenait était cassé. Comme j'avais signé, ils n'ont pas pu se faire rembourser et ils m'en ont voulu. Vérifie d'abord !

— Je vous assure qu'y a pas de lézard, rétorque le type.

Il m'énerve, celui-là.

— Ça, vous n'en savez rien, je rétorque.

J'ouvre le paquet et lis la facture.

— « Sculpture de yoga. Montage inclus. » Vous voyez ? Le montage est compris.

— Je monte rien du tout ! renifle furieusement le type.

— Vous devez le faire. C'est écrit noir sur blanc. « Montage inclus. »

— Ouais et alors ?

— Alors, soit vous montez la pièce, soit on ne signe rien.

Tout en grattant son crâne chauve, le livreur me lance un regard mauvais.

— On vous a déjà dit que vous êtiez têtue de chez têtue ?

— Oui, tout le monde me le dit, je rétorque en croisant les bras.

— C'est vrai, intervient Bean en riant. Vous feriez mieux de vous y mettre. Au fait, Effie, c'est quoi une sculpture de yoga ?

Je hausse les épaules.

— Je vais chercher mes outils, grogne le type. Mais c'est n'importe quoi.

Cette fois nous avons droit toutes les deux à son regard furibard.

— Non, c'est être honnête, je réplique.

Une minute plus tard, il arrive avec son matériel. Nous l'observons avec curiosité alors qu'il visse des pièces de métal… Qu'est-ce que c'est exactement ? Une figure humaine… oui, de deux personnes, un homme et une femme imbriqués l'un dans l'autre… Ils font quoi ?

Minute !

Oh my God ! Mon estomac fait un bond. Bean est paralysée. Une « sculpture de yoga » serait-elle en fait une sculpture de sexe ?

Il semblerait que oui.

Franchement, quel choc. Nos voisins, Andrew et Jane Martin, portent des vestes matelassées assorties. Ils exposent leurs dahlias à la fête du village. Comment ont-ils pu commander ce truc porno ?

— La main du gars, je la fixe sur le nichon de la nana ou sur sa fesse ? demande le type.

— Euh… je ne sais pas.

— Je rêve ! s'exclame Bean quand le livreur sort du carton ce qui ressemble fort à un attribut masculin. Attendez une seconde, s'il vous plaît !

Elle se tourne vers moi avant de reprendre :

— Effie, nous ne pouvons pas remettre cette chose aux Martin. Je ne pourrais jamais plus les regarder en face.

— Moi non plus.

— On n'a jamais vu cette sculpture. D'accord, Effie ? Jamais.

— D'accord. Hum, excusez-moi, monsieur. Changement de programme. Pouvez-vous tout démonter et remettre les différents éléments dans le carton ?

— Vous vous foutez de moi ?

— Désolée, vraiment. Nous ne savions pas de quoi il s'agissait.

— Merci de votre obligeance, fait Bean. Et joyeux Noël !

Elle extrait de la poche de son jean un billet de dix livres tout froissé qui paraît amadouer un peu le type.

— Décidez-vous une fois pour toutes, merde !

Il se met à dévisser. Et, jetant un regard désapprobateur à la femme de la sculpture, il poursuit :

— À mon avis, elle va avoir des problèmes aux articulations dans cette position. Elle ferait mieux de s'agenouiller sur un coussin.

Je jette un coup d'œil à Bean.

— Bonne idée, je dis.

— On n'est jamais trop prudent, commente ma sœur qui peine à refréner un fou rire.

Il fourre le dernier élément de métal dans la boîte, tandis que Bean signe sur l'écran électronique. Après quoi, le livreur retourne dans sa camionnette et nous explosons en chœur.

— Problèmes de genoux ! éclate Bean.

— Sacré Martin ! je crie, proche de l'hystérie. Comment leur adresser la parole après ça ?

Quand la camionnette s'en va, nous rions comme des folles.

— Je vais remettre de l'adhésif sur le couvercle. Ils ne sauront pas que le paquet a été ouvert, précise Bean.

Au moment où elle se penche pour récupérer le carton, une silhouette apparaît à dix mètres de nous, sur le chemin qui mène au village. Une silhouette que je reconnaîtrais entre mille : cheveux sombres, menton volontaire, grandes enjambées. Joe Murran. À son approche, je cesse instantanément de rire. Comme si l'incident de la sculpture ne s'était pas produit.

— Problème, Effie ? demande Bean. Oh ! Oh ! Je vois !

Mon cœur se serre. J'étouffe. Allez, Effie, ne sois pas ridicule. Respire. Tu es capable de croiser ton ex sans défaillir sur-le-champ.

— Tu vas bien ? murmure Bean.

— Mais oui, t'inquiète !

— Très bien ! Bon, eh bien je vous laisse… bavarder. Je rapporte le carton.

Elle se hâte vers la maison tandis que je me recule d'un pas, sur l'allée de gravier, en territoire rassurant. J'ai besoin de la protection de la maison, de Greenoaks, de l'amour de ma famille.

— Salut ! Comment vas-tu ? lance Joe.

Son regard est impénétrable.

— Très bien, je réponds, désinvolte. Et toi ?

— Très bien.

Il observe mon cou. Instinctivement, je touche mon collier de perles. Tu es nulle, Effie ! Au lieu de réagir, tu aurais dû rester de marbre. Genre : *Quoi ? Désolée, je ne me souviens pas. Ai-je porté un jour autour du cou un collier qui signifiait quelque chose pour toi et moi ?*

— Joli collier, fait-il.

— Bean me l'a offert. Un cadeau cher à mon cœur. Je l'aime énormément. D'ailleurs je ne l'enlève jamais.

Trop d'explications, d'accord. Mais, vu l'expression de Joe, je me suis fait comprendre.

— Ça va, le boulot ? poursuit-il avec une politesse forcée.

— Oui, merci, je réponds sur le même ton. J'ai changé de département. Maintenant, la plupart du temps, j'organise des campagnes marketing.

— Bien !

— Et toi ? Tu te diriges toujours vers la chirurgie cardiaque ?

Je fais exprès de rester vague. Comme si j'ignorais à quel stade de ses études il en était. Comme si je n'étais jamais restée assise avec lui jusqu'à 2 heures du matin pendant qu'il révisait.

— C'est le but, oui.

— Bien !

Silence. Joe fronce les sourcils avec la mine sérieuse qui lui est habituelle.

— Et… ? Tu es avec quelqu'un ?

Ses mots me font l'effet du sel sur une écorchure. Qu'est-ce qui lui prend ? En quoi ça l'intéresse ? *Tu n'as pas à me poser des questions sur ma vie sentimentale, Joe Murran.* Voilà ce que j'aimerais lui lancer. Mais ça serait me trahir. Et puis j'ai quelque chose pour lui.

— Oui, je suis avec quelqu'un, je dis en prenant un air rêveur. Il est formidable. Vraiment formidable. Beau, gentil, bon dans son métier et… on peut compter sur lui.

— Ce n'est pas Humph ?

Pointe d'agacement. Pourquoi parle-t-il de Humph ? Je suis sortie avec Humph Pelham-Taylor pendant trois semaines pour me venger de Joe. Oui, c'était mesquin. Oui, je le regrette. Pense-t-il vraiment que ça aurait pu durer entre Humph et moi ?

— Non, je te rassure : ce n'est pas Humph. Il s'appelle Dominic, il est ingénieur. On s'est rencontrés en ligne et ça roule entre nous. On s'entend à merveille. Tu sais, quand tout est une évidence…

Longue pause. Puis :

— C'est… Je suis content pour toi.

À vrai dire, il n'a pas l'air content. En fait, il semble affligé. Mais ce n'est pas mon problème. D'ailleurs, il n'est sans doute pas du tout affligé. Je croyais bien connaître Joe Murran mais je me trompais.

— Et toi, tu vois quelqu'un ?

— Non, personne. Je suis… Non.

Autre silence. Joe courbe les épaules et enfonce ses mains dans ses poches.

Cette conversation ne mène nulle part. Je respire l'air froid de l'hiver à pleins poumons. Une certaine tristesse m'envahit. Au cours de cette horrible nuit, deux ans et demi auparavant, je n'ai pas seulement perdu l'amour de ma vie. J'ai aussi perdu l'ami que j'avais depuis nos cinq ans. Joe a grandi ici. Sa mère est toujours la directrice de l'école du village. Nous étions camarades de jeu. Puis, à l'adolescence, nous avons flirté. Et nous sommes allés à la fac en même temps. À l'âge adulte, nous envisagions de faire notre vie ensemble.

Et maintenant ? À peine capables de se regarder dans les yeux.

— Bon, je te souhaite un joyeux Noël, dit-il au bout d'un instant.

— Pareil ! Joyeux Noël !

Je le regarde s'éloigner, puis je retourne vers la maison et trouve Bean devant la porte.

— Ça va, Effie ? s'inquiète-t-elle. Chaque fois que tu revois Joe, tu es toute… bizarre.

— Ça va. Allez, on rentre.

Je n'ai rien dit à Bean au sujet de cette fameuse nuit. Certaines choses sont trop difficiles J'essaye simplement de ne plus y penser – point final.

Il faut que je me focalise sur d'autres choses. Des choses agréables. La décoration du sapin. L'arrivée de Noël. Nos retrouvailles familiales à Greenoaks.

Me sentant déjà le cœur plus léger, je suis Bean à l'intérieur et ferme la porte. Chaque année, j'attends avec impatience ce jour. Pas question qu'on gâche mon plaisir. Surtout pas Joe Murran.

Une heure plus tard, je suis encore de meilleure humeur, sans doute grâce aux deux verres de vin chaud que j'ai bus. Le sapin est décoré. Je suis dans une torpeur délicieuse. Installés dans la cuisine, nous visionnons la vidéo de Gus et Bean. Blottie dans un vieux fauteuil en rotin, je me regarde, âgée de quatre ans et habillée d'une robe fleurie à smocks cousue par Mimi. C'est l'été. Assise sur un tapis, je joue sur la pelouse avec mes poupées russes que je montre une à une à mon père.

Papa paraît enchanté. Il me sourit et lève son verre de vin chaud à ma santé. Une de ses charmantes habitudes. Temi, ma meilleure amie, trouve qu'il aurait dû être acteur. Je vois ce qu'elle veut dire. Il a de l'allure et de la prestance. Les gens sont naturellement attirés par lui.

— Éphélant, tu étais trop mignonne quand tu étais petite, s'extasie Bean.

Quand ils ne m'appellent pas Effie, les membres de ma famille me surnomment Éphélant – c'était ma façon de prononcer « éléphant ». Heureusement personne n'utilise mon vrai prénom : Euphemia. Et personne n'appelle Bean, Beatrice, ou Gus, Augustus.

— Ouais, dommage que tu aies changé, rigole Gus.

— Ah ! Ah ! je réponds machinalement, les yeux fixés sur l'écran.

Je suis captivée par mes ravissantes poupées russes toutes neuves. Je les ai toujours : cinq matriochkas en bois peint qui s'imbriquent les unes dans les autres – joues rouges, regard souligné, sourire calme. Aujourd'hui, elles sont un peu abîmées et marquées de traits de feutre. Qu'importe ! Ce sont les plus précieux souvenirs de mon enfance.

Les autres enfants aimaient leurs ours en peluche ? Moi, je chérissais mes poupées. Je les prenais, les installais en ligne, les faisais parler et leur faisais la conversation. Parfois, elles représentaient notre famille : deux parents, trois enfants – moi, j'étais la plus petite figurine. Parfois, elles étaient différentes versions de moi-même. Ou alors je leur racontais les disputes qui avaient eu lieu à l'école. Mais la plupart du temps, elles étaient simplement des poupées.

Je les bougeais sans cesse de place, comme un rituel rassurant. En fait, je continue. Elles vivent à côté de mon lit et, quand je suis stressée, je les touche pour me calmer.

— J'aime ta robe, s'exclame Bean. Je veux la même !

— Tu peux te la coudre. J'ai toujours le patron, répond Mimi. Elle existe en modèle adulte.

— Vraiment ? Quelle chance ! J'ai envie d'en faire une.

J'admire les talents manuels que ma sœur a hérités de Mimi. Elles savent toutes les deux coudre, tricoter et faire de la pâtisserie. Elles savent transformer une pièce banale en refuge chaleureux, avec un coussin de velours par-ci, une assiette de cookies par-là. Bean travaille de chez elle dans le marketing : décoré de plantes suspendues et de belles affiches, son bureau est ravissant.

J'achète des coussins et des cookies, j'ai même essayé d'accrocher une plante, mais ça n'a rien à voir. Je n'ai pas le sens du style. Néanmoins, j'ai d'autres compétences. Enfin, je crois ! (Être têtue comme une mule fait-il partie des compétences ? Parce que apparemment c'est dans ce domaine que j'excelle.)

Notre cuisine est le reflet de l'imagination de Mimi. Ce n'est pas seulement une cuisine, c'est une création en soi. Une œuvre d'art. Sur chaque porte de placard on trouve une forêt dessinée au feutre au fil du temps. L'histoire a commencé avec une petite souris ébauchée par Mimi. J'avais trois ans et un bobo au genou. Son premier croquis venait de naître dans un coin de la porte du placard. « Chut ! C'est un secret ! Ne le dis pas à papa ! » m'avait-elle dit avec un clin d'œil. Qu'elle ait dessiné cet adorable petit animal, et sur un meuble, m'avait ravie.

Quelques semaines plus tard, pour consoler Gus d'un gros chagrin, elle avait ajouté une drôle de grenouille. Ensuite, au cours des années, une véritable forêt avait vu le jour. Des arbres pour les anniversaires, des animaux à chaque Noël. Nous y avons aussi contribué, et avons retenu notre respiration avec le sentiment de participer à quelque chose d'important.

Les panneaux sont aujourd'hui assez chargés. Cela n'empêche pas Mimi d'y apposer de temps à autre quelques nouvelles touches. Notre cuisine est célèbre dans le village. Dès qu'ils arrivent, nos amis se précipitent pour l'admirer.

— Personne n'a une cuisine comme ça ! s'était extasiée Temi la première fois qu'elle l'avait vue.

Pleine de fierté, j'avais rétorqué :

— Parce que personne n'a une Mimi !

Sur l'écran de l'iPad apparaît un montage de papa filmé au cours de différentes fêtes. Je ressens de la nostalgie en le voyant déguisé en Père Noël l'année de mes huit ans. Ou en smoking, dansant avec Mimi, lors du dix-huitième anniversaire de Gus. Tant de moments heureux en famille !

« Bon anniversaire, Tony Talbot ! » Quand la dernière image s'affiche, nous applaudissons de toutes nos forces.

Sous son grand sourire, papa a l'air ému. Des larmes mouillent ses yeux.

— Vraiment, les enfants, je ne sais pas quoi dire. Quelle surprise incroyable ! Bean, Gus, Effie, un grand merci à vous !

Je rectifie :

— C'est Gus et Bean ! Moi, je n'y ai pas participé. Mais j'ai fait ça pour toi !

Soudain timide, je lui présente mon cadeau emballé dans le papier de Bean. Je retiens mon souffle tandis qu'il découvre un large volume plat et lit son titre à haute voix :

— *Le Garçon qui venait de Layton-on-Sea.*

Il me jette un regard interrogateur avant de tourner quelques pages.

J'ai réalisé un album dédié au Layton-on-Sea de sa jeunesse avec des photos de l'époque, des cartes postales, des coupures de journaux. Ces recherches de documents m'ont tellement passionnée que je pourrais rédiger une thèse sur le sujet.

— Les arcades ! s'exclame papa. Et le pub « La Rose et la Couronne » ! Et l'école Saint-Christophe... Que de souvenirs... !

Il lève la tête, bouleversé.

— Effie, ma chérie, c'est merveilleux. Ton cadeau me touche infiniment.

— Je n'ai fait que rassembler le matériel. Esthétiquement, ce n'est pas terrible.

J'imagine ce que Bean, avec ses mains d'artiste, aurait fait de cet album.

Mimi pose la main sur mon bras.

— Ne minimise pas ton travail, Effie darling ! C'est très beau. Je dirais même que c'est une œuvre d'art, d'histoire, d'amour.

Je note avec surprise que ses yeux brillent. Papa est un grand sensible alors que Mimi n'est pas du genre sentimental. Pourtant, aujourd'hui, elle a indubitablement un air troublé. Quand elle prend son verre de vin chaud, ses mains tremblent. J'interroge des yeux mon père qui me répond par un regard significatif.

Bizarre. Il y a un truc. Je perçois des signes. Mais des signes de quoi ?

Tout à coup je comprends. Ils projettent quelque chose. Évident, maintenant que j'y pense. Papa et Mimi ont toujours été des parents au parler clair et franc, pas le genre qui s'encombre de précautions oratoires. Ils vont nous dire ce qu'ils mijotent. Oh, Oh ! De quoi s'agit-il ? Ont-ils l'intention d'adopter un enfant ? Non, sûrement pas ! Alors, quoi ? Papa ferme l'album, regarde Mimi et prend la parole.

— Bon, fait-il en s'éclaircissant la voix. Nous avons quelques nouvelles à vous annoncer.

Je le savais !

J'attends la suite en avalant une gorgée de vin chaud. Gus pose son téléphone. Silence gêné. Les poings de Mimi sont tellement serrés que ses articulations blanchissent. Je ne me sens pas bien. Que se passe-t-il ?

En une nanoseconde, une réponse terrifiante me vient à l'esprit, une vision de salles d'attente, de perfusions, de médecins inquiets.

— Vous n'êtes pas malades au moins ? je lance, paniquée.

— Non, répond papa. Ne t'en fais pas, ma chérie, nous nous portons bien tous les deux. Ce n'est pas… ça.

Désorientée, je regarde mon frère et ma sœur. Ils sont comme paralysés : Bean avec un air angoissé, Gus tête baissée et sourcils froncés.

— Toutefois, poursuit papa, nous devons vous informer que nous avons pris une décision.

2

Dix-huit mois plus tard

Trois fois dans ma vie j'ai eu une expérience extracorporelle.

La première a eu lieu quand nos parents nous ont annoncé qu'ils allaient divorcer, de but en blanc et sans bonne raison, selon moi.

La deuxième ? Quand papa nous a dit qu'il avait une nouvelle copine. Elle s'appelle Krista, elle est responsable commerciale d'une boîte de vêtements de sport. Il l'a rencontrée dans un bar.

La troisième est en train de se produire.

— Tu m'entends, Effie ? s'alarme Bean au téléphone. Ils ont vendu Greenoaks.

— Oui, je t'ai entendue, je réponds d'une voix rauque.

J'ai l'impression de flotter en l'air au-dessus de mon corps. Je suis adossée à un mur sur Grosvenor Place, à Mayfair, dans mon uniforme de travail, la tête tournée et les yeux fermés pour me protéger du soleil.

Vendue. Greenoaks vendue. Partie dans des mains étrangères.

Elle a été sur le marché pendant un an. J'en étais venue à penser qu'elle y resterait toujours, en sécurité dans une agence immobilière. Pas *vendue.*

— Effie ? Éphélant ? Ça va ?

Bean parle dans le téléphone. Je reviens à la réalité. Je suis à nouveau dans mon corps. Plantée dans une rue où je ne devrais pas être : Salsa Verde Traiteur, où je travaille, n'encourage pas son personnel à faire des pauses pour téléphoner, aller aux toilettes ou autre.

— Oui, ça va, je dis en me redressant. Ce n'est qu'une maison. Pas de quoi en faire un drame.

— Mais enfin ! C'est là que nous avons grandi. Que tu sois bouleversée se comprendrait.

Bouleversée ? Qui prétend que je suis bouleversée ?

— Bean, je n'ai pas le temps. Je bosse. La maison est vendue ? La belle affaire. Ils peuvent faire ce qu'ils veulent. Krista a certainement déjà jeté son dévolu sur une villa de luxe au Portugal, avec un dressing consacré à ses bracelets à pampilles. Comment elle les appelle, déjà ? Ses *babioles.*

Je sens Bean tressaillir à travers le téléphone. Ma sœur et moi avons des opinions différentes sur bien des sujets, de l'utilité d'un soutien-gorge à balconnet à la véritable recette de la crème anglaise, mais nos divergences portent surtout sur Krista. Bean est tellement gentille. Elle aurait dû faire carrière dans la diplomatie. Chez Krista, elle ne voit que les bons côtés. Je me contente de l'observer.

Surgit alors la vision de la copine de papa : cheveux blonds, dents blanches, faux bronzage, chien mal élevé.

La première fois que je l'ai rencontrée, j'en suis tombée de ma chaise. Tellement… différente. C'était déjà sidérant que notre père ait une copine. Et celle-là, alors…

J'ai essayé de l'aimer. Ou, en tout cas, de me montrer polie. Je m'y suis vraiment efforcée. Mais c'était impossible. Alors, en quelque sorte… j'ai fait le contraire.

— Tu les as vus sur Instagram aujourd'hui ? je lui demande, histoire d'en remettre une couche.

Bean pousse un soupir.

— Je t'ai déjà dit de ne pas regarder.

— Oh, mais tu devrais ! Il y a une fantastique photo de papa et Krista levant leurs flûtes de champagne dans un jacuzzi. *#sexasoixanteans*. Comme c'est touchant ! Si on avait des doutes sur la santé sexuelle de notre père, maintenant on sait. Super d'avoir cette confirmation. Mais au fait, Krista n'a-t-elle pas dans les quarante ans ? Elle est hors concours, non ? Et que dire du bronzage artificiel de papa ?

— Je ne regarde pas, s'entête Bean. Mais j'ai parlé à Krista. Apparemment ils organisent une fête.

— Une *fête* ?

— Une fête de départ. Une occasion de dire au revoir, j'imagine. Tenue de soirée, traiteurs et tout et tout.

— Tenue de soirée ? Une idée de Krista au moins ? Je pensais qu'elle dépenserait l'argent de la vente dans une nouvelle maison bling-bling, pas dans une fiesta ringarde. C'est quand, au fait ?

— Si j'ai bien compris, l'offre d'achat remonte à un moment. Papa n'en a rien dit, au cas où la vente ne se conclurait pas. Le déménagement est imminent. Ils s'en vont mercredi et la fête a lieu samedi.

— *Mercredi* ? je répète, abattue. Mais c'est… C'est… Trop tôt. Beaucoup trop tôt.

Je ferme les yeux, laissant ces informations ricocher sur moi et me blesser. Impossible de m'empêcher de penser au jour où notre monde a changé pour toujours. J'étais douillettement installée dans la cuisine, sirotant du vin chaud, heureuse, sans savoir qu'une bombe allait bientôt exploser.

Bien sûr, avec le recul, je me rends compte qu'il y avait des signes. Les mains crispées de Mimi. Les yeux mouillés de papa. Ces drôles de regards qu'ils ne cessaient d'échanger. Rétrospectivement, même la petite taille du sapin avait un sens.

Les gens me répètent : « Mais tu devais t'en douter. » Eh bien, pas du tout !

Même maintenant, il m'arrive de me réveiller avec l'impression que tout est comme avant, et puis la réalité me frappe de plein fouet. Mimi et papa ont divorcé. Papa vit avec Krista. Mimi habite un appartement à Londres, dans le quartier de Hammersmith. La vie que nous avons connue est terminée.

Et d'autres éléments horribles me reviennent en tête. Non seulement mes parents sont séparés, mais notre famille a éclaté. Je suis en froid avec Krista. Je ne parle jamais à mon père. J'ai été licenciée il y a quatre mois. C'est dire que je ne suis pas au top. J'ai l'impression de m'agiter dans le brouillard. Parfois, j'ai le sentiment que quelqu'un vient de mourir mais que nous n'avons ni fleurs ni couronnes.

Ah ! j'oubliais : je n'ai plus de petit ami depuis Dominic qui s'est révélé avoir une double personnalité (en fait, si on compte une « personnalité » pour chaque fille qu'il sautait en secret, on arrive à un total de cinq personnalités.

Quand je pense que j'ai écrit toutes ses cartes de vœux à sa place parce qu'il disait que mon écriture était jolie. Quelle idiote !).

— C'est arrivé très vite, continue Bean, l'air de s'excuser, comme si c'était sa faute. Je pense que les meubles vont partir dans un entrepôt de stockage jusqu'à ce qu'ils trouvent un endroit où s'installer. Ils vont louer quelque chose pendant un moment. De toute façon, je vais réclamer ce qui me revient. Krista va envoyer les invitations par mail aujourd'hui donc je voulais te prévenir.

Mon cœur se serre. Tout va tellement vite. Le divorce. La copine. La vente de la maison. Et maintenant cette fête. Une fête ? Vraiment ? Comment imaginer une fête à Greenoaks dont Mimi ne soit pas l'hôtesse ?

— Je n'irai pas.

— Tu n'iras pas ? fait Bean, consternée.

— Je ne suis vraiment pas d'humeur festive. Et je crois que ce soir-là je suis prise. Mais amuse-toi bien. Et embrasse tout le monde pour moi.

— Effie !

— Ce n'est plus notre maison. Krista l'a gâchée avec ses peintures « élégantes ». Et nous ne formons plus une famille.

— Mais si ! s'indigne Bean. Ne dis pas ça ! Nous sommes toujours une famille.

— Peu importe !

Je regarde sombrement par terre. Bean peut dire ce qu'elle veut mais c'est vrai. Notre famille s'est brisée en mille morceaux que personne ne sera jamais capable de recoller.

— La dernière fois que tu as parlé à papa ?

— Je ne me souviens pas. Il est très occupé, moi aussi.

— Mais tu as quand même eu une conversation avec lui ? Vous vous êtes réconciliés depuis… ?

Elle veut dire : depuis le soir où j'ai crié sur Krista et quitté la maison en trombe.

— Bien sûr que je lui ai parlé !

Je mens encore une fois pour éviter à Bean de se soucier de ma relation avec notre père.

— Eh bien, moi je ne peux pas le joindre. C'est toujours Krista qui répond.

— Ah, je fais d'un ton volontairement détaché.

Ma seule façon de traiter le problème « papa » est de ne pas m'y intéresser. Surtout lorsque Bean s'y met car elle a le chic pour me chambouler justement quand je crois être indifférente.

— Effie, allez, viens à la fête ! insiste-t-elle d'une voix enjôleuse. Oublie Krista. Pense à *nous*.

Ma sœur est rationnelle. Elle tient compte du point de vue des autres. Elle prononce des phrases comme : « D'un autre côté, ton argument est valable » et « Je vois où tu veux en venir ». Je devrais être rationnelle comme elle ou, au moins, faire semblant de l'être.

Je ferme les yeux, prends une grande inspiration et dis :

— Je vois où tu veux en venir, Bean. Ton argument est valable. Je vais y réfléchir.

— Bien, dit-elle, apparemment soulagée. Parce que, tu sais, c'est la dernière occasion de nous retrouver à Greenoaks, ensuite il sera trop tard.

La dernière occasion de nous retrouver à Greenoaks.

OK ! Impossible d'intégrer cette phrase. Je dois raccrocher.

— Bean, je dois retourner à mon boulot. À mon job très important de serveuse en intérim. On se parle plus tard.

Je me faufile dans l'immense cuisine en marbre envahie par les équipes du traiteur. Une fleuriste décharge sa cargaison. Il y a des seaux remplis de glace partout. Le directeur des opérations discute du placement à table avec Damian, le propriétaire de Salsa Verde.

L'organisation d'un déjeuner gastronomique est comme celle d'un spectacle. Je retrouve mon énergie en observant les cuisiniers en plein boum. J'ai besoin de travailler, d'être occupée. Voilà la solution.

Quand j'ai perdu mon job dans l'événementiel, ça a été un choc énorme. Je n'étais pas mauvaise. Disons en tout cas que cela n'a pas été la seule cause de mon licenciement car la boîte a supprimé un département entier. Je fais de mon mieux pour rester positive. Tous les jours je postule quelque part. Le boulot de serveuse me permet de tenir financièrement. Difficile de savoir quand une opportunité va se présenter. Peut être ce boulot chez Salsa Verde va-t-il m'aider à en retrouver un dans l'événementiel. Sait-on jamais ?

Toute à mes pensées, je remarque que la fleuriste, une femme aux cheveux gris au physique agréable, semble embêtée. Captant mon regard, elle s'approche de moi.

— Est-ce que par hasard vous me rendriez un service ? Vous pourriez déposer ce bouquet dans le hall ? Je ne veux pas utiliser mes pivoines. Cette composition ira bien là-bas.

Elle me montre un grand arrangement de roses blanches disposées sur un socle en métal.

— Sans problème.

— Oh, tu n'aurais pas dû me gâter comme ça, rigole Elliot, un des chefs, tandis que je passe près de lui.

Je souris. Il est grand et hâlé, avec des yeux bleus et une silhouette athlétique. Quand on a bavardé tout à l'heure, j'en ai profité pour reluquer ses biceps en douce.

— Je savais que tu aimais les roses blanches, je réponds avec un sourire enjôleur.

Et si je prenais une fleur pour la lui offrir ?

Non ! Ça serait un peu gros.

— Tu as des problèmes, Effie ? demande-t-il. Je t'ai aperçue dehors. Tu avais l'air stressée.

Il paraît si inquiet que je lui lâche une confidence. Une petite.

— Tout va bien, merci. Je viens d'apprendre que ma maison familiale va être vendue. Mes parents sont séparés depuis dix-huit mois.

— Je comprends. C'est triste.

— Oui. Exactement. C'est triste. Et pourquoi ? Car c'était complètement inattendu. Nous formions une famille heureuse. Les gens disaient : « Regarde les Talbot. Ils nagent dans le bonheur. Quel est leur secret ? » Et tout à coup nos parents nous annoncent qu'ils divorcent. C'était ça, leur secret. Je ne pige toujours pas.

— Eh ben ! s'exclame Elliot. Remarque, c'est encore une chance qu'ils aient attendu que vous soyez adultes.

C'est ce que tout le monde dit. Il est inutile de rétorquer : « Mais vous ne comprenez pas. » Quand je pense à mon enfance, je me demande si tout ce bonheur affiché n'était pas un mensonge.

— Tu as raison, je déclare le plus gaiement possible. Et toi, tes parents sont toujours ensemble ?

— Oui.

— C'est sympa, vraiment. Et réconfortant. Mais ça peut ne pas durer.

— D'accord mais… leur couple paraît solide…

— Paraît, je lui fais remarquer triomphalement. Exactement ! Leur couple paraît solide. Jusqu'à ce que, boum ! Ils se séparent, et ton père a une copine du nom de Krista. En tout cas, si ça se produit, je suis là pour toi.

Je lui serre le bras pour lui exprimer par avance mon soutien.

— Merci, fait Elliot d'une drôle de voix. Je te suis reconnaissant.

— Je t'en prie ! Bon, il faut que je dépose ces fleurs.

Contente de moi, je monte la composition florale dans le hall d'entrée. Il est adorable, ce mec. Je crois qu'il s'intéresse à moi. Et si je lui proposais d'aller boire un verre ? Comme ça, l'air de rien. Que disent les sites de rencontre ? « Pour le plaisir de se rencontrer et plus, si affinités. »

Oh, Elliot, je me demandais… ça te dirait d'aller dans un pub, pour le plaisir et plus, si affinités ?

Arrête, Effie ! Sûrement pas !

De toute façon, quand je retourne dans la cuisine, ce n'est pas le moment de lui poser la question. L'agitation est à son comble. Le niveau de stress est monté d'un cran. Damian s'engueule avec le directeur des opérations. Elliot essaye de s'en mêler tout en garnissant un dessert au chocolat de crème fouettée. J'admire son courage. Même de bonne humeur, Damian est assez effrayant et plus encore quand il est en rogne (on raconte qu'un jour un chef a préféré se cacher dans un frigo plutôt que de l'affronter – mais c'est peut-être une légende).

— Hé ! Toi ! aboie un autre chef planté devant une énorme casserole de soupe aux pois. Remue-moi ça un moment.

Il me passe une cuiller en bois avant d'aller se joindre à la dispute.

Je fixe nerveusement le liquide vert pâle. La soupe est au-dessus de mes compétences. Pourvu que je ne fasse rien de travers. Au fait, peut-on saboter une soupe ? Question idiote. Non, certainement pas.

Tandis que je tourne et tourne, mon téléphone bipe. De ma main libre je l'extirpe de ma poche. Un message de Mimi. En lisant, je crois entendre son accent irlandais.

Ma chérie, je viens d'apprendre la vente de la maison. Ça devait arriver. J'espère que tu n'es pas trop bouleversée. Tu es une sentimentale, Éphélant, et je pense à toi. En rangeant, je suis tombée sur cette photo. Tu te rappelles cette journée ?
À bientôt, ma puce. Bises,
Mimi

Je clique sur la photo jointe. Les souvenirs me submergent. La fête d'anniversaire de mes six ans – le jour où Mimi avait transformé la maison en cirque avec une tente installée dans notre salon haut de plafond, et des milliers de ballons gonflés. Elle avait même appris à jongler.

Sur la photo je porte un tutu et chevauche le vieux cheval à bascule. Je suis ébouriffée et j'ai l'air de la petite fille la plus heureuse du monde. Papa et Mimi m'entourent, me tiennent la main en échangeant un grand sourire. Deux parents pleins d'amour.

Très émue, je zoome pour examiner leurs visages, comme pour détecter des indices. En regardant papa, Mimi est rayonnante. Le sourire de papa est également lumineux. Mon cœur est comme dans un étau. Qu'est-ce qui a mal tourné ? Ils étaient heureux, ils étaient…

— Hé !

Une grosse voix furieuse interrompt mes pensées. Je lève la tête. Damian déboule.

Catastrophe ! Je pose mon téléphone bruyamment sur le comptoir et me remets à tourner la soupe avec vigueur. Et si le « Hé ! » s'adressait à quelqu'un d'autre ? Mais non ! Il est tout d'un coup devant moi et me toise.

— Toi ! Quel que soit ton nom ! Tu as vu ta tête ? Tu as de la fièvre ?

Perplexe, je me passe la main sur le visage. C'est mouillé. Pourquoi ?

— Attends voir, fait-il en s'approchant. Mais tu pleures ?

J'essuie en hâte mes joues.

— Pas du tout ! je réplique en affichant un sourire de circonstance.

— Tant mieux, dit Damian d'un ton faussement poli. Parce que si c'était le cas…

— Mais non, je vous assure !

À ce moment précis, une grosse larme tombe sur la surface verte de la soupe. Mon cœur se serre.

— Mais si, tu pleures ! explose-t-il. Tes putains de larmes tombent dans la putain de soupe.

— Je vous jure que non, je rétorque alors qu'une autre larme s'écrase dans la casserole.

Ma voix se brise dans un sanglot. Horreur ! Une autre grosse larme s'abat dans la soupe.

Terrifiée, je croise le regard de Damian. Son expression me fait frissonner. Silence dans la cuisine. Tout le monde nous observe.

— Dehors ! hurle-t-il. Dehors ! Prends tes affaires et va-t'en !

— Dehors ? je dis dans un souffle, incrédule.

— Des larmes dans la soupe, c'est inadmissible ! lance-t-il. Allez, dehors !

Je déglutis plusieurs fois. Je me demande s'il existe un moyen de rattraper la situation. Non ! Aucun espoir.

— Retournez au boulot, vous autres ! crie Damian à l'intention du personnel.

Tout le monde se remet aussitôt à la tâche avec frénésie.

— Au revoir, tout le monde, je marmonne.

En passant devant Elliot, j'aimerais lui parler mais je suis trop secouée pour lui proposer une virée au pub.

— Salut, je dis les yeux baissés.

— Bouge pas, Effie !

Pendant qu'il se lave les mains, je suis pleine d'espoir. Il va peut-être m'inviter à sortir. Nous allons peut-être tomber amoureux. Et nous aurons une belle histoire de rencontre à raconter…

— Oui, Elliot ?

— Une question avant que tu partes : tu es avec quelqu'un en ce moment ?

Ça y est !

Je fais ma nonchalante.

— Non, personne.

— Dommage, commente-t-il, le regard empreint de pitié. Parce que, à mon avis, tu n'as pas digéré le divorce de tes parents.

3

En arrivant à la maison, je suis encore piquée au vif. J'ai digéré le divorce de mes parents. C'est évident. Mais, après tout, rien n'interdit de discuter de quelque chose qu'on a surmonté.

Et je ne pleurais pas. Maintenant que j'y pense, j'en suis certaine. La responsable de mes larmes, c'était bien la soupe. Oui, cette satanée soupe.

Je pousse la porte et entre d'un air sombre dans notre appartement. Temi est assise par terre, penchée sur son ordinateur ouvert, ses tresses sur ses épaules.

— Salut, dit-elle. Comment se fait-il que tu rentres maintenant ?

— J'ai fini plus tôt que prévu, je réponds.

Pas envie d'entrer dans les détails. D'ailleurs, la situation n'est pas aussi épouvantable que je le pensais. Les gens de l'agence de placement ont pris les choses avec calme. Il paraît que Damian est coutumier du fait. Pendant une semaine, je ne retournerai pas travailler chez Salsa Verde. Ensuite, je suis retenue pour dix déjeuners professionnels.

Temi me croit sur parole.

— OK, dit-elle. Je suis sur le site de l'agence immobilière de Greenoaks. Vendue ! C'est super beau, ajoute-t-elle.

Je lui ai envoyé un message pour la mettre au courant. Je savais que la nouvelle l'intéresserait : elle est férue d'immobilier. En plus, elle a passé de nombreuses vacances scolaires chez nous. Par conséquent, elle est assez impliquée.

— « Les visiteurs de cette demeure gothique d'époque victorienne située à la lisière du village du Sussex Ouest de Nutworth seront émerveillés par la grande entrée imposante », lit-elle. Oui, c'est vrai ! Je me souviens de mon premier séjour chez toi. Je me suis dit : « Incroyable ! C'est là qu'Effie vit ! »

Elle poursuit :

— « Des fenêtres voûtées à meneaux en pierre laissent entrer des flots de lumière dans la maison. » Ils devraient préciser : « Les fenêtres laissent aussi pénétrer des courants d'air assez glacials pour vous geler les fesses. Ainsi que de véritables déluges d'eau. Tout cela complète les qualités de cette magnifique propriété. »

Je ris de bon cœur – je sais qu'elle essaye de me remonter le moral. Elle me fait un clin d'œil. Notre amitié a commencé à l'école grâce à la danse – nous faisions toutes les deux partie d'un groupe de danse moderne. J'étais externe, elle était interne car ses parents étaient très accaparés par leur travail de banquiers. Ils étaient arrivés du Nigeria quand elle avait deux ans. Ils s'étaient installés d'abord en France puis à Londres, où ils résident désormais. Temi travaille également dans le secteur bancaire. Quand les gens lui demandent si c'est dur, elle répond en souriant : « Oui, c'est ce que j'aime dans ce job. »

— Ça boume, ton boulot ? je demande, histoire de changer de sujet.

Mais elle continue sa lecture :

— « La maison se trouve au milieu de jardins et de terrains originaux qui complètent l'architecture peu conventionnelle de la maison. »

— « Originaux » pour « bizarres », je fais remarquer avec ironie. Et « peu conventionnelle » pour « horrible ».

— Mais non ! Effie, j'adore Greenoaks, tu le sais, mais tu dois admettre qu'elle est différente. Spéciale dans le bon sens du terme, ajoute-t-elle pour être gentille.

Et elle poursuit :

— « Un hall d'entrée spacieux mène à une grande entrée tapissée de boiseries comportant une banquette sous une fenêtre à meneaux. »

Nous vivions littéralement sur cette banquette quand nous étions écolières. Après avoir tiré sur nous les rideaux épais, c'était l'endroit où, à l'abri du regard des autres, nous lisions des magazines ou faisions des essais de maquillage. Ensuite, à l'adolescence, nous sifflions des mignonnettes de vodka en parlant de garçons. Quand la grand-mère de Temi est morte, nous avons passé un après-midi entier dans les bras l'une de l'autre, sans parler, dans notre refuge poussiéreux.

Je m'installe par terre à côté de mon amie et regarde les photos qu'elle fait défiler avec des commentaires humoristiques. Quand s'affiche la cuisine impeccablement impeccable avec ses placards impeccablement impeccables, elle s'arrête. Nous ne disons pas un mot. Elle ne trouve plus rien de drôle à dire. Ce que Krista a fait était de la destruction gratuite, injustifiée. Elle a tout simplement effacé la forêt de Mimi, son chef-d'œuvre magnifique et unique.

Et on se demande encore pourquoi je ne peux pas la blairer ?

Un minuteur sonne.

— Je dois aller voir mon ragoût, annonce Temi en se levant. Tu veux une tasse de thé ? Visiblement, tu en as besoin.

— Oui, s'il te plaît. J'ai eu une de ces journées !

Ce n'est pas seulement la vente de Greenoaks qui m'affecte. Pas non plus d'avoir été virée par Damian. C'est… tout le reste, qui me trotte dans la tête.

Personne ne croit que j'ai donné une chance à Krista. C'est pourtant vrai. Le jour où j'ai fait sa connaissance à Greenoaks, j'étais dans un état d'esprit favorable.

D'accord, c'était bizarre de voir une femme sophistiquée en jean moulant et hauts talons évoluer dans la cuisine de Mimi, caresser le dos de papa avec sa main aux ongles manucurés, l'appeler « Tone », se lover contre lui sur le canapé comme une ado et rigoler à des plaisanteries à connotations coquines. Mais, contrairement à l'opinion répandue, au début je n'étais pas hostile.

Après coup, Bean a dit que nous aurions dû nous rencontrer dans un endroit neutre. Elle a raison. Supporter une autre femme chez Mimi allait être difficile. Généralement, la mère reste dans la maison. Mais Mimi disait que cette maison était celle de papa avant son arrivée. Elle a donc insisté pour déménager et, quasiment dans la demi-heure qui a suivi, Krista a emménagé.

Situation délicate, certes. Mais je jure que j'étais préparée à tolérer Krista et même à l'accepter. Hélas, lors de notre troisième rencontre, l'alarme a sonné. Le même jour les choses ont commencé à s'envenimer entre papa et moi.

Nos relations n'étaient déjà pas au beau fixe. Pendant un bon moment, après l'annonce de leur divorce, il m'était impossible de leur parler. Je n'avais que des questions gênantes à la bouche, du genre « Mais pour quelles raisons ? », « Comment pouvez-vous nous faire ça ? », ou des commentaires comme « Vous faites une grave erreur ». Bean disait que c'était la pire des attitudes à avoir. (Elle ne m'a pas non plus aidée dans mon plan – plan qui a très vite fait pschitt – destiné à remettre papa et Mimi ensemble en recréant leur premier rendez-vous.)

Autre motif d'énervement : papa avait changé. Pour plaire à sa nouvelle chérie, il achetait de nouvelles fringues (dont un jean atroce), se tartinait le visage de crème autobronzante, commandait sans arrêt des caisses de champagne. Ils en buvaient pour un oui pour un non alors qu'auparavant le champagne était réservé à des occasions particulières.

Ils n'arrêtaient pas de s'offrir des petits voyages cinq étoiles et de poster sur le nouveau compte Instagram de papa des photos d'eux en peignoirs de bain. Ils parlaient d'acquérir une villa au Portugal où papa n'avait jamais mis les pieds. Une idée de Krista, bien sûr. Il lui a même offert un pendentif en diamant pour fêter leurs quatre mois. Elle en parlait en permanence, jouait avec, l'exhibait. « Vous avez vu mon diam ! Regardez comme il brille ! »

Bref, on avait l'impression que papa était une autre personne. Mais, au moins, je lui parlais encore. J'avais le sentiment qu'il était de mon côté, jusqu'à ce fameux jour.

J'étais allée déjeuner à Greenoaks. Quand je suis entrée dans le salon, Krista prenait une photo du bureau. Elle a murmuré ensuite dans son téléphone, comme si elle dictait une note : « Bureau, six tiroirs, poignées dorées. » Stupéfaction de ma part. Je suis restée immobile avant de m'éclipser sur la pointe des pieds.

Elle avait peut-être une bonne raison d'agir ainsi. Pendant le déjeuner, j'ai essayé de lui accorder le bénéfice du doute, de trouver une explication. Sans succès. J'ai donc demandé à papa de le voir dans son bureau pour discuter d'un sujet familial. Et je lui ai tout balancé.

L'échange ne s'est pas mal passé. Il a été horrible. Je ne peux pas me souvenir précisément de ses paroles. J'ai toutefois conservé dans les oreilles sa voix furieuse qui m'ordonnait d'arrêter d'espionner. Il me rappelait qu'il était heureux, il me disait que je devais me réjouir pour lui au lieu d'inventer des histoires et m'a fait promettre de ne pas parler de cet incident à mon frère et à ma sœur car ce serait déplorable pour Krista.

Je l'avais fixé du regard, des picotements de rage au visage. Choquée qu'il prenne le parti de sa copine contre moi, j'avais bafouillé une réponse avant de quitter les lieux en vitesse.

Je n'ai rien dit aux autres, j'ai tenu ma promesse. Mais avais-je promis de rester neutre vis-à-vis de Krista ? De ne pas lui déclarer la guerre ? Certes non.

J'ai donc ouvert les hostilités.

Ma première attaque ? À son anniversaire. Papa nous avait demandé d'assister à cet effroyable déjeuner donné en « l'honneur » de ce grand jour. Elle était « une jeunesse de quarante et un ans », comme elle l'a répété au moins mille fois.

Avions-nous envie de « fêter » l'anniversaire de Krista ? Non. Faisait-elle partie de notre famille ? Non. Était-ce seulement pour elle l'occasion de sortir le beau service de table, de faire appel à un traiteur, de faire sauter les bouchons de champagne et de frimer dans les grandes largeurs ? Oui.

Mais Bean insistait pour que nous fassions un effort. « Effie, arrête de prononcer le mot "fêter" en dessinant des guillemets avec les doigts », disait-elle. Montrer notre enthousiasme serait un bon moyen d'établir un lien avec elle.

Parfois ma sœur est à désespérer.

Cela dit, j'ai suivi son conseil. J'ai offert à Krista une photo encadrée bien emballée. Une photo d'elle rehaussée de peinture dorée. Dans un cadre doré. Avec deux légendes. L'une : « Vous avez vu mon diam ? » L'autre : « Friiiic ! »

D'accord, « Friiic » était un peu *too much*. Mais impossible de résister.

J'étais prête à plaider l'innocence : une plaisanterie, rien de plus. Nul besoin. Le visage figé, Krista a regardé la photo pendant quelques secondes. « Super ! » s'est-elle exclamée avant de l'enfouir directement dans son sac sans que personne ait eu le temps de la voir.

Ensuite, elle a jeté le contenu de son verre sur moi. La version officielle ? Un geste maladroit. Mais je savais et elle savait que ce n'était pas un accident. Elle avait balancé volontairement son kir royal sur ma nouvelle robe crème puis avait joué les ingénues en caressant la tête de Bambi, son teckel, en disant : « Elle a fait quoi, maman, mon

Bambi ? Sans le vouloir, elle a bêtement aspergé la pauvre Effie. »

Ce jour a marqué notre entrée en guerre. Pendant un moment, nous avons bataillé ferme. Nos armes ? Des mails en mode passif-agressif, des amabilités à double tranchant sur Instagram et des insultes déguisées en mots gentils.

C'était presque amusant de la provoquer et d'attendre sa riposte. Une sorte de jeu. J'allais toujours aux réunions familiales. Je refoulais ma colère, observant Krista d'un œil méfiant sans jamais trouver quelque chose à redire. Jusqu'à un certain soir, il y a deux mois. Bean, Gus et moi étions arrivés ensemble pour dîner. J'étais d'assez bonne humeur. Et puis papa, sur le seuil de la porte, a déclaré, en évitant de croiser nos regards :

— Au fait, Krista a repeint la cuisine. Ne vous inquiétez pas ! J'ai pris quelques photos en souvenir.

D'un seul coup, d'un seul ! Je n'ai toujours pas digéré. Qu'il ait laissé faire Krista. Qu'il nous ait annoncé la nouvelle d'une manière aussi désinvolte. Qu'il n'ait pas compris combien nous serions bouleversés.

En découvrant les placards repeints en blanc, Gus a laissé échapper un halètement de surprise. Bean affichait un visage tout chiffonné. Quant à moi, j'étais en état de choc, avec l'impression que mon enfance avait été entièrement effacée.

Le pire ? Krista était fière d'elle. Elle répétait en boucle le nom de la peinture : référence Blanc Pur de la marque Farrow & Ball, en affirmant que tout avait l'air plus frais. La consternation m'a d'abord rendue muette. Quand elle a dit « frais », je n'ai pas pu m'empêcher de rétorquer :

— Je suis sûre que Mona Lisa aurait l'air plus fraîche si tu la badigeonnais du Blanc Pur de Farrow & Ball. Tu devrais proposer tes services au Louvre.

Ma remarque n'a pas rencontré le succès.

Assez vite, Gus et Bean ont semblé avoir repris leurs esprits. Ils se sont ressaisis, buvaient un verre de vin en bavardant. Pour moi, pas question. La blessure était trop profonde. La trahison, trop énorme. J'ai essayé d'expliquer combien j'étais dévastée, m'énervant de plus en plus. Soudain, j'ai piqué une crise.

— Tu sais quoi ? Il n'y a pas assez de place pour nous et toi dans cette pièce. On s'en va. Tu entends ? On s'en va. Pour de bon.

Ensuite, la situation est devenue gênante. J'étais sûre que Gus et Bean lèveraient le camp avec moi mais ils sont restés assis sur le canapé. J'ai filé dans le hall, les joues en feu, le souffle court, prête à échanger un « high five » avec mon frère et ma sœur qui en toute solidarité m'auraient rejointe. Et puis je me suis rendu compte que j'étais seule. La stupéfaction ! J'ai passé une tête dans le salon.

— Vous ne venez pas ?

— *Effie...* a supplié Bean sans bouger alors que Gus regardait simplement dans le vague.

J'ai donc dû effectuer une seconde sortie en m'efforçant de garder la tête haute. J'ai entendu Krista glousser. Promis, juré.

J'étais tellement ulcérée que j'ai mis du temps à leur pardonner. Plus tard, Bean m'a avoué qu'elle avait été vraiment tiraillée, mais que son instinct lui disait que si nous partions tous les trois, notre famille exploserait pour toujours. Elle avait décidé de faire office de médiatrice.

— Oui, une médiatrice qui permet à Krista de la piétiner.

Vu son expression meurtrie, j'aurais dû m'abstenir. Alors, j'ai attaqué Gus.

— Je n'ai pas réalisé que je devais partir, a-t-il répondu. La prochaine fois, envoie-moi un WhatsApp.

Des cas désespérés, je vous dis !

Depuis cette soirée, j'ai à peine communiqué avec mon père. Je n'ai plus mis les pieds à Greenoaks. J'ai baissé les armes. Krista a fait de même. Rassurant ? Non. C'est comme une guerre froide. J'ai toujours l'impression qu'une bombe risque de me tomber dessus.

Temi s'accroupit à côté de moi et me tend un mug de thé avant d'inspecter sur l'écran la cuisine repeinte en blanc. Elle aussi aimait la création de Mimi. Un jour, à Pâques, elle a même dessiné une petite poule sur le placard.

— Quelle saleté ! s'indigne-t-elle.

— Ouais ! Figure-toi qu'elle donne une fête d'adieu. Une fiesta à tout casser. Elle va pouvoir se pavaner comme une reine.

— Tu vas mettre quoi ?

— Pas question d'y assister.

— Tu t'en fous ! Tu l'ignores ! Tu y vas pour dire au revoir à la maison, voir tes amis et ta famille, boire quelques verres… Si c'était moi, je porterais une tenue sublime pour la faire râler.

Visiblement, elle est en train de choisir ce qu'elle commanderait chez Net-à-Porter si elle était à ma place. Mon téléphone bipe. C'est un WhatsApp de Bean :

Krista m'a envoyé mon invitation par mail. Tu as reçu la tienne ?

Je regarde mes mails. Rien de Krista. Je réponds :

Rien.

Un instant plus tard, nouveau message :

Tu vas l'avoir. Je te fais suivre la mienne. Ça a l'air sympa. Tu devrais venir.

— C'est Bean, j'explique à Temi. Elle me pousse à y aller.

— Elle a raison. Boissons et buffet à volonté : la soirée de ta vie.

Le mail de Bean arrive à ce moment précis. J'ouvre le document joint. C'est une invitation Internet ultrachic : une enveloppe virtuelle et une écriture à la main avec pleins et déliés.

— Tellement prétentieux, je commente. On dirait une invitation à un mariage royal.

— « Madame Krista Coleman et Monsieur Antony Talbot sont heureux de vous inviter à la soirée d'adieu qu'ils donneront à Greenoaks. Champagne et cocktails. 18 h 30 à 21 heures », lit Temi par-dessus mon épaule. Champagne et cocktails ? Tu vois ? Ça promet d'être génial.

— Il y a une autre carte, je dis en cliquant sur le second document joint. « Dîner familial à partir de 21 heures. »

— Deux fêtes ! s'exclame Temi. Encore mieux.

Je fais la grimace.

— Faudra-t-il que je reste pour le dîner de famille ? Quelle horreur !

— Le dîner de famille est réservé à l'élite, réplique Temi. Un événement pour les VIP. Avec au moins cinq plats.

Temi ne se trompe pas. Ce sera le plus gastronomique des dîners. Secrètement, je meurs d'envie d'y être.

— Elle servira du homard, j'affirme en jetant un coup d'œil à l'écriture sophistiquée. Non, plutôt du cygne rôti !

— Avec un collier de diams autour du cou.

Nous pouffons de rire. Quand mon téléphone annonce un appel de Bean, j'ai encore le sourire aux lèvres.

— Salut !

— Alors, tu l'as reçue ? demande-t-elle de son ton habituel, à la fois impatient et soucieux. Tu vas y aller ?

— J'sais pas. Peut-être. Ça promet d'être géant. Côté drinks en tout cas.

— Oh que oui ! Krista voit les choses en super grand. Elle invite sans compter : des gens du village, des amis à elle, des amis de papa.

Une pause et elle reprend avec précaution :

— Elle a demandé aux Murran. Je ne sais pas s'ils vont accepter.

Elle veut dire : « Je ne sais pas si Joe Murran va accepter. »

Je ferme brièvement les yeux. Joe Murran ? Manquait plus que ça. La cerise sur le gâteau.

— Je vais réfléchir.

— Allez, viens !

L'enthousiasme de ma sœur dégouline dans le téléphone.

— La fête ne sera pas la même sans toi, Effie. Et puis tu veux voir la maison, hein ? Et récupérer des trucs à toi.

Les déménageurs viennent emballer lundi et ils me déposeront mes affaires. Tu peux faire la même chose. Je vais prendre mes bouquins et le mobilier de ma chambre.

— Tes meubles Pierre Lapin ? Mais tu vas les mettre où ?

Sa chambre est déjà meublée et comporte un grand lit double d'adulte.

— J'ai fait le vide dans la chambre d'amis. Les visiteurs dormiront avec Pierre Lapin. Et ceux qui se moqueront n'auront qu'à aller ailleurs.

— Personne ne se moquera, je proteste. En tout cas, moi, je viendrai faire un séjour dans la chambre de Pierre Lapin.

Après un silence, je demande presque en hésitant :

— Tu vas mettre quoi ?

Bean pousse un cri de triomphe.

— Alors, tu viens !

— Possible.

Et si je n'étais pas aussi têtue que ça ? Et si j'avais envie de lever mon verre au futur de Greenoaks ? Et si je voulais me réconcilier avec papa ? Ou, pour le formuler autrement, si je n'assistais pas à la fête, pourrais-je faire la paix avec mon père ?

Je clique sur ma boîte de réception. Toujours rien de Krista.

— Je n'ai pas reçu d'invitation, je dis à Bean.

— Tu connais Krista, rigole ma sœur. Elle est tellement nulle en informatique qu'elle envoie chaque invitation individuellement. Éphélant, je suis enchantée que tu viennes.

— Pas sûr.

— OK, pas sûr. Préviens-moi tout de même quand tu reçois ton invitation.

Elle raccroche et je revérifie mes mails. Toujours rien. Elle aurait dû envoyer les invitations à la famille en même temps. Elle a peut-être remis l'envoi de la mienne à plus tard. Que dis-je ? Elle l'a de toute évidence reporté. Elle veut marquer un point. Eh ben, d'accord, qu'elle le marque. Je m'en fiche.

En fait, je ne m'en fiche pas. J'ai vérifié mes mails une centaine de fois en une heure. Où est passée cette foutue invitation ? Krista sait vraiment comment m'agacer. Qu'est-ce qu'elle croit ? Que je ne vois pas sa manœuvre minable ?

Temi vient s'asseoir sur le canapé, un bonnet de douche sur la tête. Une forte odeur de noix de coco émane d'elle.

— Sois patiente, conseille-t-elle. En attendant, tu devrais t'occuper de tes cheveux. Il me reste un sachet de ce produit. C'est extra.

Mais je suis trop énervée pour m'appliquer un masque capillaire. J'ouvre mon ordinateur et vais de nouveau sur mes mails.

— Tu fais quoi ?

— Prendre au mot Krista. J'en ai assez de son petit jeu.

De mes doigts fermes et déterminés, j'écris :

Salut Krista,

Le dernier truc que tu as posté sur Instagram était vraiment hyper marrant. Comment va ton diam ? Bien j'espère. Je me demandais si tu étais à Greenoaks samedi soir. J'aimerais prendre quelques affaires mais si tu es absente je viendrai une autre fois.

Effie

J'appuie sur « Envoyer » et j'attends sa réponse. Elle a toujours son téléphone avec elle, dans un petit sac-bijou. Comme de bien entendu, sa réponse arrive immédiatement :

Salut Effie,

Ça fait un bail que tu n'as pas donné de tes nouvelles. Avec ton père, on croyait que tu avais disparu. En fait, maintenant on parle des deux gosses. Naaan ! Je plaisante.

Samedi soir on sera là : nous recevons quelques amis. Tu es la bienvenue. Comme tu m'avais dit que tu ne remettrais jamais les pieds à Greenoaks et que tu ne voulais plus me voir, je n'ai pas pensé à t'envoyer une invitation. Bien sûr, si tu veux venir, nous serons ravis de t'accueillir. Tenue de soirée. Cocktails à partir de 18 h 30.

Krista

Mon émotion grandit tandis que je relis son mail à deux reprises. Mon invitation n'était pas en retard. En fait, je n'étais pas invitée du tout. Pas conviée dans ma maison de famille. À ma fête de famille à laquelle le monde entier est invité. Je ne figurais pas sur la liste. Point barre.

Après quelques semaines de guerre froide, la bombe de Krista m'a explosé au nez. Elle a probablement attendu le bon moment pour la lancer. J'imagine le sourire de triomphe sur ses lèvres passées au brillant rose.

Je suis rouge de colère. Jamais je n'avais pensé qu'ils ne m'inviteraient pas, qu'à cause d'eux je n'aurais pas l'occasion de faire mes adieux à la maison.

— Alors, tu l'as reçu, ce mail ? veut savoir Temi.

Je cherche, en m'efforçant d'avoir l'air gaie.

— Pas la moindre putain de trace !

Mine sidérée de ma copine.

— Tu plaisantes ?

Elle s'empare de mon ordinateur et examine l'écran.

— Mais si ! Tu es invitée.

— Une invitation indirecte, ça ne compte pas. Krista m'« autorise » à assister à sa fête. Ce mail ressemble à une anti-invitation.

— Incroyable ! marmonne-t-elle. Quand même, il s'agit de ta maison.

— Plus maintenant.

— Attends ! Et ton père ? Il accepte ses façons de faire ? Non, pas possible.

— Eh bien si ! je dis avec un sourire forcé. C'est fort probable. Nous ne nous parlons plus. Il est donc d'accord avec tout ça.

J'ai soudain le sentiment qu'une porte a claqué quelque part. J'ignorais qu'elle était ouverte. Je sais maintenant qu'elle est définitivement fermée.

— C'est scandaleux, s'insurge Temi. Combien de temps as-tu passé dans cette maison ? Et depuis quand Krista fait-elle partie du paysage ? Quant à ton père…

L'indignation l'empêche de poursuivre.

— Bon, rends-moi mon ordi, je dis après un moment de silence, la voix tremblante.

Les doigts raides, j'appuie sur « Répondre ».

— Tu fais quoi, Effie ?

— Je vais décliner sa charmante invitation.

— Non, pas maintenant. Demain. La nuit porte conseil.

Un concept que je n'ai jamais compris. Quel est l'intérêt de passer une nuit atroce à ruminer des problèmes simplement pour retarder ce qu'on aurait dû faire quelques heures auparavant ? En quoi est-ce une bonne idée ?

— C'est tout réfléchi, je lance avant de commencer à taper à toute allure sur le clavier :

Chère Krista,

Quel merveilleux mail d'invitation !!!!

J'ai eu l'opportunité de jeter un coup d'œil à celui que tu as envoyé à Bean. Pas tout à fait identique, m'a-t-il semblé. Comme c'est élégant de ta part de personnaliser ainsi chaque invitation ! Mieux que du sur-mesure !

Malheureusement je dois refuser ta proposition car il se trouve que j'ai un autre engagement ce soir-là. Où et chez qui ? Je ne me souviens pas.

Tu dois être impatiente de montrer ta maison à tout le village. J'espère que tout se passera à merveille. Merci encore de m'avoir invitée.

Mes meilleures salutations,

Effie

J'appuie sur la touche « Envoyer » avant d'être prise de doutes – ou même de réfléchir (tant ma tête est bizarrement vide) et je me lève.

— Ça va, Effie ? Tu vas où ? demande Temi.

— Impec ! Je vais voir Mimi.

4

C'est la débandade. Constatation pure et simple.

En me rendant chez Mimi, des pensées tourbillonnent dans ma tête. Bean a beau tenir des discours pacificateurs dignes d'un sommet des Nations unies, regardez où nous en sommes. Nous formions une famille unie, déjeunions, pique-niquions, allions au cinéma ensemble... Aujourd'hui, tout ça est du passé. Je n'ai pas vu papa depuis des siècles. Gus est aux abonnés absents. Même Bean se tait. Et maintenant cela.

Tristement, je me souviens du début de ma rupture avec papa. Ce n'était pas ma faute. Loin de là. Le lendemain de ma sortie en fanfare, je lui ai téléphoné. Je ne l'ai pas eu mais j'ai laissé un message, suggérant que nous pourrions nous voir pour déjeuner.

Et j'ai attendu. Un jour. Deux jours. Trois jours. Je me répétais ce que je lui dirais au moment des explications. J'ai même un écrit un genre de script. Je m'excuserais d'avoir réagi de façon exagérée, d'avoir hurlé sur Krista. Je lui dirais que pour nous trois la cuisine fraîchement repeinte signifiait l'élimination de notre enfance. Je lui confierais que je ne me sentais jamais à l'aise en présence de Krista. Que la situation était plus difficile à accepter qu'il ne pouvait l'imaginer.

Mais il n'y a pas eu d'explications. Le quatrième jour, papa m'a envoyé un mail. Je l'ai ouvert le cœur battant à tout rompre. Oh, le choc ! Il me signalait que mon courrier arrivait toujours à Greenoaks et qu'il serait bon que je signale à la poste mon changement de domicile.

Mon courrier ? Oui, mon courrier !

Rien sur la fameuse soirée. Rien sur Krista. Rien sur quoi que ce soit d'important, en fait.

Mon chagrin s'est accentué. Fallait-il répondre ? Après hésitation, j'ai pondu quelques lignes en mode guindé : « Désolée que mon courrier vous ait importuné. Je m'occupe du changement d'adresse immédiatement. » Notre correspondance a conservé ensuite ce ton. Laconique, formel, utilitaire. Dans une missive suivante, mon père m'informait qu'une parente lointaine, dont je n'avais jamais entendu parler, venait de mourir. J'ai envoyé mes condoléances comme si je m'adressais à la famille royale. Après, il m'a annoncé l'envoi de vieux bulletins scolaires trouvés en triant des papiers. « Pas la peine de te déranger », ai-je répliqué. Deux échanges en deux mois. Ça en est resté là.

C'est comme si mon père avait changé de personnalité en même temps que de manière de s'habiller – sans parler de son bronzage artificiel. Comme si les sujets qui comptaient pour lui avaient cessé de l'intéresser. La version « ancienne » de mon père me manque à mourir. Ses conseils pratiques me manquent. Comme me manquent les messages WhatsApp marrants concernant l'actualité que je lui faisais suivre, ou ses recommandations sur le vin à commander au restaurant qui commençaient invariablement par « le moins cher de la liste », suivi d'un avis judicieux.

Je n'ai jamais vraiment compris les articles de magazine ou les émissions de téléréalité axés sur les problèmes familiaux. Je n'étais pas concernée. Et je me retrouve désormais au milieu d'une de ces histoires. Cette idée m'horrifie.

Je n'arrive pas à dire à Bean combien les choses se sont détériorées. Trop horrible. En plus, avec sa nature sensible elle va stresser et même se sentir responsable. En fait, il n'y a qu'une seule personne qui puisse m'aider : Mimi, qui a toujours patiemment apaisé nos disputes et nos pleurs, faisant la part des choses, démêlant les injustices. Si quelqu'un est capable d'écouter, de conseiller et de négocier avec douceur, c'est elle.

Mais, bien sûr, elle est aussi la seule personne à qui je ne peux pas demander cela.

Je la trouve dans son jardin, rentrée toute bronzée d'un récent séjour en France. Elle est occupée à tailler son unique buisson de roses. Mimi se déplace beaucoup ces temps-ci : des week-ends « découverte » dans des villes, des voyages artistiques. Pendant un mois, elle a entrepris une tournée des vignobles d'Afrique du Sud.

— Ma puce ! Je ne t'ai pas entendue.

En venant vers moi pour m'embrasser, son visage s'éclaire. J'ai l'intention de bavarder de tout et de rien avant d'aborder le sujet principal.

— Donc il va y avoir une fête, je lance.

— Oui, c'est ce que j'ai entendu dire, répond Mimi sans s'émouvoir, en reprenant l'élagage de son rosier.

— J'ai décidé de ne pas y aller, je déclare d'un air provocant.

Au fond, et si je passais la soirée de samedi avec elle ? Je peux l'emmener dîner quelque part. Oui. Nous aurons notre petite fête à nous.

— Tu n'y vas pas ? s'étonne-t-elle.

Je vais tâcher de lui expliquer mes raisons sans entrer dans les détails.

— Je ne me sens pas d'attaque. Mais ne t'en fais pas ! Comment ça va, toi ? Tu as l'air en super forme et ton jardin est ravissant.

Finalement, je bavarde de tout et de rien.

— Merci, tu es adorable. Je vais arriver à en faire quelque chose. J'ai l'intention de planter un prunier.

— Pour faire du crumble aux prunes !

— Exactement.

On avait l'habitude de préparer du crumble aux prunes ensemble. C'était notre truc à nous. Après avoir ramassé les fruits, on enlevait leurs noyaux, on les coupait en deux, on se chipotait sur la quantité de noix de muscade à saupoudrer. Gus s'amenait, l'œil brillant, disant :

— On va avoir de la crème anglaise avec ? Miam !

Mimi coupe quelques roses mortes. Et puis, elle demande :

— À propos, tu as eu des nouvelles de ton frère récemment ? Il semble très préoccupé.

Cette question nous évite d'aborder d'autres sujets.

— Non, pas depuis longtemps. Quand il s'agit de répondre aux messages, il est nullissime. La dernière fois que nous avons communiqué, c'est vrai que je l'ai trouvé stressé.

— Ah bon ! Et, dis-moi, Romilly va à la fête ? fait-elle, histoire de changer de registre.

Dans le langage de Mimi, c'est un message codé. Elle ne la critiquera pas directement car ce n'est pas son style. Mais clairement elle partage la même opinion que Bean et moi : Gus ne va pas bien à cause de son cauchemar de petite amie.

On voit tous ce qu'il lui trouve. Elle est ravissante, dynamique, mère de deux divines petites filles, Molly et Gracie. À première vue, le tout est idéal. Mais quand on s'approche de plus près, on s'aperçoit qu'elle veut tout régenter, qu'elle est obsédée par les résultats scolaires de ses filles, qu'elle utilise Gus sans scrupule comme chauffeur personnel, cuisinier, prof de maths (enfin, c'est mon avis).

Gus s'en est rendu compte. Il sait qu'elle ne lui correspond pas, qu'il est malheureux. Simplement il n'arrive pas à réagir. « Quitter Romilly » figure certainement sur la to-do list qui traîne sur son bureau. Il a toutefois posé une tasse de café dessus.

— Je n'en sais rien mais je suis sûre qu'elle sera de la partie.

— Hum ! Hum ! Et Bean ? Elle a… quelqu'un ?

Mon cœur se serre. Car, si la vie sentimentale de Gus est loin d'être optimale, celle de Bean…

Je souffre ne serait-ce que d'y penser. Pourtant, un an a passé. Une triste histoire banale. Hal – que nous aimions tous – a demandé à Bean de l'épouser. Il a fait sa demande en bonne et due forme dans un parc. Nous étions enchantés et Bean, au comble du bonheur. Mais trois jours plus tard il a changé d'avis. Fini ! Terminé ! Pas seulement les fiançailles. Leur histoire d'amour aussi.

Ils étaient sur le point de choisir une bague. En fait, Bean allait le rejoindre chez un joaillier. Ce fut horrible, atroce. Ma sœur si joyeuse, si gentille, généreuse et sensible a eu le cœur brisé. C'est injuste qu'une chose pareille lui soit arrivée.

D'accord, ce n'était pas la faute de Hal. Il n'a pas caché qu'il s'était laissé emporter avant de réaliser qu'il n'était pas prêt. Il était absolument désolé et encore chamboulé. J'imagine qu'il a fait ce qu'il devait faire mais…

L'amour, c'est vraiment merdique.

— À ma connaissance, elle n'a pas d'amoureux, j'ajoute en fixant une feuille morte. Elle n'a rien dit en tout cas.

— Hum ! Hum ! fait Mimi, comme toujours délicate. Et toi, ma chérie ? Tu as rencontré un garçon intéressant ?

— Non, je réplique sans détour. Personne.

— Il paraît que les Murran vont à la fête, continue-t-elle en coupant une rose.

— Il paraît, ouais.

— Joe est devenu célèbre, fait-elle d'un ton allègre. Pourtant, d'après sa mère, il ne supporte pas sa notoriété. Il a quitté Twitter. Apparemment, après son passage à la télé, il s'est senti assailli. Harcelé. Le clip passe toujours sur Internet, tu sais.

— J'en suis sûre.

— Tu l'as regardé ?

Je contemple le ciel.

— Non.

Mensonge. Mais impossible d'avouer : « Bien sûr, je l'ai vu. Chaque femelle de Grande-Bretagne l'a vu. La moitié l'ont demandé en mariage, les autres lui ont expédié leur petite culotte par Fedex. »

Mimi a reçu le message : je ne souhaite pas évoquer Joe Murran. Elle ferme son sécateur, pose une main sur mon bras et sourit.

— Allons prendre une tasse de thé.

En entrant dans la cuisine, je stoppe net. Le coin de la porte du placard qui me fait face est orné d'un petit dessin au feutre. Un arbre et un oiseau. Simple et charmant.

— Tu t'es remise au dessin, Mimi ?

— Oui, un peu. Tu aimes ?

— J'adore.

— C'est un nouveau départ, sourit-elle. Ma chérie, tu voudras rester dîner ?

— Avec plaisir. Dis-moi, Mimi, tu aimerais qu'on aille au restaurant, toi et moi, samedi soir ?

— Et la fête alors ? dit-elle en allumant la bouilloire.

À croire qu'elle ne m'a pas écoutée.

— Je n'y vais pas. Je préfère être avec toi.

Elle se tourne vers moi.

— Effie darling, je suis prise samedi soir. Je sors… (Elle hésite.) Je sors avec quelqu'un.

Pendant quelques horribles secondes, je suis prise de tournis. Quoi ? Ma mère a un rendez-vous galant ?

— Très bien. Tant mieux, je balbutie.

Des images indésirables m'assaillent. Mimi sablant le champagne avec un type mielleux aux cheveux gris portant cravate et murmurant : « Et plus si affinités… »

Naaan ! Trop, c'est trop.

— Et je trouve que tu devrais y aller, insiste Mimi. Tu me caches quelque chose, ma chérie ?

— C'est trop dur, j'avoue au bout d'un moment. Avec Krista. Avec papa. Et tout.

Le nom de Krista la fait tressaillir imperceptiblement. Elle ne parle jamais d'elle. Pourtant, quand elle avait vu sa photo pour la première fois, j'avais remarqué qu'elle avait changé de visage.

— Je comprends. Mais tu aimes Greenoaks et c'est l'occasion de lui dire au revoir. En plus, tu dois vouloir prendre des choses.

Contre-attaque de ma part :

— Je ne prendrai rien. De toute façon, j'ai déjà vidé ma chambre.

J'aurais dû la débarrasser bien avant. Mais Bean et moi – et Gus aussi, d'ailleurs – n'avons jamais vraiment déménagé. Avant le divorce nous revenions passer le week-end à la maison – alors pourquoi ne pas garder quelques affaires ? Bean est même revenue y vivre pendant un moment, pendant qu'elle arrangeait son appartement. Pas mal de trucs à elle sont toujours là-bas. On dirait qu'elle y habite encore.

Pas moi. Plus maintenant. Un mois auparavant, dans un geste de défi, j'ai engagé des déménageurs pour emballer tout ce qui n'était pas mobilier et déposer les cartons dans un garde-meuble.

— Pas de meubles ? Pas de livres ? s'obstine Mimi.

— Non, rien. De toute manière ça va atterrir dans un entrepôt. Il n'y a pas urgence.

L'eau bout mais nous ne bougeons pas.

— Je crois que tu dois assister à cette fête, reprend Mimi, la mine grave. Vraiment.

— Trop tard, j'ai déjà refusé.

Nous ne parlons plus de la fête. Mimi prépare le dîner. Nous regardons la télé. Quand le temps des adieux arrive, je me sens pleine d'allégresse.

À la maison, je marine un moment dans un bain chaud et me prépare à aller au lit. Quand je vérifie une dernière fois mon téléphone, un WhatsApp de Bean arrive :

Mimi dit que tu REFUSES ?

Éphélant, tu te rends compte que c'est ta dernière chance de voir Greenoaks ?

Je sais que tu es chez toi. Réponds-moi.

D'accord ! Tu fais ta muette. Mon conseil : envoie un mail à Krista pour dire que tu acceptes son invitation. Pas besoin de lui parler. Samedi soir tu pourras faire comme si elle n'était pas là et rester avec moi et Gus.

Je resterai en ta compagnie. Aucune importance.

Tu veux que je parle à papa ?

Réponds !

Je ne réponds pas. J'éteins mon téléphone, me couche et m'enfouis sous la couette, les yeux fermés. Je me moque des discours de Bean. Et de ceux de Mimi. J'ai pris ma décision. Pas question de me raviser.

Pas besoin d'assister à une fête prétentieuse et sans intérêt. Pas besoin de voir Greenoaks une dernière fois. Je ne suis plus concernée. Plus du tout.

Sur le point de m'endormir, je passe en revue mes arguments. Prendre des affaires ? Mais il n'y a rien dont j'aie envie. Je navigue dans les pièces du rez-de-chaussée pour vérifier. Hall d'entrée… salon… salle à manger… bureau… Ensuite, le premier étage… j'avance sur le palier…

Tout d'un coup je m'assieds, le cœur battant, les mains plaquées sur ma bouche.

Mais si, bien sûr ! Mes poupées russes !

5

J'ai besoin de mes poupées russes. Une envie ? Une lubie ? Non, un réel besoin. Une nécessité absolue. Si je ferme les yeux, je les vois clairement, je sens leur odeur de bois légère et familière. L'une d'elles a une fêlure sur la tête parce que Gus me l'a lancée au milieu d'une bagarre. Une autre a une marque de feutre bleue sur son tablier fleuri. Une autre encore est tachée parce qu'un jour je me suis servi de sa tête comme d'une tasse. Toutes aimées, toutes chéries. À l'idée de ne plus jamais les toucher, de ne plus jamais les tenir dans les mains, de ne plus jamais regarder leurs visages, j'éprouve un sentiment de panique.

Pour le moment, elles sont à Greenoaks, à l'intérieur d'un conduit de cheminée dans le cagibi où je les ai mises il y a six mois.

Quand je pense que je les ai cachées pour les mettre en sécurité. Notre appartement venait d'être cambriolé. Heureusement, mes poupées n'ont pas intéressé le voleur – il n'a pris qu'un peu d'argent –, mais j'ai eu peur. Mes précieuses chéries seraient mieux protégées à Greenoaks qu'à Hackney, là où j'habitais.

Mais je voulais éviter que Krista mette ses pattes dessus. Elle avait déjà commencé ses opérations de « rafraîchissement » et de tri. Imaginez qu'elle leur donne un coup de frais en les jetant dans la poubelle. Donc je les ai dissimulées dans un endroit connu de moi seule.

Dans un coin de ma tête, je gardais le projet de les retirer, mais rien ne pressait. J'avais le temps. Je n'avais pas prévu que mes visites à Greenoaks cesseraient, ni que la maison serait vendue à cette vitesse, ni que je serai « anti-invitée » à la dernière fête de famille.

Tout ce que la maison contient va aller dans un garde-meuble. Mais les déménageurs ne regarderont jamais dans le conduit de la cheminée. Les poupées vont rester. Les propriétaires vont forcément se lancer dans une nouvelle décoration. Je vois déjà un chef de chantier les retirer de leur cachette : « C'est quoi, ce truc ? Des vieilles poupées ? Fous-moi ça dans la décharge, Bert ! »

L'appréhension me glace. Depuis l'autre nuit, je ne ferme pas l'œil. Cinq nuits que je pense à la façon de les récupérer.

Et c'est pour cette raison que je vais à la fête ce soir. Pas comme invitée. J'ai tout planifié. Je vais m'introduire en douce dans la maison quand la fête battra son plein, je me glisserai dans le grenier, je prendrai mes poupées et ficherai le camp. Facile : entrée, sortie, partie. Le tout en dix minutes chrono. Deux problèmes à prendre en compte, tout de même. 1/ Personne ne doit me voir. 2/ Et surtout pas Krista.

Question : mes baskets couinent-elles ? Je les teste sur le lino vert de notre cuisine comme si j'étais dans un cours de cardio.

— Tu entends quelque chose ? je demande à Temi.

Elle lève les yeux de l'écran de son téléphone pour fixer mes pieds.

— Tu parles de tes baskets ?

— Je ne dois pas faire de bruit. Pas question d'être trahie par une basket qui grince. C'est crucial.

Et comme elle ne répond pas.

— Tu pourrais m'aider, quand même !

— OK ! T'es vraiment sur les nerfs, Effie. Je récapitule : tu t'introduis en cachette à la fête de ton père, fête où, par ailleurs, tu as été invitée.

Je rectifie :

— Invitée à contrecœur.

Je fais un ou deux étirements. Au cas où j'aurais besoin de toutes mes capacités physiques dans cette entreprise de sauvetage. Certes, je ne vais pas filer en tyrolienne. Mais… on ne sait jamais. Je serai peut-être obligée de m'échapper par une fenêtre.

Je suis en noir des pieds à la tête. Pas le noir chic de rigueur dans une soirée. Le noir de *Mission : impossible*, comme il convient à mon affaire. Leggings, top, baskets et mitaines : ma tenue entière est noire. Je porterai aussi un béret, bien que nous soyons en juin. Je me sens hyper nerveuse. Au fait, si je réussis, je pourrais être le prochain James Bond.

Temi m'observe en se mordant les lèvres.

— Et si tu te contentais d'y assister normalement ?

Je grimace.

— Et je serais obligée de quémander une invitation auprès de Krista et… de lui sourire… Quelle horreur !

— Pourquoi ne pas demander à Bean de prendre tes poupées ?

— Je ne veux pas qu'elle me rende un service.

Je détourne le regard : le cas Bean reste assez sensible. Ma sœur me pousse toujours à aller à la fête. On s'est chicanées à ce sujet. Pourtant c'est difficile de se disputer avec elle : elle n'arrête pas de faire machine arrière et de s'excuser même lorsqu'elle avance des arguments imparables – mais on y est presque arrivées. Si jamais je laisse entendre que je serai dans les parages de Greenoaks samedi soir, elle va encore essayer de me persuader d'y aller. Je me sentirai coupable. Et je n'en ai pas envie. Je veux juste récupérer mes poupées et me tirer.

— Emporte au moins une robe, conseille Temi. Si tu changeais d'avis, tu pourrais te joindre aux festivités. Imagine que le buffet et les boissons te plaisent, tu regretterais.

— Non !

— Et si tu vois quelqu'un avec qui tu aimerais bavarder ?

— Ça n'arrivera pas.

— Et si tu te fais pincer ?

— Arrête d'être négative ! Je ne me ferai pas choper. Je connais Greenoaks comme ma poche, ses coins et ses recoins, ses trappes, ses cachettes…

Je me repasse le scénario : je me glisse dans le grenier, ni vue ni connue. J'attrape les poupées rapidement. Je descends le long d'un tuyau d'écoulement, je roule sur la pelouse avant de filer dans l'obscurité vers un endroit sûr.

— Tu as besoin d'une complice ? propose Temi.

— Merci, mais je préfère agir en solo.

— Si tu as besoin de moi, je suis disponible. Je peux trianguler ta position. Faire venir un hélico pour t'évacuer.

— Je te le ferai savoir, je dis en rigolant.

— Et si tu rencontres Joe ?

La question de Temi me prend au dépourvu. J'hésite. J'ai pensé à cette éventualité. Très souvent.

— Mais non. Aucune chance.

— Tu l'as vu quand pour la dernière fois ? fait Temi.

— À Noël, il y a deux ans. Il passait près de notre grille. On a papoté. Rien de spécial.

Je sors de la cuisine pour échapper à l'interrogatoire de Temi, m'affale sur le canapé du salon et fais semblant de vérifier mes appels. En fait, je pense à Joe. Et à cette soirée, quatre ans auparavant, quand je suis revenue des États-Unis et que tout a volé en éclats.

Nous avions commencé à sortir ensemble au lycée. On se posait donc des questions. Ne sommes-nous pas trop jeunes ? Faisons-nous le bon choix ? Aussi, quand on a proposé de me muter temporairement à San Francisco, j'ai sauté sur l'occasion. Une pause. Une séparation de six mois. Peu de SMS. La possibilité de sortir avec d'autres personnes, de vivre seule des expériences. Et quand je reviendrais…

… il serait temps de s'engager. Sans en avoir parlé, nous en étions sûrs.

La veille de mon départ, nous sommes allés dîner dans un restaurant « chicos » largement au-dessus de nos moyens. Joe a sorti un petit paquet emballé. Ça m'a rendue nerveuse car ses finances étaient en berne.

— Tu n'es pas le genre à aimer les gros cailloux, a-t-il commencé.

Pourvu qu'il n'ait pas fait un emprunt pour m'offrir une bague, ai-je pensé.

— Absolument pas mon genre, ai-je confirmé. Tu sais qu'on peut toujours se faire rembourser. Si tu veux le rendre, aucune importance. J'ai déjà oublié.

Il a éclaté de rire. Malin comme tout, mon chéri !

— Donc, j'ai opté pour le contraire, a-t-il continué, le regard malicieux. Je suis fier de te déclarer que je t'offre… (geste théâtral) le Plus Petit Diamant du Monde. Marque déposée.

Je me suis mise à rire – de soulagement, aussi – et j'ai déchiré le papier.

— J'espère que c'est vraiment la plus minuscule pierre que la terre ait produite, j'ai dit. Et pas juste une petite.

— Il est invisible à l'œil nu. Heureusement, j'avais apporté un microscope chez le bijoutier. Pour être certaine qu'il existe vraiment, tu dois me croire sur parole.

Joe avait le don de me faire rire. Et pleurer. Quand j'ai vu la petite pampille en forme de bougie avec un diamant en guise de flamme, j'ai eu les larmes aux yeux.

— C'est moi, me consumant d'amour pendant tout le temps où tu seras absente.

Ses yeux étaient mouillés. Il affichait néanmoins un grand sourire résolu : nous avions fait le vœu que notre dernière soirée serait joyeuse.

— Il faudra que tu t'amuses, j'ai dit. Avec… enfin, tu sais. D'autres nanas.

— Pareil pour toi.

— Quoi ? M'amuser avec des filles ?

— Si tu en as envie. Oui, bonne idée ! Tu m'enverras des photos, a-t-il ajouté, le regard coquin.

— Sérieusement, Joe. C'est l'occasion de… d'être sûrs.

— Moi, je suis déjà sûr. Mais oui. Message reçu. Je promets de m'amuser.

J'ai aimé San Francisco. Infiniment. Je n'ai ni broyé du noir ni regretté l'Angleterre. J'ai travaillé dur, j'ai bronzé, changé de coiffure et fréquenté des Américains. Des mecs gentils, polis, drôles. Mais aucun n'arrivait à la cheville de Joe. Chaque sortie – d'insipide à assommante – me le confirmait.

Nous avions volontairement décidé de limiter notre communication. Parfois, tard le soir, je lui envoyais une photo de ma pampille en forme de bougie que je portais sur une chaîne en argent autour du cou. Parfois la photo d'une bougie brûlant sur son bureau apparaissait sur l'écran de mon téléphone. J'étais sûre.

On devait se retrouver à Greenoaks, dans la cabane perchée dans un arbre, notre refuge favori au cours de ces dernières années. Une idée à moi. J'étais arrivée la veille. « Ne viens pas me chercher », lui avais-je demandé. Dans la vraie vie, les aéroports sont stressants. Pas comme au cinéma. Embrassades devant tout le monde, galère avec une valise supplémentaire remplie de cochonneries, métro. Rien de romantique. Donc nos retrouvailles auraient lieu dans la cabane à Greenoaks sous le ciel étoilé d'une nuit d'été. Sans prévenir la famille, j'avais pris le train, fait le tour de la maison et gagné le parc. La maison de l'arbre allait abriter le bonheur d'être à nouveau ensemble.

J'ai mis du temps à me rendre compte qu'il ne viendrait pas. Une attente débilitante, humiliante. J'étais arrivée en avance, nerveuse mais euphorique, portant de nouveaux sous-vêtements, une robe neuve et ma pampille. J'avais apporté du vin, des petites bougies, un tapis, de la musique et même un gâteau. Au début, son retard ne m'a pas inquiétée. J'ai bu un peu de vin, toute à la joie de l'anticipation.

Au bout d'une demi-heure, je lui ai envoyé une photo de ma breloque. Pas de réponse. Pas de réaction non plus quand je l'ai renvoyée. Et là, j'ai commencé à me faire du souci. Toute honte bue, je lui ai expédié une série de messages enjoués, lui demandant s'il avait oublié le rendez-vous et ce que nous avions convenu. Puis, sur une note plus anxieuse, s'il allait bien.

Après une heure d'attente, j'ai commencé à paniquer. Joe n'est pas le genre à être en retard. Les scénarios catastrophe ont défilé dans ma tête. Il était mort. Tombé, un bouquet de fleurs à la main, en route vers Greenoaks. Il avait été kidnappé. Ou, en dernier ressort, il était coincé sous un meuble très lourd.

Cette hypothèse m'a poussée à aller voir sa mère. Le souvenir de cette visite me fait encore frémir de honte. Chancelant dans l'allée des Murran, en état d'hyperventilation, les larmes aux yeux et, pour finir, appuyant avec frénésie sur la sonnette.

Qu'espérais-je ? Je ne sais pas. Probablement une nouvelle réconfortante : Joe avait été retardé en sauvant un petit chat bloqué au sommet d'un arbre.

Isobel m'a ouvert la porte en peignoir de bain. Elle sortait de son bain. La honte pour moi.

— Effie, tu es de retour.

J'étais trop éreintée pour même lui sourire. Je lui ai exprimé ma frayeur. L'appréhension a succédé à la surprise. Elle a tout de suite attrapé son téléphone et envoyé un message. Quelques secondes après, la réponse est parvenue.

Son expression a confirmé les sombres soupçons qui me taraudaient depuis un moment. Elle semblait gênée. Troublée. Peinée. Et, pire que tout, compatissante.

— Effie, Joe va bien, a-t-elle dit gentiment.

Son visage était chiffonné. On aurait dit qu'elle ne supportait pas d'annoncer que son fils n'était pas écrasé sous une armoire mais bien vivant.

— D'accord, ai-je balbutié. Désolée... je comprends.

L'énormité de la nouvelle ne m'avait pas encore percutée. Mes jambes voulaient faire demi-tour. J'ai pourtant fait une pause et déclaré d'une voix enrouée :

— S'il vous plaît, ne dites rien. Pas un mot à Mimi ni à Bean. Elles ne savent pas que je suis ici. S'il vous plaît, Isobel.

Les larmes dégoulinaient sur mes joues. Isobel avait l'air aussi perturbée que moi.

— Il veut te parler, a-t-elle murmuré. Je ne sais pas... Je ne comprends pas... Mais entre, Effie. Je t'offre une tasse de thé ? Un verre ?

J'ai secoué la tête sans dire un mot et je suis repartie. Je voulais me retrouver seule dans un endroit obscur pour digérer le cauchemar que je vivais.

Malgré moi, j'avais encore de l'espoir. Le coup de téléphone qui a suivi m'a achevée. Joe a appelé. Il m'a demandé pardon au moins cent fois. Il m'a dit qu'il me traitait mal, au moins cent fois. Qu'il n'avait aucune excuse, au moins cent fois.

Il ne m'a pas donné de raison. Chaque fois que je posais la question, il répliquait qu'il était désolé. Impossible de percer son mur d'excuses impénétrable. Mais ses excuses ne m'aidaient pas.

Ma souffrance s'est transformée en fureur. J'ai demandé à le voir – « Tu me dois bien ça. » Café sinistre le lendemain. J'avais l'impression de m'adresser au témoin d'un procès. Où était passé mon amoureux sympa, chaleureux, spirituel ?

D'une voix morne, il m'a expliqué qu'il n'y avait personne d'autre sans sa vie. Simplement, il ne se sentait pas capable de s'engager. Il avait paniqué. Il ne voulait pas me blesser, tout en voyant bien mon chagrin.

— Moi-même je n'y vois pas clair, Effie, a-t-il répété en boucle en fixant le mur du fond.

On peut emmener un mec boire un café mais on ne peut pas le forcer à mettre son âme à nu. À la fin, nous tournions en rond. J'ai fini par abandonner, épuisée et vaincue, après avoir lancé ma dernière flèche.

— Une chance que tu m'aies donné le Plus Petit Diamant du Monde. Je n'ai eu aucun remords quand je l'ai fichu à la poubelle.

Puéril ? D'accord. Joe a d'ailleurs sursauté. Tant pis. Ça m'a fait du bien.

Et c'est pourquoi, au Noël suivant, alors que j'étais sûre de tomber sur Joe, j'ai de nouveau agi de manière puérile pour le faire une fois encore tressaillir : je suis sortie avec Humph Pelham-Taylor, notre aristo local.

Un type hyper huppé qui vivait à quelques kilomètres de Nutworth. Arbre généalogique tricentenaire, chemises à carreaux, vieilles nounous toujours à demeure : vous voyez le genre. Il m'avait couru après à l'école. En vain. Aujourd'hui je tenais ma vengeance. Et ça a marché. Quand je suis arrivée à la messe de Noël, bras dessus, bras dessous avec Humph, avec une toque en fausse fourrure spectaculaire, Joe a eu l'air incrédule. Quand je me suis exclamée à haute voix : « Humph chéri, tu es absolument tordant ! », la stupéfaction a pris le dessus. Ce n'était pas le seul d'ailleurs, d'autres ont eu la même réaction. Y compris Bean.

De l'incrédulité et de la stupéfaction : voilà ce que mon attitude a provoqué. Ensuite, silence radio. Joe est parti avant le vin chaud. On ne s'était pas parlé.

En échange, j'avais dû supporter les insupportables braiments de Humph, ses baisers maladroits et ses prises de position navrantes : « La cervelle des femmes est plus petite, Effie. C'est un fait scientifique. » J'ai rompu le lendemain de Noël. Trois semaines avec lui, c'était déjà trop long.

Nous n'avons jamais couché ensemble – une réalité que je me rappelle souvent. J'avais trouvé une liste sur Internet : Dix excuses pour ne pas coucher avec un type. Conseils suivis à la lettre, depuis : « J'ai mal à la tête », jusqu'à : « Ton chien m'observe. » Nous étions en couple, ça suffisait.

Bien sûr, aujourd'hui, je regrette. C'était immature. Je regrette beaucoup de choses. Par exemple ? Avoir cru que Joe et moi deviendrions grands-parents ensemble.

Temi se racle la gorge. Je me ressaisis.

— Tu prétends donc que Joe n'a plus aucune importance à tes yeux ? Effie, si tu avais vu ta tête il y a une seconde. Tu n'as même pas remarqué que je revenais. N'essaye pas de me faire croire que tu ne pensais pas à lui.

Elle ignore les détails de notre rupture. En revanche, elle sait que je l'ai toujours dans la peau (et ça n'arrange vraiment rien qu'il soit présent sur le site du *Daily Mail* presque tous les jours).

— Il a rompu avec sa copine, hein ? ajoute-t-elle comme si elle lisait dans mes pensées. C'était dans le *Daily Mail.* Comment elle s'appelle, déjà ?

— J'sais pas.

Pieux mensonge. Chaque détail la concernant est gravé dans ma mémoire. *Lucy-Ann. Assistante de recherche à la télé. Très jolie, avec une cascade de cheveux bruns. Ils étaient photographiés à Hyde Park, bras dessus, bras dessous.*

— Je me répète, Effie, mais il se passera quoi si tu le vois ? Il te faut une stratégie.

— Non. Parce que je ne vais pas le voir. Je resterai dans la maison dix minutes maximum. Et je ne m'approcherai pas des invités. J'arriverai par-derrière et je grimperai sur les arbustes…

— Quelqu'un peut te repérer, objecte-t-elle.

Je secoue la tête.

— Les arbustes arrivent à la hauteur de la porte de la cuisine. Tu te souviens quand on jouait à cache-cache ? Eh bien je passerai par là, en évitant les marches.

— Et les serveurs ? Ils ne seront pas dans la cuisine ?

— Pas tout le temps. J'attendrai le moment opportun, camouflée dans les buissons.

Mon amie a l'air sceptique. Elle change de sujet.

— Dis-moi, il va arriver quoi à la cabane de l'arbre ?

— Les nouveaux propriétaires vont l'avoir.

— Logique, mais c'est dommage. On vivait littéralement dans cet endroit.

Malgré tout ce qui s'y est passé, j'y suis attachée, à cette cabane. Deux étages, une échelle de corde et même un trapèze. Certaines nuits d'été, on se couchait sur les banquettes de bois avec des couvertures pour observer les étoiles. On y a rêvé à notre avenir, fait des plans sur la comète, écouté de la musique.

Et on y a eu le cœur brisé. Seulement le mien, peut-être.

— Qu'importe ! Ce n'est qu'une cabane.

Le visage grave, Temi me regarde.

— Effie, tu ne veux pas changer d'avis ? fait-elle en passant une main sur ma tenue noire.

— Non ? Pourquoi tu en doutes ?

— Ton dernier adieu à Greenoaks, dit-elle avec nostalgie. Même moi, qui n'y vivais pas, j'adorais cette maison. Tu dois lui dire au revoir convenablement.

— Adieu à quoi ? je rétorque. La maison a changé… Notre famille a changé…

— Quand bien même ! Prends un moment pour te connecter, pour ouvrir ton cœur. Sinon, tu risques de le regretter plus tard.

Elle me regarde au fond des yeux, ma vieille et judicieuse amie. Elle se fait du souci pour moi. Je tressaille car elle vient d'atteindre une partie de mon moi secret et caché. Ma poupée russe, la plus petite de toutes, enfouie à l'intérieur les autres. Et que dire de plus ? sinon que, après tout ce temps, c'est toujours sensible et que ça fait mal.

Son discours est sensé. Mais voici la vérité : je ne veux pas ouvrir mon cœur. Je veux au contraire le préserver, le protéger des agressions extérieures. Emboîter les poupées les unes dans les autres. Clic, clac et c'est bouclé. Mes émotions en sécurité à l'intérieur.

— De toute façon, je dis en enfonçant mon béret jusqu'aux yeux, ce n'est qu'une maison. Tout va bien se passer.

6

À vrai dire, tout ne se passe pas bien. Pas bien du tout, même. Du moins, pas comme je l'avais envisagé.

Mon projet ? Approcher la maison sous le couvert des buissons, aussi silencieuse qu'un jaguar, aussi finaude qu'un renard. Traverser la cuisine à pas de loup et grimper au premier en trois minutes. Être dehors en cinq. Exfiltration des poupées facile et sans bavure.

Les faits ? Je suis coincée derrière un buisson de roses dans le jardin, face à la porte principale, respirant des effluves de boue et de feuilles tout en observant les invités bien habillés se présenter au videur qui vérifie leurs noms sur sa liste. Krista a engagé un videur. Tellement prétentieux. Ça dépasse l'imagination. Tout dépasse l'imagination. Et je n'ai pas de stratégie de rechange.

Du calme, Effie ! Pas le moment de paniquer. Mais je suis sur des charbons ardents. Et je tordrais le cou à celui ou celle qui a coupé les arbustes et ruiné mon plan d'attaque par la même occasion.

Tout marchait à merveille. Je suis arrivée à Nutworth incognito. Par le train. J'ai emprunté les petites rues qui bordent l'arrière du village avant de prendre le chemin où passent les tracteurs. D'accord, j'avais prévu d'entrer par effraction dans la propriété de notre voisin, John Stanton. Un brave homme que ça ne dérangerait pas, j'en étais sûre. Parfois on sent ces choses-là.

J'ai franchi la clôture, écorchant légèrement mes jambes sur le barbelé mais qu'importe. Je me suis dépêchée le long du champ de John en zigzaguant entre les bouses de vache jusqu'aux limites de notre propriété. La tourelle de Greenoaks était en vue. J'ai escaladé la dernière barrière et levé le nez machinalement vers la cabane dans l'arbre.

Et là, pincement au cœur, accompagné d'un désir ardent d'y grimper, de m'allonger sur la banquette en bois, de regarder le ciel à travers les fenêtres ouvertes et simplement… de me souvenir.

Mais j'ai résisté. Si on écoute chaque pincement au cœur, on n'avance pas dans la vie.

Alors j'ai longé la haie, sans m'occuper du regard curieux des moutons, pour atteindre la haie en if qui marque le début de notre jardin. À ce moment-là, j'étais gonflée à bloc. Pleine d'énergie. Prête à galoper à travers les arbustes, agile, le pied léger comme quand j'avais neuf ans.

Mais en émergeant de la haie, j'ai eu le choc de ma vie. Les arbustes avaient été coupés. Rasés. Éliminés. L'arrière de la maison était visible : on lui avait accolé un pitoyable patio flambant neuf avec une cheminée en tôle noire toute brillante. La maison semblait nue, moche et… bancale.

Indignation violente. Envie de pleurer. J'avais tellement joué dans ces arbustes durant mon enfance. L'abri de ces feuilles et leur odeur de bois et de tourbe avaient tellement compté pour moi. Ils étaient comme d'anciens membres de ma famille, bienveillants, prêts à me protéger. Qui avait donné l'ordre de les éliminer ? Papa ? Krista ?

J'avais une préoccupation plus urgente : trouver une cachette. Dans le patio tout nu et tout neuf, c'était impossible.

Puis les choses sont allées de mal en pis. Pendant que je faisais le guet, cachée derrière le tronc d'un hêtre, deux personnes sont sorties de la cuisine, sans doute le personnel du traiteur. L'un a jeté des bouteilles dans un récipient en plastique tandis que l'autre allumait une cigarette en s'appuyant contre le mur. Une horrible réalité m'a frappée de plein fouet : le traiteur et ses employés utilisaient le patio comme zone de service. Leurs allées et venues ne cesseraient pas. Ils allaient tout de suite me repérer.

J'étais bloquée.

Et pourtant il ne fallait pas traîner. Je n'ai pas bougé pendant quelques minutes. De l'endroit où je me trouvais, j'apercevais un pan de toile blanche. Sans doute une tente ou un auvent destiné à abriter les dîneurs. La fête allait se dérouler là. Je devais quitter les lieux au plus vite.

Je me suis donc faufilée à travers le jardin vers l'autre côté en espérant me fondre dans le feuillage. Le souffle court, obligée de stopper net chaque fois qu'un employé apparaissait, j'essayais de réfléchir. *Pourrais-je m'introduire dans la maison en passant par une fenêtre discrète ?* Sans espoir. La façade est de Greenoaks compte peu de fenêtres. Son mur de pierres moussues abrite des réserves où personne ne va.

J'ai continué à me glisser lentement, sans bruit, furtivement. Parvenue dans l'allée centrale, mes nerfs ont failli me lâcher : des invités, des gens que je connaissais, s'avançaient en faisant crisser le gravier, portant des petits cadeaux ou des bouquets de fleurs. Un peu plus loin, un gars en veste fluorescente guidait les conducteurs vers un champ afin qu'ils se garent. Beaucoup plus formel que je ne le pensais. Plus organisé.

Personne ne m'a vue passer de la charmille au banc d'ornement, puis à la bordure de rosiers, située à cinq mètres de la maison, et derrière laquelle je me suis finalement allongée. J'y suis toujours, planquée derrière un buisson, réfléchissant à une nouvelle tactique.

Le bourdonnement d'une conversation et les basses de la musique diffusée par une sono parviennent à mes oreilles. Tout comme un rire strident. Visiblement les gens passent un merveilleux moment à la merveilleuse fête de Krista.

J'ai des crampes dans les jambes. Je change de position avec précaution, tressaillant quand mon bras est éraflé par une épine. Deux femmes en robe brillante remontent l'allée circulaire qui mène à la porte d'entrée. Peut-être des amies de Krista ? Je ne les reconnais pas. Elles donnent leur nom au videur qui vérifie la liste. Puis il murmure quelque chose dans son casque-micro – oui, il porte un casque-micro ! – et les laisse finalement entrer.

Ma parole, elle se prend pour qui, Krista ? Pour Victoria Beckham ?

Je jette un regard mauvais au videur, à sa liste, à ses larges épaules et à son œil inquisiteur. S'il n'était pas là, je pourrais me faufiler facilement au milieu des invités.

Question : comment détourner son attention ?

Si on était dans un film d'action, je ferais rouler une grenade à main sur le sol. Elle exploserait, le videur se précipiterait en dégainant son arme et j'en profiterais pour entrer. Ah, si seulement j'avais une grenade ! Mais sans explosifs. Une petite prière là-haut serait peut-être utile. Envoyez-moi s'il vous plaît une forme un peu inoffensive de grenade…

Et soudain apparaît dans mon champ de vision le contraire absolu d'une grenade. La personne la plus douce, la moins offensive du monde : ma sœur Bean.

En jean, tee-shirt et bottes Ugg, on ne peut pas dire qu'elle soit en habits de fête. Elle porte à grand-peine un truc en pierre, apparemment très lourd. Elle le pose : c'est le bassin des oiseaux du jardin clos. Elle sort son téléphone, pianote dessus : quelques secondes après, le mien vibre. Un message. Merde ! Elle m'envoie un WhatsApp.

Je sursaute et regarde à travers les branches pour voir si elle a entendu le bourdonnement de mon portable. D'un autre côté, le bruit ambiant est assez fort pour le masquer. Dilemme : dois-je répondre ou non ?

Pour quelle raison me dérange-t-elle au lieu d'assister à cette fiesta si chic ?

Sans doute un potin amusant ou des nouvelles de première importance. J'ouvre son message :

> Salut Effie ! Je suis à Greenoaks. Je te préviens que j'embarque le bassin des oiseaux. Dommage que tu ne sois pas là. Veux-tu que je prenne quelque chose du jardin pour toi ? Des pots ? Celui en terre cuite avec les herbes aromatiques, peut-être ? Pourquoi pas ?
> Bises.

Je devrais ne pas répondre. En même temps, je ne veux pas que Bean se fasse du souci à l'idée que je regrette jusqu'à la fin de mes jours de ne pas avoir récupéré ce vieux pot minable. Donc je tape :

Non merci ! Pas besoin de pot. Amuse-toi bien ! Bises.

— Bonsoir !

Une grosse voix me fait bondir. Les Martin du Vieux Presbytère se pressent vers la maison. Quand ils saluent Bean, elle pique un fard et se tortille. Je rigole, à l'abri de mon rosier. Depuis l'histoire de la livraison, la présence des Martin nous met carrément mal à l'aise.

Nous sommes allés boire un verre chez eux, l'an dernier. L'occasion de regarder partout. Mais pas l'ombre d'une sculpture érotique. Pas même dans la chambre de Jane où nous sommes allées sous prétexte de nous refaire une beauté. Elle doit se trouver dans leur baisodrome secret, avons-nous alors décidé à voix basse en partant d'un rire hystérique. Quand Jane, dans sa robe fleurie si convenable, nous a demandé ce qui nous faisait tant rire, nous avons bien failli mourir.

— Bonsoir, fait Bean, légèrement troublée, ne regardez pas ma tenue, je ne suis pas encore habillée pour la soirée.

— Vous êtes toujours ravissante, dit Jane en l'embrassant. Effie vient ?

— Je… ne crois pas. Elle est prise ce soir. Sinon nous sommes tous là.

— Une soirée importante pour vous, intervient Andrew, avec un coup d'œil circulaire. Depuis le temps que vous habitez là ! C'est difficile de dire adieu à une telle maison.

— Oui, c'est dur, répond Bean en rougissant, mais c'est également positif. Oui, positif à bien des égards.

Silence embarrassé. Les Martin ont du tact. Pas le genre à prendre parti, à critiquer, à dire : « Elle a fabriqué quoi, la copine de votre père, avec la superbe cuisine ? » comme Irène dans le pub.

— Bon, eh bien, on se voit plus tard, conclut Jane. Oh, un portier ! ajoute-t-elle en découvrant la présence du videur. C'est d'un chic !

Après avoir donné leur nom au videur, les Martin sont admis à l'intérieur. J'observe toujours Bean. Elle n'a pas l'air d'être pressée de rejoindre les invités. Son visage est tout crispé comme si une pensée atroce l'assaillait. Elle repousse ses cheveux en arrière et commence à taper.

Mon portable vibre.

Ça va, Effie ? J'espère que tu ne rumines pas toute seule dans ton appart. Mimi m'a dit que tu lui avais proposé de sortir ce soir mais qu'elle ne pouvait pas. Elle souhaitait que tu changes d'avis au sujet de la fête. Bises.

Je suis à la fois touchée et fâchée par son message. C'est donc ce que les gens pensent ? Que je suis une recluse tragique et maussade ? Non, je ne rumine pas toute seule dans mon appart. Je suis toute seule derrière un buisson de roses. J'ai envie de faire passer cette information à Bean. Mais j'ai une meilleure idée. Je tape :

En fait, j'ai un rencard. Ne t'inquiète pas !

J'envoie avant d'ajouter :

Tu peux divulguer la nouvelle à tout le monde. À Krista. Ou à Joe si tu le vois. Dis-lui que ce soir je suis de sortie. Avec un type super.

J'aperçois le visage de Bean. Elle semble sincèrement enchantée de ce que je lui annonce. Quel amour, ma sœur ! Elle tape sa réponse à toute allure :

Un rencard ? Fantastique ! Des détails stp.

Des détails ! Allez, Effie ! C'est le moment de faire preuve d'imagination. En même temps que je tape, je m'octroie une petite absolution. Si je mens, c'est pour la tranquillité d'esprit de ma sœur. Sa soirée sera d'autant plus réussie si elle me croit en train de dîner en tête à tête avec un type.

Oui ! C'est super. Je l'ai rencontré aujourd'hui alors que je faisais le service d'un déjeuner professionnel. Il voulait des renseignements sur le sorbet au citron. Tout est parti de là. C'est un athlète olympique.

Hum ! Je suis sans doute allée trop loin. La réponse de Bean me le confirme.

Un athlète olympique ? Dans quelle discipline ?

Aïe ! Je n'y connais rien ! Que dire ? Le saut ? Le lancer de poids ? Non, pas cette catégorie.

Il a arrêté. Maintenant c'est un homme d'affaires. Doublé d'un philanthrope.

Miséricorde ! Il est là.

Je savais qu'il viendrait. Bien évidemment. Mais je ne m'attendais pas à…

OK, Effie ! Respire. Pas de problème. Il ne peut pas te voir. Il ne regardera pas dans ta direction. Et, dans un sens, c'est intéressant de l'observer à distance, en toute neutralité, maintenant qu'il est célèbre.

À travers le feuillage, je le scrute avec intensité. Impossible de m'en empêcher. Cheveux un peu plus longs qu'à notre dernière rencontre. Regard un peu plus las ? Même sourire intrigant.

Le sourire de Joe a toujours été particulier. Il n'exprime pas seulement la joie, mais aussi une sorte de sagesse ironique, une façon à la fois gaie et triste de considérer la vie.

Cela dit, ce soir, il paraît plus désabusé qu'amusé. Ses cheveux sombres sont coiffés en arrière. Sur son visage amaigri ses pommettes paraissent plus prononcées. Et je rends hommage à son élégance, il porte un smoking.

Quand il embrasse Bean sur la joue, je sens un drôle de picotement sur ma propre joue, par mimétisme

— Salut, Bean, lance-t-il de sa voix profonde.

Une image me vient. Nous avons dix-sept ans. Allongés dans l'herbe, nos visages tournés vers le soleil, nous pensons que nous avons l'éternité devant nous.

D'autres souvenirs reviennent en cascade. Je ne sais pas lesquels sont plus pénibles : les bons ou les mauvais ? Cette soirée où tout a commencé entre nous, à une fête disco du lycée. L'ivresse bienheureuse de ce premier été de rêve. La façon dont tout cela était censé se passer.

En essayant de tisser des liens sentimentaux avec d'autres mecs, j'ai constaté comme les relations entre Joe et moi étaient naturelles. Je n'ai jamais dit : « Oh, désolée… », jamais inventé des bruits sexy pour meubler le silence. Jamais menti ni fait semblant. Pourquoi aurais-je raconté des bobards à Joe ?

Nous avons tout appris ensemble. À être étudiants. À soigner une gueule de bois. À retenir le nom des os du corps humain. Pour les examens de Joe mais, jouant le rôle du pote de révision, je les ai mémorisés. Un jour, j'ai décoré sa chambre avec des Post-it où figuraient tous les noms en latin. Pendant des mois, le mot « tibia » est resté collé au-dessus de son lit.

Ensuite, nous nous sommes confrontés à la réalité du monde, avec de nouveaux challenges. Le travail. Les collègues. La recherche d'un appartement pas cher à Londres. Le montage d'un lit. Nous sommes allés ramer sur la Tamise. On était nuls mais c'était sympa.

Nous n'avions pas à nous expliquer puisqu'on était toujours du même avis. Oui, on avait des moments d'énervement et on se querellait. Mais pas plus que lors des discussions de cours d'anglais au collège. Sans jamais utiliser des termes désagréables ou vachards.

D'une certaine manière, bien qu'on se connaisse sur le bout des doigts, demeurait entre nous un enchantement. Une mystérieuse magie. Nous pouvions être au lit ensemble sans avoir besoin de parler. Le regard de Joe n'était jamais ennuyeux. Et Joe n'était jamais ennuyeux.

Parce que j'ai appris une chose depuis : la plupart des mecs sont ennuyeux. Ou alors, s'ils ne le sont pas et qu'ils sont super amusants, ils entretiennent une armée de copines secrètes.

Fin de l'épisode de nostalgie. Retour au temps présent.

— Donc, une époque se termine, dit Joe à Bean avec cette voix grave et pleine d'empathie qui fait son succès dans tout le pays. Comment tu te sens ?

— Pas mal, répond Bean. Tout est pour le mieux, non ?

— Oui ! J'ai toujours aimé cet endroit. J'y ai passé tellement de temps quand j'étais gamin. Tu te rappelles ces feux de joie sur la butte ?

Tous les deux tournent machinalement leur regard vers la butte recouverte d'herbe qui longe le côté est de la maison.

— Oui, ce qu'on s'est amusés ! acquiesce Bean.

— Et la cabane dans l'arbre ? Nous y avons passé nos journées pendant tout un été. Et même nos nuits. C'était comme une seconde maison.

Je souffle d'indignation. La cabane dans l'arbre ? Comment ose-t-il en parler de manière si désinvolte ? Il ne ressent donc rien ?

C'est peut-être l'explication. J'ai fait l'erreur de tomber amoureuse d'un homme dépourvu de tout sentiment. Je comprends maintenant.

— Nous avons eu de la chance de grandir ici, constate Bean.

Son sourire est figé. Même à distance, je devine qu'elle a les larmes aux yeux.

Et Joe semble s'en rendre compte aussi car il ajoute :

— Mais tout est pour le mieux.

— Exactement, renchérit Bean. On doit tourner la page.

— Bien sûr ! Dis-moi, Effie est là ?

— Non, elle ne peut pas venir.

Puis, d'un débit accéléré :

— Elle sort avec un type ce soir. Un athlète olympique. Elle lui a servi un sorbet au citron et ça a été le début.

— Un athlète olympique ? Rien que ça ?

Oui, ça te fait les pieds, Joe ! je me dis, à l'abri de mon rosier.

— Maintenant, c'est un philanthrope. Un homme d'affaires et un philanthrope, se hâte de préciser Bean.

Elle est trop mignonne, ma sœur !

— Une sacrée trouvaille, ce type, commente Joe.

Il y a un certain agacement dans son ton. Ou est-ce le fruit de mon imagination ?

— Bon, je dois entrer, dit Bean après un coup d'œil inquiet à sa montre. Je suis en retard. Tu viens au dîner ?

— Je suis invité mais je me demande pourquoi.

— Tu as pratiquement fait partie de la famille, réplique Bean en piquant un fard. Donc Krista a pensé que…

Elle ne va pas dire : « Krista t'a invité parce que tu es devenu célèbre. » Mais c'est la vérité vraie. Krista est sans scrupule. Elle veut montrer qu'elle est sa meilleure amie. Et le sourire en coin de Joe m'indique qu'il n'est pas dupe.

— Très gentil de la part de Krista, fait-il. Tout à fait délicat.

— Oui, dit Bean en passant une main dans ses cheveux. Il faut que j'y aille. À tout à l'heure !

Et au videur :

— Je suis sur la liste. Bean Talbot.

— Qu'est-ce que c'est ? demande le videur en pointant un doigt boudiné vers le bassin des oiseaux posé sur le bord de l'allée. Un cadeau pour la famille ?

— Je suis de la famille. C'est un bassin pour les oiseaux.

Apparemment, le videur n'a jamais entendu parler de bassin à oiseaux. Pendant un moment il reste méfiant. Il l'examine minutieusement puis, la mine suspicieuse, il étudie Joe. Tout d'un coup il se détend.

— Minute ! Vous êtes le docteur. À la télé.

— Oui, concède Joe au bout d'un moment. C'est moi.

— Ma copine est une de vos fans, raconte-t-il, soudain très amical. Elle ne pense qu'à vous. Elle avait un pass pour écouter le chanteur Harry Styles. Elle l'a abandonné pour prendre le vôtre. Et ce n'est pas une décision prise à la légère : elle adore Harry Styles. Je lui ai dit genre : « T'es sûre, bébé ? », elle m'a dit genre : « Ce docteur est canon. »

Il espère une réaction positive de Joe. Je me mords les lèvres pour ne pas exploser de rire.

— Merci. Je suis très... flatté. Mais je vous préviens, je n'accepte pas les pass des femmes dont les copains peuvent m'envoyer au tapis en un seul coup.

— Je la mets tout de suite au courant, dit le videur en commençant à taper un message. Écoutez, je ne suis pas censé vous demander ça mais on peut faire un selfie ?

Il attrape le bras de Joe et adresse un grand sourire à l'écran de son téléphone tandis que Joe, le regard au loin, affiche un visage aimable. Il n'est pas distant, mais pas enthousiaste non plus.

— Excusez-moi, je dois répondre, dit-il avec un soulagement évident quand son téléphone sonne.

Il s'éloigne pour prendre l'appel, Bean disparaît à l'intérieur de la maison. Pendant quelques instants, tout est calme. J'ai une crampe dans la jambe, je change de position avec précaution, ma situation est ridicule. Je vais faire quoi, maintenant ? Comment entrer dans la maison ? J'ai besoin d'une grenade. Ou d'un plan B. Malheureusement, je n'ai ni l'un ni l'autre.

Les invités arrivent toujours au compte-gouttes. Un groupe en tenue de soirée est admis. Probablement des amis de Krista. Ensuite Kenneth, le type du club de golf, s'amène, arborant un nœud papillon écossais. Il prend le videur pour un invité, se présente et dit : « Je suis sûr que nous nous sommes déjà rencontrés », avant que le videur le détrompe et le fasse entrer.

Et voilà que Joe, l'oreille collée au téléphone, passe devant moi. Je me fige.

— Salut, maman ! J'ai manqué ton appel. Oui, je suis ici. Je vois ! Non, pas de souci. Je suis encore dehors. Mais non, ne sois pas bête. On entrera ensemble. Je te vois dans dix minutes.

Il se dirige vers un côté de la maison en lisant quelque chose sur son écran. Il va attendre sa mère. Quelle galanterie ! Je le reconnais malgré moi. Ils ont toujours été proches. Le père de Joe est mort des années auparavant et sa sœur, Rachel, a onze ans de plus que lui. Quand elle est partie pour la fac, sa mère et lui se sont retrouvés seuls à la maison. Il a été la cible de quelques moqueries en primaire car sa mère était la directrice de l'école. Mais il prenait les railleries avec calme, comme si elles étaient sans importance. Il restait concentré sur son but. Il voyait la situation dans son ensemble. *Sa mère doit être super fière de lui*, je me dis avec un brin d'aigreur. Tous les gens, sans exception, des videurs au Premier ministre, adorent son médecin de fils, si talentueux. Tout le pays. Sauf moi.

Pour être un bon chirurgien, il faut peut-être posséder une once de cruauté en soi. Est-ce la raison pour laquelle il m'a si mal traitée en me laissant tomber brusquement ? Je n'en sais rien. Je l'aimais énormément mais je ne connaissais pas son moi profond. Jamais je n'ai atteint sa poupée russe intime. Il gardait une partie de lui secrète.

Quand il s'est inscrit au King's College pour étudier la médecine, tout le monde a été surpris. J'ignorais quel était son but dans la vie. Il avait de belles mains, à la fois fortes et délicates – des mains de pianiste, pas des mains de chirurgien. Dans l'orchestre de l'école, il jouait du piano jazz. « Je pourrais gagner ma vie dans un bar », plaisantait-il. Je l'avais pris au mot.

J'ignorais qu'il voulait embrasser une carrière médicale. Il n'en avait pas du tout parlé. Il envisageait vaguement de faire de la physique à Birmingham, de consacrer une année à se perfectionner au piano ou encore d'enseigner, comme sa mère... Mais ce n'était qu'un écran de fumée, pour cacher la vérité, dissimuler sa farouche ambition.

Sa réussite ne me surprend pas. Son cerveau fonctionne comme une machine. Et il n'est pas dénué d'assurance. Je l'imagine en salle d'opération, parler avec sang-froid, sans un mot de trop, donner des ordres et être obéi.

Et maintenant, pour couronner le tout, il est célèbre. Il y a deux mois environ, Joe a figuré dans un reportage télévisé sur l'hôpital où il travaille, un documentaire sérieux qui aurait eu une audience convenable s'il n'avait pas été diffusé pendant l'émission du matin. Résultat ? Succès viral immédiat.

Le film comportait une interview dans le style comique involontaire. Sarah Wheatley, une journaliste inepte qui, malgré plusieurs tentatives, n'est jamais arrivée à dire convenablement le mot « cardiovasculaire », lui posait des questions. Chaque fois qu'elle se plantait, elle pouffait. Joe restait impassible, sans être le moins du monde perturbé.

Il était superbe. Avis objectif. En blouse bleue, le regard sombre et intense, ses mains scandant ses propos. Visiblement, Sarah Wheatley craquait pour lui. Et la fameuse phrase est arrivée. « Nous devons aimer nos cœurs. Pensez-y », a-t-il déclaré en regardant les téléspectateurs d'un air grave.

Twitter est devenu dingue. « J'aime votre cœur !!!! Vous pouvez prendre mon cœur, docteur Joe ! Ce mec peut s'occuper de mon cœur n'importe quand !!! »

Internet a diffusé en boucle son interview. Sa phrase a été reprise des milliers de fois sur Instagram. Le Premier ministre l'a prononcée dans un discours. Joe a été baptisé le « Docteur des Cœurs » par les tabloïds qui ont publié une série d'articles à sensation sur sa vie amoureuse. On lui a même proposé d'avoir sa propre émission télévisée.

Mais si Mimi ne se trompe pas, il a quitté Twitter. Je ne suis pas étonnée. Joe est intransigeant. Une qualité inhérente à la profession de chirurgien, je suppose. Le buzz ne l'intéresse pas. Il joue à plus long terme. Selon ses propres règles.

Je le vois taper un message, l'air concentré. À travers les branches du rosier, je l'imagine au bloc. Évaluant le patient sur la table d'opération. Déterminant les gestes qui devraient le sauver. Prenant sa décision avec le plus grand sérieux. Comme tout ce qu'il fait, d'ailleurs.

Une pause pour détendre ses doigts. Ses mains me fascinent. Ses mains qui passaient sur mon corps, qui me faisaient l'amour, qui me caressaient. Je connais l'intelligence émotionnelle de ces mains. Et je sais comment il équilibre avec sagesse la prudence intellectuelle et la prise de risque audacieuse. Le tout sans trembler.

Il m'a fait tellement de mal que l'avoir sous les yeux m'est presque insupportable. Pourtant, si un jour j'ai besoin d'un coup de bistouri pour me sauver la vie, c'est vers lui que je me tournerai. Sans hésiter.

Une brise effleure mon visage. Je frissonne. Pas de froid mais de fatigue. Ou peut-être de tristesse. C'est que la situation est assez désespérée. Je suis toujours couchée sur le sol sans plan précis. J'ai besoin d'aide. J'ai demandé aux dieux une grenade et, à la place, ils m'ont balancé Bean. Une bonne blague de leur part. Mais maintenant...

Mes yeux se posent une fois encore sur Joe qui, à quelques mètres de moi, tape sur son téléphone.

Est-il ma grenade ?

L'idée de lui demander de l'aide me fait grincer des dents. C'est humiliant. Ce serait rouvrir de vieilles blessures. C'est la pire des solutions. Mais c'est la seule.

Je sors lentement mon téléphone de ma poche. Je fais apparaître son numéro. Et je lui envoie un SMS. Très court et précis.

Salut !

7

En découvrant mon message, il sursaute. Oui, il sursaute. Ce qui…

Je me réprimande en silence de l'avoir même remarqué… Ce qui ne veut rien dire. La réaction de Joe à mon SMS est sans objet. Je dois seulement savoir s'il est prêt à me donner un coup de main. Cependant – soyons honnête –, l'observer en secret me procure un frisson. J'ai l'impression d'être une espionne.

En fait, si je regarde les choses en face, je suis bel et bien une espionne.

Il fixe toujours son écran, les sourcils froncés. On dirait qu'il analyse un flot de pensées complexes, et pas nécessairement positives. Il passe sa main sur son visage. Il grimace. Il voudrait peut-être parler. Et puis il se reprend, comme s'il sortait d'un mauvais rêve.

Cette constatation me hérisse. Suis-je le cauchemar dont il veut s'échapper ? Étais-je si horrible ? Il se prend pour qui ? Pour saint Joe ? Sans réfléchir, je tape un nouveau texto :

Pour quelqu'un qui prend soin des cœurs, tu peux te montrer négligent. Tu sais que tu as brisé le mien ?

J'étudie sa réaction choquée avec pas mal de satisfaction. Parfaitement. J'assume.

Va-t-il me répondre tout de suite ? Non, il paraît accablé. Immobile, il fixe l'écran. Je l'ai réduit au silence, ce qui est sans doute une erreur de tactique.

Pas question de me rétracter, parce que c'est vrai. Il m'a brisé le cœur. Et vu son expression, il en est conscient. Mais c'est bizarre : je me sens moins à vif qu'avant. Pas aussi dévastée. Je suis capable d'avoir une conversation avec lui. Et peut-être de la tourner à mon avantage. En vitesse, j'écris un autre message :

Qu'importe ! L'heure n'est pas aux récriminations. Je suis ici pour t'aider.

Joe semble au comble de l'étonnement. C'était mon but. Je m'empresse de poursuivre :

Tu te demandes depuis des années comment tu peux réparer le chagrin que tu as causé, n'est-ce pas ? Et ça t'empêche de dormir, n'est-ce pas ? Tu attends que je te suggère une manière de te faire pardonner, n'est-ce pas ?

En lisant, le visage de Joe s'éclaire. Il sourit presque. Il est à nouveau lui-même.

Nous avions l'habitude de plaisanter. De nous faire mutuellement rire. Ce souvenir me fait mal. Si seulement je n'avais pas à prendre contact avec lui afin d'atteindre mon but ! Mauvais pour ma santé. Mais je n'ai pas le choix.

Le souffle court, je guette son texto :

Tu lis dans mes pensées.

Il est sérieux ? Ou sarcastique ? En fait, je m'en fiche.

Ma réponse :

Super ! J'ai toujours été médium. Au fait, tes lacets sont défaits.

Ils sont noués mais observer son manège est irrésistible. Coup d'œil vers ses chaussures, froncement de sourcils, tour sur lui-même, examen minutieux des environs puis des fenêtres de la maison. J'étouffe un fou rire. Pour finir, il envoie un texto :

Où es-tu ?

Je réponds aussitôt :

Peu importe. Tu es d'accord pour m'aider, hein ?
Je suggère que nous établissions un pacte. Si nous nous envoyons le mot « rosier » en SMS, nous laissons tout tomber pour venir tout de suite en aide à l'autre.

Mine soucieuse de Joe, qui renvoie un nouveau texto :

Effie, tu as besoin d'aide ?

Et voilà ! La réponse que j'attendais ! Je tape à toute allure :

Oui. Rosier.

Il écrit :

Compris. Pacte accepté.

Quelle cloche tu es, Effie ! Tu aurais dû être plus explicite.

Non ! Le ROSIER. Regarde-le.

Le cœur battant, j'observe Joe qui pivote, jette un coup d'œil prudent au videur toujours posté devant la porte principale, porte ensuite son regard vers la rangée de rosiers bordant l'allée. Il passe en revue chaque buisson, l'inspecte, le jauge, l'air à moitié soupçonneux comme si c'était une blague…

Quand il m'aperçoit, c'est le choc, l'incrédulité, et autre chose que je ne distingue pas. Pendant un moment, nous nous regardons sans bouger, sans parler. Un long, très long contact visuel. Nous sommes connectés avec presque autant de force qu'avant, malgré le feuillage touffu. Bien en sécurité derrière mon rosier, j'aimerais contempler ce visage si familier pendant toute la nuit.

Mais impossible. Parce que ce Joe n'est pas celui que j'ai aimé et compris. C'est le nouveau Joe, cruel et insondable. Simplement, ils se ressemblent. Donc je détourne les yeux et tape :

Viens !

Au début, il ne bouge pas une oreille. Il se contente de rester planté, séduisant à mourir, dans le soleil de la fin d'après-midi qui éclaire sa silhouette. Et pour finir, il répond :

J'ai appris que tu avais un rendez-vous galant ce soir. Pas question de jouer les trouble-fêtes. Il est où, ton amoureux, au fait ?

Panique à bord. Je pique un fard. Bien obligée de répondre, pourtant. Avec réticence, j'écris :

« Rendez-vous galant » est exagéré.

À vrai dire, il ne rigole pas. Enfin, pas vraiment. Je suis tentée d'annuler notre pacte. Mais, dans ce cas, comment récupérer mes poupées russes ? Allez, Effie. On s'en fiche de ce qu'il pense.

Une des expressions toutes faites de Mimi me revient en mémoire – sans doute parce que je l'associe avec l'odeur des roses. Chaque fois qu'un événement gênant nous arrivait à l'école, elle prenait notre parti, jusqu'à un certain point, et s'exclamait : « L'embarras n'a jamais tué personne ! » Exact. Donc poursuivons.

Avec autant de dignité qu'il est possible, je tape :

Ramène-toi. Fais semblant de t'intéresser au rosier.

En attendant sa réaction, je suis tendue à l'extrême. S'il n'est pas d'accord, je suis dans de beaux draps. Mais quand il lève la tête, un demi-sourire aux lèvres, je devine qu'il va jouer le jeu. Après une courte pause, il entame une conversation avec le videur.

— Jolies roses.

Regard vide vers le rosier du videur.

— Ouais. Enfin pour ce que j'en sais.

— Elles sont exceptionnelles.

En parlant, Joe traverse l'allée de gravier et s'approche de ma cachette.

— Élagage parfait, taille excellente…

Il s'arrête devant le buisson. De là où je me trouve, j'ai une vision directe sur son pantalon noir au niveau des genoux. Je renverse la tête et rencontre son regard.

— Tu fais quoi ? demande-t-il poliment à voix basse.

Et, plus fort, à l'intention du videur :

— Merveilleux spécimen !

— Il faut que j'entre dans la maison. Aide-moi, je murmure.

— Je te conseille la manière traditionnelle : passer par la porte.

— D'accord. Mais personne n'est au courant de ma présence, pas même Bean. Je n'ai pas parlé à mon père depuis des siècles. Au départ, je ne figurais pas sur la liste des invités. Bref, c'est le bordel.

On n'entend plus que le rythme de la musique. Un éclat de rire fuse. La fête bat son plein. L'expression de Joe est grave.

— Je suis navré, dit-il en étudiant une rose de près. Le divorce de tes parents est difficile à digérer. Mais j'ignorais que…

Je le coupe net :

— Peu importe ! J'ai seulement besoin de m'introduire dans la maison, pendant une dizaine de minutes. Je suis en mission ce soir. Mais ce crétin de videur me bloque le passage.

— Quelle mission ?

— Pas tes oignons !

Le visage de Joe se ferme.

— Très bien !

— Alors tu vas m'aider ?

D'accord, c'est un peu brusque parce que je m'efforce de cacher mon état d'émotivité dû à sa présence proche. J'ai les yeux brûlants et les mains moites. La blessure n'est peut-être pas aussi à vif qu'auparavant, mais elle n'est pas complètement guérie non plus.

Joe a l'air tendu, lui aussi. Pour quelle raison ? Je me le demande. C'est lui le fautif, pas moi. Avant de me parler, il jette un coup d'œil méfiant au videur qui contemple distraitement le ciel bleu profond de cette nuit d'été.

— Effie, ce sont les adieux officiels de ta famille, tu devrais faire partie des invités. Et si tu m'accompagnais ? Tu serais mon invitée ?

— Pas question !

— Je ne voulais pas…

Je me frotte le nez d'un geste maladroit.

— Je sais, je sais. De toute façon, ma présence ici n'a rien à voir avec la fête. Je suis venue dans un but personnel.

— OK. Tu veux que je fasse quoi ?

— Diversion. Il faut que le gars de la porte s'en éloigne. Balance une grenade.

— Une grenade ? fait-il avec une lueur rigolarde dans les yeux.

À mon tour de faire de l'humour :

— Tu me décevrais beaucoup si tu ne trimbalais pas une grenade avec toi.

Il tâte ses poches.

— Attends ! Elle doit être quelque part.

— Parfait ! Tu peux la dégoupiller ? Et… merci, Joe.

Je croise son regard. Peut-être est-ce la dernière fois que nous sommes en présence l'un de l'autre. Je vais me précipiter dans la maison. Ensuite je quitterai le coin pour toujours. Il mènera sa vie, pleine d'éloges et d'accomplissements… et je mènerai la mienne. Quelle qu'elle soit.

— Au fait, je lance, félicitations pour tes succès.

— Oh, ça !

D'un simple revers de la main, un geste qui lui est habituel, Joe semble rejeter sa carrière, sa notoriété, son prestige.

— Qui l'aurait cru ? je dis en partant d'un rire léger, sans toutefois être sûre qu'il le soit.

Long silence bizarre. Nous nous dévisageons à travers une barrière de branches hérissées d'épines, sans bouger un muscle. Comme si nous voulions que cet instant dure une éternité.

— Tout va bien, mon pote ?

La voix du videur me ramène à la réalité. Il vient de s'apercevoir que Joe est planté devant le même rosier depuis cinq bonnes minutes.

— Très bien, pas de problème, répond Joe.

Et à moi, tout bas :

— D'accord, j'en suis !

— Merci du fond de cœur, je murmure.

Je le pense vraiment. Car il n'est pas obligé de m'aider.

— Décollage immédiat, dit-il en prenant une voix de pilote de guerre. On sera rentré à la maison pour Noël.

Il me lance un clin d'œil et se dirige vers le videur.

— Votre copine, elle aimerait un message vidéo ? Faudra filmer.

— C'est vrai ? Vous plaisantez pas, mec ?

— On va le faire là, dit Joe au videur ébahi en l'entraînant dans l'allée, loin de la porte. Y a une meilleure lumière. Non, un peu plus loin. Oui, là, c'est le bon endroit. OK, votre téléphone face à moi. Elle s'appelle comment, votre copine ?

Quel génie, ce Joe ! Non seulement le videur s'est éloigné de quelques mètres, mais il est absorbé par la vidéo. J'émerge de mon buisson de roses le plus discrètement possible. La voie est libre. Sur la pointe des pieds, je traverse quelques mètres de l'allée de gravier, puis j'avance, courbée en deux, et fonce dans l'entrée tapissée de boiseries avant de me réfugier dans l'alcôve de l'arbre de Noël.

Infiltration réussie. Prochaine étape : l'escalier.

Merde !

Jane Martin en vue ! Elle papote avec une femme en robe verte et gesticule en direction de la rampe. Je me fige. Elles font quoi dans l'entrée ? Les invités sont censés rester dans l'espace qui leur est réservé, pas se balader en liberté dans la maison.

Elles viennent vers moi. Catastrophe ! Elles vont forcément me repérer. J'entends déjà la voix de Jane : « Oh, Effie ! Tu es ici ! »

Une seule solution s'offre à moi. À trente centimètres, la porte du placard à manteaux est ouverte. C'est un grand placard, bourré de manteaux et de bazar. Sans perdre une seconde, je plonge dedans, ferme la porte, me mets en boule derrière un vieil imper et ferme les yeux, comme si j'étais une enfant qui joue à cache-cache.

Après un moment d'immobilité, j'ouvre les yeux. Je suis en sécurité. Sans faire de bruit, je libère mon pied droit qui était coincé sous mon corps. Ce terrain m'est tellement familier que je commence à me détendre. Je me suis cachée des centaines de fois dans ce placard. Son odeur me ramène à l'enfance : la senteur âcre des bottes mouillées, des cirés, du vieux bois, mélangée au parfum chimique de la colle, de la glu datant de la folie de Gus pour les maquettes. Dans l'obscurité, mes doigts rencontrent le pot qu'il utilisait. Incroyable qu'il soit encore là ! Krista n'a pas dû procéder au nettoyage en règle de ce placard ! La colle, sûrement desséchée, doit avoir au moins vingt ans. Pour n'importe qui, un déchet inutile. Mais pour moi, une image précise : mon frère, âgé de douze ans, assis devant une table. Il assemble des pièces de bois pour fabriquer un avion de chasse jusqu'à ce que Mimi lui demande de tout ranger car le dîner est prêt. « Mais Mimi, c'est un moment crucial », proteste-t-il chaque fois sans même lever les yeux. Et Mimi, en riant : « Oh, un moment crucial. D'accord ! »

Curieux comme les souvenirs reviennent, parfois un à un, parfois en vagues déferlantes.

Coup d'œil à ma montre. Déjà 7 h 30. Quelle galère ! En principe je devrais être loin, et non pas coincée dans un placard à manteaux avec des fourmis dans les jambes. Prudemment, je passe une tête dehors et la rentre en vitesse en entendant les grincements du parquet provenant de l'extrémité du hall. Grâce aux années passées à jouer à cache-cache, j'ai un avantage : je connais la maison et ses bruits. Et je peux dire que quelqu'un est en train d'arriver.

Je me recule dans l'ombre du placard, espérant que la personne va passer sans s'arrêter. Mais les pas s'interrompent. Le bruit de talons hauts cesse. Une femme. Qui se retourne. Que fait-elle ? Qui est-elle ? Il y a un genre d'œilleton dans la porte, dans un interstice entre deux planches. Je me penche en avant pour épier.

Naaaan ! Horreur !

C'est Krista, qui vérifie sa tenue devant le miroir de l'entrée. Son visage n'est pas visible. En revanche, je vois son bracelet à pampilles et ses ongles manucurés. Comme elle se croit seule, elle a soulevé sa jupe pour ajuster sa gaine. De ma cachette, j'ai une vue imprenable. Super ! Dans un placard à manteaux, certaines ont la chance d'entrer dans le monde imaginaire de Narnia. Moi, j'ai l'entrejambe de ma belle-mère sous le nez.

D'accord, ce n'est pas ma vraie belle-mère. Mais elle se comporte comme telle. Comme si elle possédait la maison avec tous les meubles, tous nos amis et papa.

Je l'espionne sans bruit. Consternée mais fascinée. À la hauteur de son ventre, son faux bronzage est mal appliqué. Elle doit penser que personne ne le verra. Sauf papa dans le jacuzzi…

Naaan, Effie ! Ne visualise pas les #sexysexa ou #leviagramarche que ton père a postés sur Instagram le mois dernier avec une photo de lui et de Krista vêtus de la même robe de chambre vaporeuse et blanche (j'ai cru mourir de honte !).

À cet instant, son téléphone vibre.

— Coucou Lace, je suis dans l'entrée, fait-elle de sa voix nasale. Oui, je vais l'annoncer pendant le dîner. Ça devrait les ébouriffer grave. OK, à tout'.

Annoncer quoi ? Ébouriffer qui ? je me demande, l'œil toujours vissé à l'œilleton.

Quand elle se recule, son visage est dans ma ligne de mire. Quel spectacle !

Dans son genre, elle est stupéfiante, hyper hâlée et ultra-maquillée. Ses faux cils ne la quittent jamais mais ce soir elle en a rajouté : deux franges noires et épaisses bordent ses paupières comme des ailes.

— Je suis une belle femme, dit-elle à son reflet dans la glace.

Il ne manquait plus que j'aie à supporter les compliments que Krista s'adresse à elle-même ! Elle lève le menton et s'admire avec satisfaction.

— Je suis une belle femme, forte et sexy. Je mérite ce qu'il y a de mieux

Je lève les yeux au ciel. Un truc est sûr : elle n'a pas choisi la meilleure qualité d'autobronzant.

— Je mérite d'être aimée, poursuit-elle avec plus encore de conviction. Je mérite que le monde m'inonde de sa bonté. J'ai les cheveux d'une fille de vingt ans.

Elle passe sa main dans ses cheveux blonds méchés avec complaisance, et ajoute :

— Et j'ai le corps d'une fille de vingt ans.

— Non, c'est faux, je lance avant de mettre précipitamment ma main devant la bouche.

Et merde !

Krista se raidit et regarde autour d'elle. D'instinct, je me recule en silence. Au fond du placard, une planche est manquante. On peut facilement filer en empruntant cette sortie de secours. Je me faufile dans le trou en levant les pieds, essayant de faire le moins de bruit possible. Ça sent le renfermé.

C'était moins une. Krista ouvre grand la porte du placard.

— Qui est là ? demande-t-elle.

Je retiens ma respiration. Pas question d'être prise en flag. Pas maintenant. Pas par Krista.

Je la vois par l'interstice entre deux planches. Elle inspecte la penderie, fait bouger les manteaux suspendus, vérifie tout. Pas de chance, Krista, j'ai gagné ! Parce que je connais cette maison. Parce que je me suis déjà esquivée par cette brèche des centaines de fois. Et parce que je suis en noir des pieds à la tête. Et que, heureusement, personne n'a remplacé l'ampoule de la lampe.

— Je deviens dingue, marmonne-t-elle en refermant la porte. Oh salut, Romilly, s'exclame-t-elle alors que des pas se font entendre. Tu t'amuses bien ?

— Très bien, fait Romilly, comme toujours glaciale.

Qu'est-ce qu'elle fabrique dans l'entrée, Romilly ? Elle devrait se trouver dans le salon ou dans la cuisine.

— Et voilà Gus ! s'écrie Krista. Je t'ai à peine parlé, mon chou.

Gus ! Des siècles que je ne l'ai vu. Je me penche en avant.

— Re-bonsoir, Krista ! Ta robe est ravissante.

— Merci. Elle met en valeur mon diam, hein ?

— Absolument ! Et comment va Bambi ? J'ai oublié de te demander tout à l'heure.

Gus prend des nouvelles du chien de Krista parce que papa nous a réprimandés à ce sujet. « Vous pourriez vous intéresser à Bambi une fois de temps en temps, quand même ! »

— Bambi se porte à merveille, merci Gus. Il est juste un peu effrayé par la foule.

— Je le comprends. Moi aussi, je le suis.

Je ne peux pas m'empêcher de revenir vers l'œilleton afin d'apercevoir mon frère. À la place, c'est Romilly qui apparaît.

Je dois admettre qu'elle est belle, dans le style sportif et soigné qui est le sien. Elle porte une simple robe noire de cocktail qui révèle des bras musclés et bronzés. Son maquillage est réduit au minimum. Ses cheveux blonds rehaussés de reflets subtils sont coupés au carré à la hauteur du menton. Ses mâchoires bien dessinées sont plus fermes que celles de Gus et, à mon avis, son coup de poing l'est aussi. Elle adresse un sourire de circonstance à Krista sans se départir d'une certaine tension autour de la bouche et des yeux. Elle est comme ça. Depuis le temps, j'ai appris à deviner son fonctionnement. Quand elle est en colère, elle a l'air tendue mais quand elle est contente, elle est encore plus crispée. Au lieu de détendre ses interlocuteurs, son rire les énerve. D'ailleurs, est-ce un rire ? Ou un son agressif qui ressemblerait un peu à un rire ?

Comment Gus peut-il vivre avec elle ? C'est incompréhensible. Il est tellement facile à vivre et relax alors qu'elle n'est qu'une boule de stress. À un moment donné, ils ont emménagé ensemble, chez elle où, d'après ce que je sais, Gus se charge de la préparation de tous les repas. Il est toujours trop occupé pour me voir car il doit conduire Molly et Gracie à leur cours de danse.

Au début de leur histoire, il n'arrêtait pas de nous vanter les qualités de sa belle : elle était solide, excellait dans son job dans les ressources humaines, assumait avec panache son statut de mère divorcée. Depuis, le torrent de louanges s'est un peu tari. Ces temps-ci, quand je demandais des nouvelles de Romilly, il restait évasif et changeait de sujet. D'après Bean, qui a sans doute raison, il s'est libéré de son emprise. Si c'est le cas, comment va-t-il faire pour la quitter ? Gus tourne et tourne autour du problème parce qu'il n'arrive pas à l'affronter.

Krista s'en va. J'entends ses talons hauts marteler le parquet. En me contorsionnant, je parviens à voir mon frère à travers l'œilleton. Émotion ! Il n'a pas changé d'un iota. Il est assis sur la dernière marche de l'escalier, l'endroit qu'il a toujours privilégié quand il voulait réfléchir. Appuyé contre la balustrade, il passe paresseusement une main le long des barreaux. À l'évidence, il s'est retiré de la fête.

Une seule partie de son visage est visible. J'aperçois néanmoins son expression distante et rêveuse, celle qui lui a valu tant d'ennuis à l'école. Ses professeurs disaient qu'il n'était pas attentif. Il l'était pourtant. C'est seulement qu'il suivait davantage ses propres pensées que les disciplines enseignées. Et là, à cet instant précis, il a sans doute un code informatique en tête.

À un moment, il se tourne et son visage s'affaisse. Je suis stupéfaite. Plus qu'absorbé, il semble anéanti. Son expression est grave, il a l'air plus âgé. De quand date notre dernière rencontre ? D'un mois tout juste. Il n'a pas pu vieillir de cette façon en un mois.

— Gus, grogne Romilly, tu m'écoutes ?

Je n'écoutais pas non plus, trop absorbée dans l'observation de mon frère.

Gus sursaute, la mine coupable.

— Excuse-moi, je croyais que tu parlais à Krista.

— Elle est partie ! réplique vertement Romilly qui lève les yeux au ciel, genre : « Pauvre crétin, tu ne t'en es pas aperçu ? »

J'étudie sa physionomie avec une fureur silencieuse. J'ai toujours suspecté qu'elle était plus toxique en privé qu'en public. J'en ai maintenant la preuve.

C'est à cause d'elle que Gus a vieilli. Elle est dangereuse pour sa santé. Il doit se débarrasser d'elle.

— Je t'annonçais la bonne nouvelle, poursuit-elle avec irritation.

J'étouffe un ricanement. Transmet-elle vraiment une bonne nouvelle ? Je n'ose pas imaginer la tête qu'elle ferait si c'était une mauvaise nouvelle.

— Ah oui ? dit Gus.

— Nous sommes sur la liste, triomphe Romilly. À partir de demain matin. Annette Goddard, précise-t-elle devant l'absence de réaction de mon frère. Tu te rappelles ? La prof de violon dont la mère de Maya refusait de me donner les coordonnées. Eh bien, elle accepte les filles. Donc je pars demain matin de bonne heure. D'ailleurs, je devrais arrêter de boire.

— Dommage ! soupire Gus. Il y a un brunch familial demain. On aurait pu profiter d'une bonne grasse matinée.

Elle le contemple, l'air de ne pas comprendre.

— C'est Annette Goddard, je te dis. Si Molly et Gracie sont ses élèves, elles vont être remarquées. Heureusement, j'ai apporté leurs violons, au cas où. Parce que je suis sûre que Doug les aurait oubliés.

Doug est l'ex-mari de Romilly. Elle l'accable sans cesse de remarques désobligeantes.

— Les filles n'ont que quatre et six ans, note Gus. Un peu jeunes pour être remarquées, non ?

Romilly se met à frissonner. Son comportement habituel quand les gens contestent ce qu'elle avance. Ses narines palpitent, ses mains tremblent, comme si son corps réagissait à l'impensable possibilité qu'on puisse être en désaccord avec elle.

— Bien sûr qu'elles doivent être remarquées. Tu n'as pas idée de la compétition qui sévit. Tu veux que je te lise les statistiques ?

Gus accuse le coup. Mais elle ne remarque rien.

— Non merci ! Pas de statistiques, dit-il.

— Tu ne sais pas à quel point c'est dur pour moi ?

Fêlure dans la voix de Romilly qui passe une main sur son front ultralisse.

— Désolé, fait Gus avec un geste conciliant. J'ai mal réagi. Bravo pour la bonne nouvelle.

Je rêve ! Gus s'excuse alors que Romilly va gâcher un événement familial ? N'importe quoi !

— Je fais de mon mieux pour les filles, gémit Romilly, tu sais ? De mon mieux.

Et elle s'approche du miroir pour s'appliquer une couche de rouge à lèvres.

Elle se trouve à moins d'un mètre de mon œilleton. Quand elle se penche pour ajuster une lanière de sa sandale, je note sa superbe poitrine. Bizarre ! Je n'avais jamais remarqué. Question d'angle, sans doute. Ou est-ce la forme de sa robe ? Quoi qu'il en soit, la réalité s'impose : ses seins sont spectaculaires.

Ce n'est pas étonnant. Et ça explique pourquoi Gus ne l'a pas encore laissée tomber. Il doit pourtant passer outre. Regarder plus loin que ses seins. Il va falloir le convaincre.

— Bonsoir, Romilly !

Bean arrive. Sans surprise, elle est toujours en jean et Uggs.

— Bean, fait Romilly en la détaillant des pieds à la tête, tu ne viens pas à la fête ?

— Si, bien sûr. J'ai bavardé avec quelques vieux amis dans le jardin. C'est comme si j'y avais été mais pas dans la bonne tenue vestimentaire.

Romilly sourit gentiment à Bean.

— Pas de souci ! Bon, je vais me trouver une boisson sans alcool. À plus tard !

Quand elle s'éloigne, ses hauts talons claquant sur le sol comme des coups de fusil, Gus soupire de soulagement. On dirait que l'étau qui comprimait son crâne vient de se desserrer.

— Salut, sister ! Tout roule de ton côté ?

— Oui, à peu près.

Elle s'assied légèrement de guingois à côté de lui sur la dernière marche.

— En tout cas, les cocktails sont bons. Mon but ce soir, c'est de me saouler.

— Tu as raison.

— Trop bête qu'Effie ne soit pas là. Elle ne s'entend pas avec Krista, d'accord ! Mais on devrait être réunis pour les derniers applaudissements, dit-il avec un geste vers l'entrée.

Trop gentil, mon frère ! Dommage que je ne puisse pas me précipiter pour le serrer contre moi.

— Oui, se désole Bean. Ce n'est pourtant pas faute d'avoir essayé. Mais elle sortait avec un type ce soir. Un athlète olympique, paraît-il. Et philanthrope. Il a l'air très impressionnant. Je suis contente pour elle.

— Et comment ! C'est qui ?

— Elle n'a pas dit.

— Un champion d'aviron, je parie. Ou un cycliste.

Gus cherche sur Google et montre à Bean une photo.

— C'est lui, tu crois ?

— J'espère ! Il est super.

Je réprime un sentiment de culpabilité. Après tout, c'est un tout petit mensonge de rien du tout. Tous les coups sont permis en amour et dans ma guerre contre Krista.

— Je dois aller me changer, lance Bean. Et je vais voir s'il y a des babioles de la cuisine qu'Effie aimerait avoir. Elle a toujours aimé les moules à gelée, il me semble.

— J'en sais rien.

J'avais complètement oublié les moules à gelée. Mais maintenant, il me les faut. Surtout celui en forme d'ananas. On le garnissait de gelée jaune. Un délice. Ça me rappelle nos dimanches si joyeux dans la cuisine. Et puis, c'est le genre de vieilleries dont Krista va vouloir se débarrasser.

Très inquiète, j'observe ma sœur par l'œilleton. Et si je lui envoyais un SMS ? Non, impossible. Je suis censée être de sortie. Peut-être ce genre de message ?

Tête-à-tête topissime avec l'athlète olympique dans un cinq-étoiles de Londres. Il a tout ce dont je rêve, ce mec. Nous buvons du champagne. Juste une idée en passant : et si on gardait les moules à gelée ?

Non ! Elle va trouver ça louche.

— Effie aimait celui en forme d'ananas, dit Bean en se levant. Je vais me changer. À tout à l'heure.

Ouf !

— Je te rejoins dans un moment, répond Gus.

Une fois ma sœur partie, il s'appuie à nouveau contre la balustrade et se met à taper sur son téléphone. Soudain il étouffe un juron et se crispe. Mauvais signe !

Silence. Comment Gus ne sent-il pas ma présence toute proche ? Je suis si près. Mais je pourrais aussi bien être un fantôme.

Ce qui s'affiche sur son écran semble le pétrifier, et le visage qu'il m'offre, ou tout au moins sa partie visible, me paralyse. Pour finir, il compose un numéro, puis d'une voix tendue, il dit :

— Je viens de voir ton message. Tu es sérieux ?

Je n'ose plus respirer. Je suis morte de curiosité. En même temps, je me sens coupable d'écouter une conversation qui ne m'est pas destinée. Mais c'est mon frère. Et je ne dirai rien.

(Sauf à Bean.)

— Je ne crois pas, répond Gus à voix basse. Non, bien entendu, je n'en ai parlé à personne. Si ça paraît dans la presse, ce n'est définitivement pas… Enfin, si les poursuites sont entamées…

Je respire fort. Des poursuites ? Quelles poursuites ?

Pendant un moment, Gus écoute son interlocuteur sans proférer un mot.

— OK, merci. Écoute, Josh, je dois raccrocher. De toutes les manières, je ne peux pas… Oui, on se parle demain… Ouais… Pas terrible. Espérons que ce ne soit pas un scénario catastrophe.

Mille questions m'assaillent. Quel scénario catastrophe ? Et d'abord, qui est ce Josh ? Gus a-t-il des problèmes ?

Brusquement il se relève, vérifie son téléphone une dernière fois, le fourre dans sa poche et traverse l'entrée. En le regardant, je me sens perdue. Tapie dans le noir, mon plan me semble ridicule. Je fais quoi là, guettant comme une voleuse ? Quelle horrible façon d'assister à une fête ! Je suis exclue des conversations importantes. Je me fais de la bile pour mon frère, j'ai des crampes dans les jambes et je n'ai même pas accès à un bon cocktail pour me réconforter. Peut-être devrais-je admettre ma défaite, sortir de ce placard, trouver un truc à me mettre sur le dos et me mêler aux invités. Et, concernant Krista, et aussi papa, peut-être devrais-je enterrer la hache de guerre.

Cette idée me serre le cœur. Je ne devrais même pas y penser. Non seulement je ne suis pas prête, mais je me trouve en position de faiblesse. Sans savoir quoi dire, ni comment commencer. Un sentiment de frustration m'envahit. Décidément cette soirée se révèle pleine de mauvaises surprises. Je n'étais pas censée voir mon frère et ma sœur, ni entendre des conversations bizarres.

Une voix forte et familière résonne de l'autre côté de la porte du placard. Je me fige.

Miséricorde ! De sa démarche inimitable, avec son rire unique, mon père s'approche de ma cachette.

En le voyant, j'ai l'impression d'étouffer. Je ne m'attendais pas à le voir ce soir. Je pensais qu'il serait occupé, entouré de ses invités. Mais il est là à quelques mètres de moi, ignorant mon regard curieux.

Il s'adresse à un homme plus âgé que je ne connais pas :

— Voilà la toile dont je vous ai parlé. Achetée il y a trois mois. À mon avis, la maison a été vendue grâce à ce tableau.

Il part d'un grand rire et prend une gorgée de son cocktail.

J'écoute à peine tant je suis concentrée sur son allure. Il porte un smoking croisé. Ses cheveux gris brillent sous les lumières et il est gai comme un pinson. Le symbole vivant de l'homme mûr qui a réussi.

— Oui, poursuit-il. C'est le bon moment pour bouger. Je n'ai jamais été aussi heureux. Jamais, répète-t-il. Bon, Clive, et si vous buviez quelque chose ?

Ils s'en vont, me laissant immobile et glacée.

« Jamais été aussi heureux », a-t-il dit.

Je me recule au fond du placard. Les muscles de mes jambes n'en peuvent plus. Et, comble de l'horreur, je pleure.

Notre famille s'est désagrégée, nous perdons la maison où nous avons grandi, papa n'a pas adressé la parole à sa benjamine depuis des semaines… mais il n'a « jamais été aussi heureux ».

Très bien. Nous devons être en désaccord sur la définition du mot « heureux ». Être brouillée avec un membre de ma famille m'empêcherait d'être heureuse. Mais lui, il peut car il se console avec Krista et son superbe derrière. Et cela, à l'aide de sa gaine. Tu t'en rends compte, papa ? Ses fesses ne sont pas musclées : c'est l'effet Spanx, la marque de lingerie sculptante.

Voilà que tu parles à ton père dans ta tête. Tu perds la boule, Effie !

Bon, il faut que je me tire de là fissa. Envolée, l'idée d'assister à la fête. Je vais récupérer mes précieuses poupées et m'en aller. Pour toujours.

Je pousse la porte avec précaution. L'entrée est vide. L'escalier aussi. Pas un bruit ne provient du premier étage.

OK et...

J'y vais !

À la vitesse de l'éclair, je jaillis du placard, traverse l'entrée, me rue dans l'escalier, grimpe les marches deux à deux en m'aidant de la rampe. Me voilà dans ma zone de confort. Je sais comment éviter les craquements du parquet. Personne ne m'a repérée, ne m'a entendue. Facile ! Je le savais !

En passant devant ma chambre, j'éprouve une envie urgente d'y entrer, même si aucun de mes effets personnels ne s'y trouve plus. Je veux voir le papier peint des murs, toucher les rideaux, me poster à la fenêtre pour admirer la vue... Simplement me retrouver dans ma chambre une dernière fois. En poussant la porte, j'ai un choc. Disparu, le papier peint ! Partis, les rideaux ! J'ai sous les yeux une boîte peinte en blanc avec des lattes de parquet vernies flambant neuves.

Pendant une seconde, mon cœur se serre. Je me ressaisis très vite, lève le menton et referme la porte. On s'en fiche. De toute façon, ma vie dans cette maison est de l'histoire ancienne. Pas la peine de ruminer. Affaire classée.

Je traverse promptement le palier sur la pointe des pieds. J'y suis presque ! Dans moins de trois minutes, je serai sortie. J'arrive au cagibi, déjà en possession – dans ma tête tout au moins – de mes poupées russes. Et je stoppe net.

Quoi ?

Je ne peux pas y croire ! Le passage est bouché. Par une pile de caisses de thé. Qui les a déposées là ? Pourquoi à cet endroit ? J'essaye d'en soulever une avant d'abandonner. J'ai peur de faire du bruit si je déplace le rempart de caisses.

J'ose quand même ? La fête est assez bruyante. La musique, audible à travers le plancher. Et puis je n'ai pas d'autre choix. Je dois forcer la brèche de cette barricade. Avec mes bras, j'entoure une caisse sur le dessus de la pile et la soulève. Elle est vide. Si je bouge, disons, quatre caisses, la voie sera libre…

Tout d'un coup, j'entends le bruit caractéristique d'une marche qui craque. Quelqu'un dans l'escalier. Cette maison n'est pas possible ! Morte de frousse, je remets la caisse comme je peux, me précipite dans le couloir, et, d'instinct, je vais me réfugier dans le sanctuaire accueillant de la chambre de Bean.

Erreur colossale ! Car c'est Bean qui monte à l'étage. Je reconnais son pas. Elle vient pour se changer. Effie, tu manques vraiment de jugeote !

C'est à devenir dingue ! Où me planquer ? Les rideaux sont trop courts. L'armoire est trop pleine. Et elle va l'ouvrir pour choisir un vêtement. Allez, Effie, fais marcher tes méninges ! Paniquée, je saute sur un des lits jumeaux Pierre Lapin, me recouvre d'un maximum de coussins et tire l'édredon sur moi. J'ai déjà gagné à un concours de cache-cache dans cette même chambre, sur ce même lit, camouflée sous un amas de nounours. Cette astuce peut marcher. À condition que je reste immobile.

Quand Bean entre, je ferme très fort les yeux. Dans ce cocon ouaté, ma respiration ressemble au ronflement d'un vieux fourneau à bois. À travers la montagne de coussins, j'entends ma sœur trafiquer dans sa chambre. Cling ! Elle pose un truc sur le dessus en verre de la coiffeuse. Crac ! Elle ouvre sa penderie. Elle commence à chantonner. Ma tactique a marché. Elle ne m'a pas repérée.

Allongée sans bouger, tendue comme un arc, je prie de tout mon être pour qu'elle se presse, qu'elle s'en aille et me laisse finir ma mission…

Et soudain, sans avertissement, un déluge de coups s'abat sur moi. L'attaque est violente.

— Espèce de salopard, hurle Bean. Dégage ! J'ai déjà appelé les flics. Fous le camp !

8

J'ai tellement peur qu'il me faut un moment pour réagir.

— Arrête ! je crie en m'efforçant de me protéger.

Bean n'a pas l'air d'entendre. Elle continue à me frapper vigoureusement avec... avec quoi, au fait ?

— Je vais t'arracher les couilles, hurle-t-elle. Et je les donnerai à bouffer à ton hamster. Allez, dégage, connard !

— Bean, je rugis en m'extirpant de l'édredon. Arrête ! C'est moi !

— Effie ?

Son étonnement fuse à travers la pièce.

— Chut ! Tu m'as fait mal !

— Je croyais que c'était un cambrioleur ! Bordel, Effie, tu fais quoi ici ? Tu es censée dîner avec un mec.

Je me tais. Elle aussi. Le silence est troublé par la rumeur de la fête, accompagné par des jappements distants. Probablement Bambi. On le tient toujours enfermé et il proteste toujours pour qu'on le laisse sortir.

— Explications, Effie !

Avouer la vérité me semble insupportable – d'un autre côté, pas moyen de faire autrement.

— J'ai inventé le rendez-vous avec le garçon, j'avoue.

— Tu l'as inventé ? fait Bean abasourdie. Et l'athlète olympique ?

— Pure affabulation.

Elle s'affale sur le lit comme si j'avais détruit sa soirée et même sa vie entière.

— Mais j'en ai parlé à tout le monde. Vraiment à tout le monde.

— Je sais, je t'ai entendue.

— Comment ça ?

— Tu parlais à Joe. J'étais dans le rosier.

Les yeux de Bean lui sortent de la tête.

— T'es complètement tarée, Effie.

— Moi, tarée ? Et toi, alors ? Tu viens de menacer de m'arracher les couilles pour les donner à bouffer à un hamster. Tu les sors d'où, ces injures ?

— Oh, s'amuse Bean, d'un séminaire pour apprendre à gérer la colère. Très efficace. Je t'ai envoyé le lien – tu te souviens ?

Elle m'envoie souvent des liens d'ateliers et de séminaires divers. Je ne me rappelle pas mais je hoche pourtant la tête.

— On t'a appris à exprimer ta colère avec un cintre ?

— J'étais déstabilisée. J'ai attrapé la première arme que j'ai trouvée. Pardon de t'avoir blessée, dit-elle après coup.

— OK, OK ! Désolée que tu m'aies confondue avec le meurtrier à la hache.

Elle lève les mains en signe d'excuse. Puis elle m'examine.

— Mais tu portes un bonnet, s'étonne-t-elle en regardant mon béret noir. On est en été, tu sais.

— Il fait partie de ma tenue.

En fait, je crève de chaud avec ce béret. Je l'enlève et l'accroche à la tête de lit.

— Effie, franchement, tu fais quoi ici ? Tu viens à la fête ?

— Non, je suis venue pour prendre mes poupées russes. Ensuite, je disparais.

— Tes poupées russes ?

— Je les ai planquées dans la cheminée du cagibi il y a des siècles. Personne ne le sait. Si je ne les sauve pas, elles vont être jetées.

— Oooooh !

Ce long son de protestation en dit long sur le lien qui unit les sœurs. Pas besoin de lui expliquer pourquoi j'ai besoin de mes poupées. Elle comprend.

Elle sait aussi, sans en demander la raison, pourquoi je les ai mises dans le conduit de la cheminée. Il y a une corniche bien pratique, à quinze centimètres en hauteur, où on avait l'habitude de cacher nos sucreries de contrebande. Une cavité secrète que même Mimi, dotée de science infuse, semblait ignorer (tant pis si la suie tachait les sucreries, on les rinçait et le tour était joué).

Comme après une mûre réflexion, elle m'interroge :

— Une seconde, Effie ! Pourquoi venir ce soir avec tout ce monde ? C'est le pire moment. Une pure folie.

— Non, justement ! C'est le moment idéal. Les gens se concentrent sur la fête. Je pouvais m'introduire en douce sans qu'on me repère. Tout au moins, c'était le plan. Mais ça n'a pas marché comme je l'espérais.

— Tu aurais pu me demander de te les prendre. Ou me prévenir de ta venue sans inventer cette histoire de rencard avec un athlète olympique.

— D'accord. Mais tu m'aurais poussée à assister à la fête.

— Tu dois y assister, réplique-t-elle.

Je laisse échapper un soupir exaspéré.

— Tu vois ? À propos, tu n'as pas l'air pressée de te mêler à la foule.

— J'y vais, fait-elle avec un coup d'œil coupable à sa montre.

Puis elle ajoute, d'un ton charmeur :

— Effie, tu ne veux pas changer d'avis ? Il y a plein de gens sympas en bas. Tu peux m'emprunter une chouette robe.

Elle ouvre la porte de sa penderie. Et que vois-je ? Un tissu imprimé que je connais bien.

Je pointe un doigt accusateur.

— Eh, dis donc, c'est pas ma robe Rixo, là ?

— C'est… ta robe ? Peut-être, après tout. Oui.

— Je savais que tu l'avais. Ce n'est pas faute de t'avoir demandé des dizaines de fois si tu l'avais vue. Tu as toujours prétendu que non.

— Finalement, je l'ai trouvée. Voilà !

Elle se tortille, un peu gênée.

— Tu voulais la porter ce soir ? je demande sur le ton inquisiteur d'un membre de la Stasi.

— Mais non, répond Bean au bout d'un instant.

— Si, j'en suis sûre.

— Bon, peut-être.

— Mais elle est à moi !

— Tu l'as laissée ici, assène Bean comme si ça excusait tout.

— Par erreur, je crie, avant de me rendre compte que les invités risquent de m'entendre. Par erreur, je répète plus bas. Tu as fait exprès de ne pas me la rendre. Je sais pourquoi. J'ai percé à jour tes manigances.

La situation est grave. Je croise les bras pour exprimer ma rancœur.

— J'ai vaguement pensé à la mettre, s'agace Bean en levant les yeux au ciel. Pas besoin de te montrer aussi possessive.

— Je suis possessive. Mets autre chose.

— On ne va pas en faire un fromage, s'irrite Bean en faisant glisser bruyamment les cintres de sa penderie. Quelle importance ! C'est seulement une robe.

Je traite cette remarque avec le mépris qui s'impose. Pour moi, une robe, c'est important. J'observe Bean qui en sort une noire sans manches (jolie mais moins seyante), l'enfile, s'applique à la hâte un peu de maquillage sans même s'asseoir devant le miroir de sa coiffeuse.

— Tu veux que je t'attache les cheveux ? je propose machinalement.

— Non, pas la peine. Je vais mettre une pince.

Elle se contemple dans la glace et s'adresse une grimace. Son téléphone vibre.

— C'est Krista, dit-elle après un coup d'œil à l'écran.

— J'arrive, fait-elle à haute voix tout en tapant le message. J'ai croisé Humph dans le jardin, au fait.

— Humph ?

— Ouais, rigole Bean. Krista n'en peut plus. Elle le présente à tout le monde : « Vous connaissez l'Honorable Humph ? »

— Je rêve ! Il porte quoi ? Une casquette en tweed ? Il a emmené ses six labradors ?

— Pas du tout, dit Bean, hilare. Tu ne l'as pas vu récemment ? Il a changé du tout au tout. Sous son smoking il met une chemise noire et pas de nœud papillon, il porte la barbe et il fait de la méditation transcendantale.

À mourir de rire. Rien n'est plus éloigné de la méditation transcendantale que l'ami Humph. À moins qu'il ne la pratique à cheval en sirotant du gin.

— Et il annonce à qui veut l'entendre qu'il est devenu féministe.

— Quoi ?

— Il le dit sans sourciller. À ce qu'il paraît, il doit sa transformation à une nutritionniste de Londres avec laquelle il est sorti.

— Elle est là ?

— Non, ils ont rompu. Mais il continue la méditation. Il vient aussi au dîner de famille.

— Mais il ne fait pas partie de la famille !

— Je sais, mais Krista a mis la main sur lui il y a deux mois. C'est une telle mondaine. Tu aurais dû l'entendre : « Tu as rencontré l'Honorable Humph, Bean ? N'est-ce pas qu'il est charmant ? » Et moi : « On le connaît depuis des lustres. C'est un vrai couillon. »

— Mais comment justifie-t-elle son invitation ?

— Elle prétend que c'est un ami proche. Quel culot ! Humph a ouvert un centre de santé pseudo-médical et Krista s'y est précipitée. Et maintenant, ils sont copains comme cochons.

— Berk ! Écoute, Bean, Krista va faire une annonce pendant le dîner qui va en ébouriffer certains, comme elle a dit à une dénommée Lace. De quoi s'agit-il ?

— Lacey, c'est sa sœur. Mon Dieu, Effie, tu ne crois pas que papa et Krista vont… ? Ils ne pensent pas à se… ?

Je pige aussitôt. Et me vient tout de suite à l'esprit une image horrible : dans une église, Krista ondoyant vers l'autel en robe blanche archidécolletée, souriant sous son voile tandis que Bean et moi nous la suivons en lançant des pétales de rose.

— Impossible ! je me récrie, horrifiée.

— Dès que je sais, je t'envoie un message. J'oubliais ! Krista a convié Joe au même dîner. Parce qu'il est célèbre. Non, pardon ! Parce que c'est un ami proche. Dans son cas, c'est vrai, ajoute-t-elle en ricanant. Enfin, il l'était… Ne le prends pas mal, Effie !

Je rectifie avec fermeté :

— Il l'est toujours. Ce qui s'est passé entre nous n'y change rien.

— Hum !

J'ai l'impression qu'elle veut m'en dire plus sur le sujet mais elle change d'avis.

— En tout cas, tu rates le dîner du siècle, fait-elle en s'appliquant une couche de mascara. Tu fais quoi, maintenant ? Reste ici si tu veux. Je t'apporte un verre.

Je me lève en me reprochant de m'être assise et d'avoir bavardé avec Bean.

— Non, je dois continuer. Mais rends-moi le service de bouger ces caisses de thé. Je n'ose pas le faire.

— Pas de problème, dit-elle en enfouissant son téléphone dans son sac du soir, dont elle passe la chaîne sur son épaule. Je ferais mieux de descendre. Tu pars dès que tu as tes poupées ?

— Immédiatement.

Elle me serre contre elle.

— Alors je te dis au revoir maintenant. Tu vas me manquer ce soir, Éphélant.

— Tu vas me manquer aussi, Bean. Amuse-toi bien.

— Bof ! Je préviens Gus que tu étais là ?

— Je ne préfère pas. Il risque de gaffer. Pour tout le monde, je suis à un rendez-vous coquin.

— Compris. Au fait, n'utilise pas mes toilettes. Elles sont cassées.

Je rigole :

— Je serai loin avant d'en avoir besoin. Je suis quasiment dehors.

Après un dernier échange de sourires, Bean quitte la chambre. Quelques instants plus tard, il y a du raffut sur le palier. Puis elle passe une tête à travers l'entrebâillement de la porte.

— La voie est libre. Tu peux entrer dans le cagibi. Bonne chance. On se voit la semaine prochaine, d'ac ?

— Tout à fait. Dernière chose : j'aimerais récupérer le moule à gelée en forme d'ananas.

— De quoi tu parles ?

— Je t'ai entendue. J'étais cachée dans le placard à manteaux.

Bean me jette un regard incrédule, m'envoie un baiser et disparaît.

J'ai oublié de lui parler du coup de téléphone de Gus. Quelle idiote !

C'est le moment ! Je vérifie qu'il n'y a personne sur le palier. Ensuite je me glisse en mode petite souris vers le cagibi, me faufile entre les caisses de thé en retenant ma respiration.

J'y suis !

Le cagibi n'a pas changé. Même mobilier : un lit simple, une table de nuit en formica jaune des années 1950, un vélo d'appartement hors d'usage, quelques vieux tableaux poussés contre le mur. La cheminée qu'on n'utilise plus est toujours en état de marche. Je m'y dirige directement. Je m'accroupis, passe la main dans le conduit en briques et cherche à tâtons la corniche et le bois poli de mes poupées. Mes amours craquelées, tachées, couvertes de marques de feutre. Mes grandes amies chéries. Je ne vous abandonnerai plus. Juré ! Craché !

Ma main part en exploration mais ne rencontre rien qui ressemble à un lot de poupées russes. Je recommence plusieurs fois, prospecte dans les coins et recoins du conduit en fermant les yeux pour mieux me concentrer. Elles doivent être là. Forcément. Elles y étaient.

Elles y étaient.

La tête me tourne. Je retire ma main, noire de suie, et prends une longue inspiration. Je ne veux même pas envisager la possibilité qu'elles…

Arrête, Effie ! Je sais qu'elles sont là, et je les trouverai. Mon angle d'attaque était sans doute mauvais. Cette fois, je m'allonge et enfouis mon bras si haut que je le racle contre les briques. J'étire mes doigts le plus possible, sondant, tournant, furetant… Je dois trouver quelque chose, un indice…

Rien.

Panique. Je retire ma main, me frotte le visage avant de me rendre compte que je dois être maculée de suie. Où sont-elles passées ?

Je regarde frénétiquement autour de la pièce. J'oriente le plafonnier qui ne diffuse qu'une faible lumière et me penche sous le lit tout en pensant : *Comment seraient-elles arrivées toutes seules sous le lit ?* J'inspecte les espaces entre les tableaux, j'ouvre le placard dont les étagères peintes en blanc s'avèrent vides, comme elles le sont toujours. Et, tout en étant sûre de ne pas les trouver, je fouille une fois encore le conduit de la cheminée, me sentant complètement idiote…

Et enfin je stoppe tout. Difficile de contenir ma détresse. Comment garder mon désarroi pour moi ? Je dois en parler à quelqu'un. Je sors mon téléphone et tape un message WhatsApp à Bean.

Impossible de les trouver !!!!!!!! ☹☹☹☹☹☹☹☹

Quelques secondes plus tard, j'obtiens une réponse mesurée qui me met du baume au cœur.

Ne t'inquiète pas, Éphélant. Elles n'ont pas pu disparaître. Elles se trouvent certainement dans la maison.

Et un moment plus tard :

Rentre chez toi si tu veux. Je les chercherai demain. En fait, en y repensant, je suis certaine de les avoir vues quelque part.

Mais où ? Je vais m'y précipiter. Mes doigts courent sur le clavier :

Dis-moi où !

J'ai l'impression qu'elle met un mois à me répondre.

Je ne sais plus. Ça me dit juste quelque chose. Peut-être sur une étagère ? Ou dans une armoire ? Tu as dû oublier les y avoir rangées toi-même. Donc pas de stress !
PS : La fête n'en finit pas. Un DJ vient de s'installer dans le salon.

Bean est dotée d'un tel sens pratique que je me sens obligée de considérer sa théorie. Question : ai-je laissé mes poupées russes ailleurs ?

J'étais tellement énervée. Peut-être suis-je atteinte de pertes de mémoire ? Peut-être les ai-je transférées dans une cachette que j'ai effacée de mon cerveau ? Je réfléchis. Ma chambre ? Non. Krista est le genre à mettre son nez partout, y compris dans mes affaires personnelles. De toute façon ma chambre est vide, maintenant.

La banquette de la fenêtre ? Ça serait logique. On y dissimulait plein de trésors secrets quand on était petits.

Si seulement je pouvais me ruer au rez-de-chaussée pour vérifier. Mais impossible ! À cause d'une saleté de DJ qui installe son matériel à cet endroit précis. Cette soirée est surréaliste.

Des éclats de rire provenant de l'extérieur attirent mon attention. Ils arrivent du jardin sous la fenêtre de ma chambre. Je m'en approche. Et j'aperçois des grappes d'invités en smokings et robes du soir qui, sortis de la tente, se sont éparpillés sur la pelouse. J'aperçois Bean… Gus… papa… Krista… Joe. Ce dernier est en grande conversation avec une jolie fille vêtue d'une robe fleurie à bretelles. Cette vision me donne des pincements au cœur. Je m'engueule mentalement : « Tu ne devrais même pas le remarquer, Effie ! »

Mon téléphone vibre. C'est Temi.

Tu as trouvé les poupées ? Tu disais dix minutes, mais tu y es depuis des siècles.

Son message me rappelle que j'ai une tâche à accomplir. Je tape :

Elles ont disparu !

Réponse rapide de Temi :

Merde ! Tu vas faire quoi ?

Je me pose sur le rebord avant d'écrire :

Elles sont peut-être sur la banquette de la fenêtre. Peux pas aller voir pour le moment. Dois rester planquée.

Une seconde après :

Allez, Effie, abandonne et va à la fête !

Pas question. Pourtant, je me sens un peu comme une laissée-pour-compte. Et puis le dîner du siècle pique ma curiosité. J'aimerais au moins voir de quoi il a l'air.

J'observe une nouvelle fois les invités. Comme si j'étais un fantôme perché à une fenêtre. Papa se tient sur une marche surplombant la pelouse, agitant son verre à la manière d'un chef d'orchestre, comme il avait l'habitude de le faire lors de nos anniversaires. Gus parle avec un inconnu. Bean est… Où est-elle ?

Sous la tente ? Non, elle est seule près de la bordure d'ifs, en retrait. Loin des regards des autres. Je comprends qu'elle ait envie de s'échapper. Ses épaules se soulèvent. Je parie qu'elle se tord de rire parce que Krista a encore sorti une de ses phrases ridicules et qu'elle a voulu s'éclipser pour s'offrir un moment de calme.

Quand elle se tourne vers moi, mon sourire se transforme en grimace. En fait de calme, c'est la tempête. Ma sœur pleure. Pourquoi ? Elle tremble, met son visage entre ses mains, semble avoir perdu tout contrôle. Au bout d'un moment, elle sèche ses larmes avec un mouchoir en papier, remet du brillant à lèvres et va rejoindre la foule en affichant un grand sourire. À part moi, personne ne semble avoir remarqué son absence.

Consternée, je passe en revue toutes les raisons anodines qui expliqueraient le comportement de Bean. Est-ce parce qu'elle quitte Greenoaks pour toujours ? Peu probable. Je fais confiance à ma sœur pour faire bonne figure sans montrer ses véritables sentiments. Ou… est-ce autre chose ? Autre chose de pire ? Que se passe-t-il dans la vie de ma grande sœur ? Et, d'ailleurs, dans celle de Gus ? Et quelle est l'annonce ébouriffante que Krista promet ? Je dois savoir. Impérativement.

J'appuie mon front contre la vitre froide en observant mon souffle embuer le carreau. Une sensation de frustration m'envahit. J'étais censée récupérer mes poupées russes en deux temps trois mouvements, pas surprendre des conversations dérangeantes ni me faire du souci pour ma sœur.

Ni regretter de ne pas être à la fête, ni me demander ce qui allait arriver pendant le dîner.

Effie, tu dois partir. Tout de suite. Demande à Bean de prendre tes poupées. Sors de la maison, pique un sprint dans l'allée, attrape le premier train pour Londres, taille-toi vite fait de cet endroit. Tu as déjà dépassé l'horaire que tu t'étais fixé. Il est temps : file en vitesse.

Mais, d'une certaine manière, j'en suis incapable. Quelque chose me retient ici. Une force qui semble impossible à vaincre. La famille n'est plus unie. Elle a volé en éclats. Mais c'est ma famille. Et ma présence ici est indispensable. Je dois l'admettre. Je dois participer à la fête même de façon invisible. C'est mon dernier salut et tant pis si personne d'autre ne se joint à mes applaudissements. C'est simple : je ne peux pas partir.

Maintenant, que faire ? Rendre officielle ma présence à Greenoaks ? Ah non, alors ! Plutôt crever ! Je serais obligée de quémander auprès de Krista une place libre à table et de me confondre en excuses.

Non ! C'est définitivement non !

Bon, mais quoi ?

Je me redresse sans cesser d'observer, à leur insu, les invités, leurs silhouettes colorées, leurs rires et leurs conversations. L'ébauche d'un plan commence à naître dans ma tête. Une idée audacieuse. Un peu folle. Oui, complètement démente. Mais tout dans cette soirée est insensé. Alors, après tout…

9

À chaque objectif correspond une stratégie. La mienne est claire. Dans la salle à manger se trouve une console massive recouverte d'une tapisserie jusqu'au sol. Je peux me cacher sous cette tapisserie et suivre par les interstices ce qui se passe dans la pièce. En faisant très attention, bien sûr. C'est ce que je vais faire.

Je veux entendre l'annonce de Krista. Garder un œil sur Bean. En savoir plus sur les ennuis dont parlait Gus. Je veux observer les gens sans qu'ils me voient. Et, dès qu'ils quitteront la salle à manger, j'irai voir si mes poupées se trouvent sous la banquette de la fenêtre.

J'ai donc un plan. Le seul petit problème ? Me glisser dans la salle à manger. Je traverse le hall d'entrée comme une voleuse. Ni vue ni connue. Soudain, la voix de Krista et le cliquetis de ses talons hauts retentissent.

Elle approche. Quelle plaie ! Je ne vais jamais atteindre la console. Vite, une solution ! Je me tourne instinctivement vers l'abri le plus proche : derrière le vieux canapé bleu. Ce meuble fidèle m'a cachée très souvent. Dès que la voie est dégagée, je fonce. Bonne initiative. Un quart de seconde avant l'arrivée de Krista, je plonge. Ouf ! Je reprends ma respiration. Et j'étouffe un cri de surprise.

Je ne suis pas seule. Un petit garçon est recroquevillé à côté de moi. Environ six ans, bien habillé et pas le moins du monde troublé par mon apparition.

— Bonjour, fait-il poliment. Vous jouez aussi à cache-cache ?

Je reste interdite. Qui est-ce ? Sans doute le fils d'invités.

— Non ! je murmure, avant de poser mon index sur mes lèvres.

Le petit garçon hoche la tête en signe de compréhension. Il me fait signe de m'accroupir.

— Le but, c'est la fontaine, glisse-t-il à mon oreille. Si vous voulez jouer.

J'espère que mon sourire angoissé lui indique le message suivant : « Non merci. Peux-tu rester silencieux, s'il te plaît ? » Mais il ne saisit pas car, dans le même murmure rauque, il ajoute :

— C'est ma sœur Chloé qui cherche. Elle a une croûte sur un genou. Vous vous appelez comment ?

Sans répondre, je jette un coup d'œil à travers les coussins du canapé. Krista est suivie par un gars bedonnant qui doit être le DJ. Il ne parvient pas à détacher ses yeux de son dos.

On ne peut pas lui en vouloir, elle est somptueuse. Tout à l'heure, je ne pouvais apercevoir que sa gaine. Maintenant, j'ai le loisir de contempler de haut en bas sa tenue de soirée : décolleté spectaculaire révélé par sa robe pourpre, collante et courte, sandales en strass avec talons d'une hauteur vertigineuse. En fait, tout dans son look est un défi à la gravité, y compris ses faux cils et ses incroyables boucles blondes (à coup sûr, des extensions).

— Vous avez une belle maison, commente le DJ. Genre bâtiment historique. Vous avez fait beaucoup de travaux ?

— Par-ci, par-là. Il faut bien marquer un lieu de son empreinte.

— Vous avez de la chance, dit le type en regardant autour de lui. Dommage que vous vendiez.

Krista hausse les épaules.

— C'est la vie. On ne peut pas passer toute son existence dans une vieille maison moisie.

Comment ça, *moisie* ? C'est comme si je recevais un coup de poignard à la place de la maison. Elle n'est pas moisie. Bon, à certains endroits, sans doute. Mais ce n'est pas sa faute.

— Vous allez vivre où ? demande le DJ.

— On pense au Portugal. Le soleil... Une autre vie... Repartir d'un nouveau pied.

— Des vacances toute l'année, hein ? rigole-t-il.

— Pas du tout ! Je veux ouvrir un restaurant. Avec des spécialités mexicaines. *Si* j'arrive à convaincre ma moitié.

Un restaurant mexicain. Première nouvelle ! Me vient soudain une image surréaliste : papa vêtu d'un poncho en train de servir des fajitas.

Non ! Non et non ! Point final.

— Comment vous vous appelez ? répète le petit garçon.

Je sursaute. Il ne manquait plus que ça. Si je ne réponds pas, il va continuer à m'embêter. Comment m'en tirer ? Dire seulement : je suis Effie ? Pas suffisant. Et je n'ai pas envie qu'il parle à ses parents d'une femme habillée tout de noir qui est cachée derrière un canapé.

— Je suis un fantôme, je murmure, sans penser aux conséquences de cet aveu.

Les yeux du garçon s'écarquillent. Il tend une main vers moi.

— Mais je peux vous toucher.

— Je suis un fantôme qu'on peut toucher, j'explique à voix basse, espérant être convaincante. Seuls des gens avec des cerveaux super spéciaux peuvent voir ce genre de fantômes. Je parie que tu as un cerveau super spécial.

— Oui, vous avez raison, acquiesce le garçon après réflexion.

— Tant mieux pour toi !

— Alors votre moitié est contre l'idée d'un restaurant ? s'enquiert le DJ.

— Vous connaissez les hommes, fait Krista avec un clin d'œil. Mais j'y arriverai.

— J'en suis sûr, dit le DJ. Où je peux trouver un verre d'eau ?

— Je vais vous montrer, venez.

Ils s'en vont ! Quelle chance !

— Tu devrais en profiter pour y aller, je dis au petit garçon. Chloé risque de te trouver ici. Il y a une bien meilleure cachette dans le jardin clos : derrière la statue de la dame, tu verras un petit trou dans la haie. Si tu t'y faufiles, tu atteindras facilement la fontaine.

Une bonne action mérite une récompense. C'est mon avis. Il ne m'a pas trahie, il a droit à un tuyau.

— OK, dit le garçon, ravi, en se relevant. J'avais deviné que vous étiez un fantôme mais je n'ai rien dit.

Là-dessus, il décampe. Et, sur la pointe des pieds, je sors avec un coup d'œil vers la banquette de la fenêtre, encombrée des cartons et câbles du DJ. Et si je tentais une rapide vérification sous ce matériel ?

Non, trop risqué. Dans la salle à manger, je stoppe, le temps d'examiner la table. Spectacle à couper le souffle. Nappe pourpre en damas sur laquelle sont éparpillés des confettis scintillants. Cinq candélabres en argent garnis de bougies pourpres. Trois grands vases accueillent des bouquets de fleurs blanches. Devant chaque place, une veilleuse en cristal ornée d'une petite bougie, une salière et un poivrier, et une petite sculpture à l'effigie de… Je regarde plus attentivement.

Est-ce Marie-Antoinette ? Et ce morceau de coton représente-t-il un *mouton* ?

Bizarre ! Mais ce n'est pas le moment de traîner. Je me baisse, passe sous la tapisserie qui recouvre la console et m'écroule, soulagée. J'ai réussi !

Après quelques secondes, mon euphorie disparaît. Je meurs de faim. Je n'avais pas prévu de passer toute la soirée ici. Aucune perspective de nourriture. Et je vais regarder ma famille se régaler d'un plat sophistiqué genre cygne rôti entouré de cailles. Pourquoi n'ai-je pas pensé à grignoter un truc dans la chambre de Bean ? Quelle idiote imprévoyante !

Je sors la tête de ma planque. On ne sait jamais : quelqu'un aurait pu laisser tomber un Mars par terre. Je scanne la pièce. Bonheur : sur le buffet, une corbeille de petits pains me tend les bras. Des petits pains ronds à l'air délicieux, à moitié recouverts d'une serviette.

Il faut absolument que je les prenne. Mon estomac gargouille. Il me faut ces petits pains, maintenant. Sinon, je cours le risque de m'évanouir de faim. Logique, non ? Mon corps inconscient sortira en roulant de son abri comme si j'étais morte. Et mon plan sera anéanti.

Ce dernier point me donne des ailes. J'émerge de la console, me dirige sur la pointe des pieds vers le buffet, m'empare de deux petits pains. Claquement de hauts talons dans les proches parages. Gloussement inimitable. Galère, c'est Krista qui revient.

Pas le temps de retourner sous la console. Au moment où elle apparaît, je réalise une parfaite génuflexion derrière une chaise. J'agrippe le dossier pour garder mon équilibre, retiens ma respiration et prie pour un miracle.

Elle s'approche de la table, une pile de menus imprimés dans la main. *Elle est là*. Et moi je suis pratiquement à découvert. En m'accroupissant complètement, mes genoux sont pris de tremblements. Pourvu que mes os ne craquent pas ! Que mon téléphone ne sonne pas !

Un immense miroir orne le mur d'en face. Elle va me repérer ! Heureusement, pour une fois elle ne va pas s'admirer. Trop absorbée par sa tâche. Comme elle pose un menu devant chaque place en chantonnant, je me coule de l'autre côté vers la console. Elle termine sa distribution et reste plantée devant la table. Je me fige.

À travers l'ornement d'un dossier de chaise, je l'observe en essayant de deviner la direction qu'elle va prendre. À ma grande surprise, elle se contente de vérifier qu'elle est seule dans la pièce. Ensuite elle soulève sa robe, tire sa gaine et respire en poussant un grognement de soulagement.

Naaan ! Pas une nouvelle exhibition de sous-vêtements ! Qu'ai-je fait pour mériter pareille vision d'horreur ? Impossible de détourner le regard car je ne dois pas être prise de court pour le cas où elle viendrait vers moi. Je suis donc obligée de subir l'horrible spectacle. Son expression est résolue. On la dirait sur le point de prendre une décision. Et la voilà qui retire complètement son corset gainant. Miséricorde ! Pas ça !

Ouf ! Elle porte un string couleur chair. J'ai échappé au pire. Au pire du *pire*.

Quand elle libère son abdomen au bronzage mal étalé de la ceinture élastique, elle pousse un nouveau grognement. Vu l'effort qu'elle est forcée de faire, il est clair que son body sculptant Spanx est trop petit de deux tailles. Pas étonnant que ça soit inconfortable. Essoufflée par sa manœuvre, sa robe toujours remontée sous le menton, elle marque une pause quand des pas se font entendre.

— Krista ? appelle le DJ.

L'affolement la cloue sur place. Je suis prise d'un fou rire que je m'efforce de calmer en posant mon poing sur ma bouche. Je mords mes jointures tandis que Krista réajuste sa robe, jette des regards éperdus autour d'elle et flanque son body Spanx dans une potiche bleue posée sur le buffet. Il était moins une.

— Coucou, dit-elle au DJ qui vient d'entrer.

À part sa voix un peu plus aiguë que d'habitude, elle est cool. Chapeau ! (Et – petit intermède de solidarité féminine – je dois dire que sa silhouette est parfaite. Cette robe est bien coupée. En fait, elle n'a pas besoin de porter de gaine.)

— Petite question à propos de la playlist, dit-il. J'ai mis quelques idées au propre quand j'étais dans la cuisine, vous pourriez y jeter un œil ?

Regard rapide de Krista vers la potiche bleue avant de lui emboîter le pas avec un sourire.

— Avec plaisir, fait-elle.

Dès qu'elle a décampé, je galope à quatre pattes vers la console. Une fois en sécurité, je reprends ma respiration en écoutant les battements de mon cœur. Quelle situation stressante ! Mais au moins j'ai de quoi me sustenter. Je commence à mâcher vigoureusement une bouchée de petit pain.

— … à l'évidence, il est occupé mais quand bien même…

— Je sais. Quelqu'un a parlé à papa ?

Alerte ! Je lève la tête. Gus et Bean sont sur le seuil de la salle à manger. Vais-je oser les épier ?

— La situation est devenue impossible, se plaint Bean. On ne peut pas avoir une vraie conversation avec lui.

— Pareil pour moi, réplique Gus. Chaque fois que j'appelle son portable, c'est Krista qui décroche. Elle est comme son garde du corps. Elle dit qu'il va rappeler, ce qui bien entendu n'arrive jamais.

— Même chose, s'exclame Bean.

— Et Effie ?

— Elle ne se souvient pas de la dernière fois où ils se sont parlé. Elle dit qu'elle est débordée. Mais ce n'est pas la seule raison. Leurs rapports sont toujours tendus.

Ils arrêtent de marcher. Gus a sans doute adopté sa position favorite : perché sur un accoudoir du canapé.

— Quel bordel, tout ça ! râle-t-il. Dommage qu'elle ne soit pas avec nous. Tout le monde demande après elle.

— Euh… oui, dit Bean d'une voix étranglée. Vraiment dommage qu'elle n'ait pas pu venir. Je ne l'ai pas vue depuis longtemps. Depuis des siècles.

Ma sœur ment *très mal*. Si Gus n'était pas aussi distrait, il la prendrait sur le fait.

— À propos, tu n'aurais pas vu ses poupées russes, par hasard ? Elle les cherche partout.

— Non, désolé.

— Je pense qu'elles sont sur la banquette de la fenêtre. Quand le DJ aura déguerpi, j'irai voir.

Ils s'approchent. Je penche la tête pour les regarder à travers une fente de l'étoffe.

— Waouh ! s'écrie Gus devant la table.

— Oui, le décor de table, c'est le nouveau hobby de Krista. Apparemment, elle a choisi Versailles comme thème.

— Pourquoi ? s'étonne Gus.

— Aucune idée. Elle m'a demandé d'allumer les bougies. Tu me donnes un coup de main ?

Grattement d'allumettes. Petit à petit, la lumière de la pièce s'adoucit.

— Ce bristol indique la place d'une certaine Lacey. Qui est-ce ? demande Gus.

— La sœur de Krista. Une rousse. Tu as dû la rencontrer un peu plus tôt.

— Ah, elle ? fait Gus sans grand enthousiasme. Tu as vu ce qu'on va servir ?

Pendant que Bean allume les dernières bougies, Gus lit le menu – raviolis de homard à l'oseille, filet de bœuf…

— Miam ! À quelle heure on passe à table ?

Du homard ? J'en étais sûre. Je pose une main sur mon estomac pour calmer ses gargouillis. Avant de quitter la maison, je vais essayer de mettre la main sur les restes du dîner.

— Bientôt, le renseigne Bean. La plupart des invités du cocktail sont partis. J'ai dit au revoir à tout le monde. J'ai eu ma dose d'adieux, ajoute-t-elle tristement.

— Moi aussi. Figure-toi que quelqu'un m'a demandé si la maison était hantée. Son fils lui a affirmé qu'il avait vu un fantôme.

— Un fantôme ?

— C'est ce qu'elle m'a dit.

— Étrange !

Ils se taisent. J'aimerais bien voir ce qui se passe. Mais impossible. J'aurais dû apporter un périscope. En même temps qu'une grenade. Je saurai pour la prochaine fois.

Bean rompt le silence et lance :

— Au fait, tu vas bien ? En dehors de tout ça ? Tu as l'air crevé.

— Les hauts et les bas habituels.

— Rien de particulier ?

J'attends la réponse de Gus. Va-t-il lui raconter son coup de téléphone ? Se confier ?

— Non, rien à signaler, dit-il. Non…

Je meurs d'envie de rétorquer : « Mais si ! Le problème dont tu parlais au téléphone avec ce Josh ! »

— Et pour toi, ma Bean, tout roule ?

Ma sœur s'absorbe dans la contemplation de ses ongles.

— Euh… oui, tout roule impec.

J'aimerais crier : « Et pourquoi tu pleurais dans le jardin ? »

Je suis choquée par l'attitude de mon frère et de ma sœur. D'ailleurs, je le leur dirai quand je serai sortie de ma tanière.

— Et comment ça va avec Romilly ? reprend Bean.

— Bof, tu sais… C'est…

Puis il bifurque pour éviter d'autres questions.

— Et toi, tu as quelqu'un en vue ?

— Il y a eu… euh, c'est… bredouille ma sœur.

Je suis de tout cœur avec elle. Pauvre Bean ! Il lui est difficile d'aborder le sujet de sa vie sentimentale depuis la rupture avec Hal.

— Je comprends ! Excuse-moi. Je ne voulais pas te…

J'espère que Bean n'est pas trop bouleversée. Comme ils ont à nouveau changé de place, je me tords le cou pour les garder dans ma ligne de mire. Je parviens à la voir. Et là, plus question de compassion. Elle porte ma robe Rixo. Quel culot ! Elle l'a sûrement mise en pensant que j'avais fichu le camp.

Ils font finalement une halte pas très loin de la console.

— Champagne, s'il vous plaît, dit Gus à une personne invisible. Merci !

Et maintenant ils boivent du champagne alors que tout ce que j'ai à me mettre sous la dent est un minable petit pain ! Tandis qu'ils trinquent, je leur jette un regard de reproche. La liste de mes griefs augmente. Spécialement envers Bean, qui va profiter des délices de la fête de Krista, dans *ma* robe Rixo.

— J'ai besoin d'une cigarette, s'exclame Gus.

— Tu fumes ? s'étonne Bean.

— Seulement lors des réunions de famille. Je vais dans le jardin. Tu viens ?

— Je ne vais pas rester seule ici.

Une fois qu'ils sont sortis, je me calme. J'étais dans un tel état de tension. En plus, j'ai gardé si longtemps une position recroquevillée que je ne sens plus mes doigts de pied.

Et voici d'autres pas. Des pas masculins, rapides, décidés. Je connais cette démarche.

Non, c'est le fruit de mon imagination.

Pas du tout ! C'est Joe qui entre dans la salle à manger, le portable collé à l'oreille. Je prends des risques mais tant pis ! Je pousse la tapisserie sur le côté pour l'étudier à loisir. Ses cheveux brillent à la lueur des bougies. Il fronce légèrement les sourcils, son expression est concentrée.

Qu'il soit à la fois beau mec, inconscient de son charme et médecin, c'est trop pour un seul homme. Et injuste !

— Non, tu te tordrais de rire, dit-il, toujours au téléphone.

Qui se tordrait de rire ? Je sens les affres de la jalousie m'assaillir. La belle nana avec laquelle il était photographié dans le *Daily Mail* ? Celle qui montrait ses jambes dans une jupe sans faute de goût ?

Tout en bavardant, Joe examine le placement des invités.

— Oui, elle est là, fait-il en hésitant. Je l'ai vue. Cachée dans un buisson de roses, tu imagines ? Non, aucune idée.

Incapable du moindre mouvement, je l'observe. « Cachée dans un buisson de roses. » C'était moi. Il parle de moi.

— Comment crois-tu que j'aie réagi ? poursuit-il.

Il a baissé le ton. D'instinct, je m'avance pour ne pas perdre un mot de sa réponse.

— Mes sentiments à son égard ?

Après une pause insupportable :

— Sensiblement les mêmes.

Le souffle coupé, j'attends qu'il précise. Mais il se contente d'écouter avant de remercier et de raccrocher. Le cœur battant malgré moi, je le regarde, à la recherche de quelque indice.

« Sensiblement les mêmes. » Envers *qui* ? Dévorée de curiosité, je me penche encore plus pour apercevoir l'expression de son visage alors qu'il s'éloigne. Soudain, à ma grande horreur, je perds l'équilibre et bascule en avant. En m'étalant, je pousse un cri et je lève les yeux vers un Joe sidéré.

— Qu'est-ce… ?

— Chut ! Oublie que je suis là. D'ailleurs je n'y suis pas.

En me maudissant, je regagne en vitesse ma cachette et redresse la tapisserie qui avait glissé. Quand je me sens bien dissimulée, je jette un coup d'œil vers l'extérieur. Joe est planté, bouche ouverte, à quelques centimètres, le regard rivé sur la console. Franchement ! Il va me faire repérer.

« Fiche le camp », j'articule en silence en faisant de grands gestes explicatifs.

Il tourne les talons. Un instant plus tard, mon portable vibre.

Mais qu'est-ce qu'il se passe ?

Réponse :

Ne fais pas attention à la fille planquée derrière le rideau.

Il va saisir la référence parce qu'un jour, lorsque nous étions enfants, nous avons joué à un jeu avec des gages.

Le sien ? Regarder le film *Le Magicien d'Oz* deux fois de suite avec moi. Après quoi, nous n'avons pas arrêté de truffer notre conversation de fragments de dialogue.

Nouveau message de Joe :

Pourquoi la grande et puissante Effie se cache-t-elle sous une table ?

Ma réponse :

Je t'ai dit : je suis en mission.

Ensuite, en me mordant les lèvres, j'ajoute un post-scriptum :

Sérieusement, ne dis rien à personne. S'il te plaît.

Une fois le message envoyé, je reprends ma surveillance à travers la fente de la tapisserie. On dirait qu'il devine mon regard car il se retourne vers moi, le visage grave mais un sourire aux lèvres. Il pose son index sur sa bouche et hoche lentement la tête. Pendant quelques instants, nous restons face à face, immobiles. Son expression est impossible à déchiffrer. Que pense-t-il ? Une chose est sûre : je suis dans ses pensées.

Et il a encore des sentiments pour moi.

En quelque sorte.

« Sensiblement les mêmes », a-t-il dit. Mon cœur se serre quand je considère les différentes émotions que je peux susciter en lui. Il sait que je l'ai entendu. Saurai-je un jour ce qu'il voulait dire ?

D'autres pas interrompent mes réflexions. Le charme est rompu. J'ai laissé son pouvoir de séduction me toucher. Grave erreur. Pourquoi le point de vue de Joe Murran aurait-il de l'importance à mes yeux ? Peu importe qu'il parle de moi au téléphone. Et je me fiche pas mal de son opinion.

Je vais lui faire passer ce message. Mon visage est assez expressif. Nous continuons à nous dévisager. J'affiche soudain une hostilité sans équivoque. Il est intrigué par ce changement. Bravo, Effie ! Ça va lui montrer !

Il ne mérite pas qu'on s'intéresse à lui. Je m'en veux d'avoir voulu savoir ce qu'il pense de moi. Je lui dirai, si jamais j'en ai l'occasion…

— Joe, je suis contente que tu assistes au dîner, lance Krista.

Je retourne vivement sous ma tapisserie.

Allez, Effie, ressaisis-toi ! Cesse de faire une fixette sur Joe. Concentre-toi sur ta mission et trouve une position confortable. La nuit ne fait que commencer. Tu dois tenir pendant toute la durée de ce fichu dîner.

10

Mon plus gros problème, c'est le chien.

Lacey, la sœur de Krista, a amené Bambi dans la salle à manger : en le portant sous le bras, comme une pochette. D'ailleurs, il ressemble plus que jamais à une pochette du soir, à cause de son collier – assez mignon, je dois dire – en pierres scintillantes.

— Bambi va s'asseoir avec moi. Hein, mon toutou chéri ? minaude-t-elle.

Comme de bien entendu, dès qu'elle est installée, Bambi saute par terre. Il va et vient en trottinant tout autour de la salle à manger avant de venir renifler autour de la console.

— Dégage, Bambi ! je marmonne avec fureur.

Sa présence m'empêche de me concentrer sur mon boulot d'espionne. Tout à coup, il file de l'autre côté de la table. Quelqu'un a dû faire tomber un ravioli au homard.

Bon, me voici libre de procéder à l'inspection des membres de ma famille. Ou, tout au moins, de comprendre l'essentiel de ce qui se passe. J'ai découvert un trou de mite assez pratique. En choisissant le bon angle, j'arrive à voir chacun ou à capter son reflet dans le miroir. Sauf Romilly, mais je peux m'en passer.

Tout en couvrant Bambi d'injures, telle une pro du MI5, j'ai réussi à suivre la conversation des invités. Thème principal, voire unique ? L'excellente qualité des cocktails servis. Romilly, elle, pontifiait à propos des leçons de violon de ses filles avec cette prof géniale. Comme si ça passionnait les foules !

Pour la première fois, mon regard se pose sur la sœur de Krista. Elle est extraordinaire : cheveux auburn frisés, robe moulante turquoise, épaules nues bronzées. Visiblement, Joe la fascine. Elle se tortille un maximum quand il tire poliment sa chaise. Et, quand il remplit son verre d'eau, avant de porter son verre à ses lèvres en le fixant dans les yeux, elle le remercie d'une voix rauque et sensuelle :

— Merci, docteur Joe !

— Joe suffit, corrige-t-il.

Ce qui lui vaut force battements de cils.

— Oh non, je ne pourrais pas ! Pour moi, vous serez toujours docteur Joe. Je suis déjà amoureuse de vous, avoue-t-elle avec un grand rire en renvoyant sa masse de cheveux en arrière.

Avec d'envoûtants yeux verts, elle est même plus sexy que Krista. Plus jeune, aussi – sans doute dans les trente-cinq ans. Mais bien plus vieille que Joe, je note – pas pour être garce, seulement par amour de la précision.

— Je suis très honnête. Je dis toujours ce que je pense. C'est ma façon d'être, explique-t-elle à Joe. Et si ça ne plaît pas, ça n'est pas mon problème.

Tête éberluée de Joe devant ce flirt direct.

— Vous travaillez aussi dans les vêtements de sport ? demande-t-il en garçon bien élevé qu'il est.

— Non, mais j'ai défilé pour la boîte de Krista. À mes heures perdues, je suis contorsionniste. Elle me demandait de marcher sur les mains, ce genre de trucs.

— Vous êtes contorsionniste ?

— Tu devrais la voir, lance Krista avec fierté. Lacey arrive à mettre ses cuisses derrière ses oreilles. Hein, sœurette ?

— Oui, hyper facile !

Tout à fait contente d'elle, cette Lacey ! Je mettrais ma main à couper que chez tous les hommes de l'assemblée la pression sanguine est en nette augmentation.

Papa frappe le bord de son verre avec une fourchette.

— Un peu d'attention, je vous prie ! Avant de commencer à dîner, j'aimerais vous remercier d'être tous venus ce soir – y compris toi, Lacey. Et Joe, bien sûr, sans oublier Humph, bien qu'il ne soit pas encore arrivé.

— Merci Tony, roucoule Lacey en levant son verre. Et merci à chacun de m'accueillir aussi chaleureusement.

— Nous ne sommes pas au complet, rectifie Bean d'une voix blanche. Effie est absente.

Long silence. Dans le miroir, j'aperçois l'embarras de Gus. Romilly dévisage Bean avec étonnement. Joe s'est figé, le regard indéchiffrable : il serre de toutes ses forces le pied de son verre. Krista arbore un sourire glacial comme si de rien n'était. Lacey promène ses prunelles vertes autour de la table avec jubilation.

Quant à moi, j'ai soudain très chaud, cet espace clos me rend claustrophobe.

— Effie a décidé de ne pas se joindre à nous ce soir, dit finalement papa. Nous devons… respecter son choix.

Après une profonde respiration, il paraît vouloir continuer mais une voix en provenance du hall modifie l'atmosphère.

— Bonsoir à tous ! Navré d'être en retard.

Humph fait son entrée à grandes enjambées. Super ! Tout mon être se rétracte. Il ne manquait plus qu'un ancien petit copain pour rendre cette soirée encore plus sympa, surtout celui dont les sourcils ressemblent à des chenilles et dont le rire…

Stop ! Incroyable ! Je manque de tomber à la renverse. Est-ce vraiment lui ? Bean m'avait prévenu du changement mais là, il est méconnaissable. Ses sourcils ? Domestiqués. Sa coiffure ? Presque cool. Il est plus mince, barbu et porte son smoking avec une certaine élégance.

Élégant, le vieil Humph ? Cela semble invraisemblable !

— Je n'ai pas eu encore le plaisir de faire votre connaissance, dit-il à Lacey en lui tendant la main. Je me présente : Humphrey.

— Vous voulez dire l'Honorable Humph, s'extasie Lacey. Tous les invités de la soirée ont-ils un titre ou est-ce réservé aux deux hommes splendides que je viens de rencontrer ? J'adore les beaux mecs, explique-t-elle à Bean. Les très beaux. C'est mon style.

— Moi, je préfère les moches, ironise Bean.

Son trait d'humour échappe complètement à Lacey.

— C'est vrai ? dit-elle.

Mais son attention est tout entière dirigée vers Humph.

— Que faites-vous dans la vie ? lui demande-t-elle, visiblement très excitée. Non, ne me dites pas ! Vous êtes le Seigneur du Manoir.

— Je suis praticien médical.

Praticien médical ? Première nouvelle ! Il est allé au lycée agricole !

— Génial, s'enthousiasme Lacey en regardant tour à tour Joe et Humph. Deux docteurs sous le même toit.

— Pas vraiment ! dit Joe avant de boire une gorgée de vin.

— Je pratique la médecine alternative, précise Humph.

Il sort de sa poche un petit flacon brun et laisse tomber une goutte transparente dans son verre d'eau.

— Qu'est-ce que c'est ?

— Un composé qui aide à la digestion. Tout le monde devrait en prendre.

— Cette opinion n'engage que toi, fait remarquer Joe.

Humph pousse un long soupir empreint de pitié.

— Concernant les techniques d'alignement internes du docteur Herman Spinken, je suis parfaitement qualifié, confie-t-il à Lacey. Je peux vous indiquer un site sur le Net. Nous avons publié une somme de témoignages impressionnante.

— Et vous pratiquez aussi des tarifs impressionnants, commente Joe. Ou devrais-je dire exorbitants ?

Humph le fusille du regard et se tourne vers Lacey.

— Malheureusement, les institutions médicales officielles n'ont pas encore compris les théories du Dr Spinken. Joe et moi sommes en désaccord sur ce point. Mais si vous êtes intéressée, Lacey, j'ai créé un établissement tout près d'ici. Venez essayer : la première séance est à moitié prix.

Il tend à Lacey une carte professionnelle.

— « Humphrey Pelham-Taylor, Praticien associé, Institut Spinken », lit tout haut cette dernière. Très impressionnant !

— Combien de temps a duré ta formation ? demande Joe sans s'émouvoir. Un mois ?

Humph ne bronche pas, puis réplique sur un ton triste :

— Encore une attaque de la médecine traditionnelle. La longueur de la formation n'a aucune importance. Le but recherché n'est pas d'apprendre des faits mais d'éveiller nos esprits à ce que nous savons déjà d'instinct.

— Oh, sans blague ? dit Joe. Es-tu aussi d'instinct qualifié en pharmacologie, Humph ?

Humph lui lance un regard mauvais.

Puis, à Lacey :

— Quand nous étions bébés, nous savions d'instinct comment aligner notre colonne vertébrale, nos organes internes et notre *rhu*.

Lacey semble fascinée.

— Qu'est-ce qu'un *rhu* ?

— Le *rhu* est un concept du Dr Spinken.

Joe, le nez dans son verre, laisse échapper un ricanement.

— C'est l'énergie de nos organes internes qui produit un pouvoir transcendant et curatif. Les soins de santé commencent et finissent avec le *rhu,* termine Humph en se frappant le torse.

Au tour de Krista d'intervenir :

— Humph est merveilleux, Lace. C'est lui qui m'a donné la tisane qui me requinque.

En entendant ce compliment, Humph boit du petit-lait.

— Je vais examiner tout ça de près, dit Lacey en rangeant la carte dans son sac. Quelle chance j'ai d'avoir rencontré le même jour un expert de la méthode Spinken *et* le Docteur des Cœurs !

— Eh bien, Joe, tu es vraiment un VIP maintenant, persifle Humph. Je suis étonné que tu aies du temps pour tes patients avec toutes ces interviews et ces invitations.

Joe se crispe mais résiste à la tentation de répondre.

— Difficile de s'y retrouver dans le flot de vos différentes petites amies photographiées dans les journaux, docteur Joe, plaisante Krista. Il y en a trop. Vous êtes un tel Casanova.

— Ce n'est pas la réalité, répond Joe. La plupart de mes prétendues maîtresses dans les médias sont des femmes que je côtoie par hasard dans la rue en me rendant sur mon lieu de travail.

Sourire entendu de Krista, qui poursuit :

— N'essayez pas de nous duper, Joe ! Oui, vous pouvez débarrasser, dit-elle au serveur.

La conversation ralentit tandis que les serveurs arrivent avec des assiettes garnies de filet de bœuf. Une bonne odeur de sauce parvient à mes narines. Clous de girofle ? Noix de muscade ? Cette fragrance épicée me ramène à l'époque de Noël. Les Noëls à Greenoaks. Les invités commencent à goûter le contenu de leur assiette en échangeant des commentaires sur l'excellence de la nourriture. Au fond, ça pourrait être nous, les Talbot, assis autour de la table, avec nos chapeaux en papier et nos mines réjouies. Mimi, avec son tablier qu'elle oublie toujours d'enlever avant de s'asseoir. C'était d'ailleurs devenu une blague familiale : nous appelons les tabliers des « tenues de Noël ». Une année, nous lui en avons offert un décoré de pompons rouges. Elle l'a porté très longtemps.

La plaisanterie n'est plus de mise, je constate avec tristesse. D'ailleurs, qui la ressortirait ? Pas Mimi, en tout cas, qui n'évoque jamais le passé. Et personne de l'assemblée présente. Qu'est-il advenu de nos blagues, de nos histoires, de nos traditions et de nos petites phrases d'argot familial que nous sommes les seuls à comprendre ? Ont-elles été divisées en lots comme les meubles ? Sont-elles rangées dans des cartons quelque part ?

Un autre souvenir d'enfance me revient. Je suis cachée ici même sous la console, un jour de Noël. J'avais complètement oublié cet épisode, qui réapparaît avec acuité. J'ai sept ans et je me suis querellée avec Bean à propos d'un cadeau trouvé dans une pochette-surprise. (Vais-je admettre la vérité des années après ? Oui, je lui avais cassé son yoyo.) Je descends de ma chaise pour aller me cacher, honteuse mais en boudant. Quelques minutes après, papa vient me rejoindre. Et nous avons un petit moment père-fille magique, sous une console, loin des autres. Il me fait vivre tout de suite. « Noël est horrible ! Tu as eu raison de t'échapper, Effie. » Puis il entonne une série de chants de Noël en changeant exprès les mots. Ensuite, quand je ris à gorge déployée, il me propose d'apporter à table le traditionnel pudding dès qu'il aura commencé à flamber.

C'était prendre un risque, je me dis avec le recul. Une petite fille de sept ans peut-elle transporter un pudding en train de flamber ? Quoi qu'il en soit, très imprégnée de ma propre importance, j'ai porté le pudding entouré de flammes bleues de la cuisine à la salle à manger. J'étais au septième ciel : Effie Talbot, la déesse du feu.

Le rire de papa interrompt ma rêverie. Je reviens dans le monde réel, le cœur chaviré. Comment en est-on arrivé là ?

À une époque bénie, je me cachais sous la tapisserie avec mon père. Aujourd'hui, je me cache de lui. Et de tout le monde.

J'entends Krista pérorer :

— Bien sûr, Effie a eu une histoire avec Joe. Elle sera la prochaine à apparaître dans le *Daily Mail*.

— Certainement pas, rectifie Joe.

Qu'est-ce qu'il croit ? Que je ne suis pas assez séduisante pour figurer dans les pages du *Daily Mail* ? En disant ça, il a tourné son regard vers la console. Fais gaffe de ne pas me trahir, Joe !

Maintenant, Lacey se mêle à la conversation.

— Dites-moi, Humph, vous êtes sorti aussi avec Effie, il me semble. Quel succès, cette fille ! Dommage qu'elle ne soit pas là. Vous auriez pu vous battre en duel pour elle.

— Voilà une remarque pas très féministe, Lacey, lance Humph. Désolé de vous le dire.

— Alors, Humph, tu défends la cause des femmes, maintenant ? ironise Joe. C'est… nouveau.

— Tous les adeptes de la méthode du Dr Spinken sont féministes, se vexe Humph.

— Je maintiens mon idée de duel, persiste Lacey. C'est trop tard pour la faire venir ? Téléphone-lui, Krista.

Panique sous la tapisserie ! Pourvu qu'elle ne m'appelle pas. Je vérifie : mon portable est sur silencieux. Ensuite, je me détends : Krista préférerait mourir que de m'appeler.

— Pas la peine, réplique-t-elle. Je l'ai suppliée de venir, n'est-ce pas Tony ? Je lui ai même envoyé un mail disant, je cite : « Effie, ma petite chérie, c'est la dernière fête à Greenoaks. Tu vas regretter de ne pas être présente. Tu te prives de la fête par dépit. »

Quel toupet ! Le souffle me manque. Elle n'a jamais écrit ça.

— Mais, conclut Krista, Effie ne fait que ce qu'elle veut. C'est dommage mais c'est comme ça.

— Effie est l'enfant difficile de la famille ? s'informe Lacey.

— Je ne dirais pas ça, intervient papa, mais…

Il part d'un grand rire. Mon cœur se serre.

Mais… ? Mais quoi… ?

Je veux voir son visage. Je passe une tête sur le côté de la tapisserie. Les convives sont suspendus à ses lèvres.

— Effie est têtue, déclare-t-il finalement. Cette attitude fait rater des occasions. Elle peut… bloquer.

Moi, têtue ? Il peut parler ! Qui s'est blessé à la jambe parce qu'il refusait d'abandonner sa course des dix kilomètres ? Et je ne suis pas bloquée ! Même si ma cheville est coincée sous ma cuisse.

Bon, d'accord. À cet instant précis, je suis un peu bloquée. Mais ce n'est pas le sujet.

— Pauvre Effie, dit Lacey. Entre entêtement et manipulation, il n'y a qu'un pas. Parce que, franchement, pourquoi refuser d'assister à une fête familiale ?

— Elle serait venue si elle avait été invitée dans les règles, assène Bean.

— Il y a eu une embrouille dans les invitations, rétorque Krista. Alors elle a piqué une crise. Elle est trop émotive, voilà son problème. C'est les montagnes russes avec elle. Elle en fait des tonnes.

Romilly ajoute son grain de sel.

— Son problème ? Elle n'a jamais vraiment grandi. Effie est toujours le bébé de la famille.

Je lance un regard mauvais à l'arrière de sa tête. Non mais ! On lui a demandé son opinion à cette pimbêche ? Et d'ailleurs, ça sous-entend quoi ? J'ai les joues en feu.

Et elle de continuer son exposé :

— Elle a du mal avec la vie. Elle a perdu son job. Depuis, elle est serveuse intérimaire. Difficile pour elle de reprendre le dessus. Quant à sa vie sentimentale…

C'est comme ça qu'on parle de moi derrière mon dos ?

— Arrêtez ! Vous êtes injustes, intervient Bean très désarçonnée. Ce n'est pas sa faute si elle a perdu son job. Ma sœur a un très bon boulot temporaire. Elle se ressaisit et étudie les perspectives qui s'offrent à elle. C'est compliqué. Et vous savez où elle se trouve en ce moment ? Dans un super restaurant où l'a invitée un athlète olympique. Ah ! Vous voyez ?

En écoutant la plaidoirie de ma sœur, mes yeux s'embuent. Je l'aime tellement ! Elle peut emprunter ma robe Rixo quand elle veut. Elle peut même la garder.

Krista pouffe d'un rire moqueur.

— Un athlète olympique ? C'est ce qu'elle prétend ? On adore Effie mais franchement, ce sont des bobards. Pauvre chérie ! Pourquoi ne pas inventer une excuse plus plausible ? Qu'elle se lavait les cheveux, par exemple !

Rompant le silence ambiant, Joe repose son verre avec bruit sur la table.

— D'après ce que je sais, le gars en question est un sportif de haut niveau. Il a gagné une médaille d'or aux Jeux olympiques. N'est-ce pas, Bean ?

Nouveau silence, teinté d'étonnement, cette fois. Mine sidérée de Krista.

— Un médaillé olympique ? dit Romilly, impressionnée malgré elle.

— Oui, affirme Bean qui a retrouvé son sang-froid. Et, qui plus est, titulaire d'une médaille d'or.

— Gagnée dans les épreuves de pentathlon, c'est ça, hein ? fait Joe, les yeux fixés sur Krista. Ou était-ce en aviron ? J'ai oublié. Mais je sais que c'est maintenant un homme d'affaires à succès et un philanthrope. Un beau parti !

— Il a dû gagner beaucoup d'argent, s'exclame Humph. La méthode Spinken est parfaite pour les sportifs comme lui. Peut-être Effie pourrait-elle me le présenter.

— S'il l'invite une seconde fois, ricane Lacey.

— Comment résister au charme d'Effie ? fait Joe. À mon avis, ce sera à elle de décider si elle veut le revoir ou pas.

Il jette un bref regard vers la console. Je le contemple, troublée, comme paralysée. Il est en train d'embobiner Krista. Rien de tout cela n'est vrai. Mais… Non, pas question de tomber une nouvelle fois amoureuse. Non et non.

— Comment êtes-vous au courant de ces détails ? demande Krista avec un sourire crispé.

— Nous avons été en contact récemment, Effie et moi. Elle ne l'a pas dit ?

— Bean, tu connais l'adresse de ce type ? interroge Humph, qui espère attirer le prétendu athlète dans sa clinique.

— Non ! En revanche, je sais qu'Effie dîne en ce moment même dans un trois-étoiles de Londres. Je bois à sa santé, où qu'elle soit.

Elle regarde avec détermination chaque invité comme pour les convaincre. Puis elle lève son verre et commence à boire. À la première gorgée, elle me repère par la fente de la tapisserie. Le choc ! Elle s'étrangle à moitié et crache son vin. Lacey pousse un cri :

— Bean, ça va ?

— Que se passe-t-il ? s'inquiète Joe.

— Rien du tout. Je viens juste de remarquer les fleurs.

Les gens en pleine confusion examinent lesdits bouquets. Bean m'adresse une grimace aussi incrédule qu'affligée. Je lui mime mes excuses et retourne au fond de ma tanière.

— Dommage qu'Effie ne puisse pas les admirer, dit Joe à Bean sur le ton de la conversation mondaine. Elle adore les fleurs.

Il accompagne sa remarque d'un coup d'œil discret vers la console. Ma sœur ouvre grand les yeux.

— Oui, vraiment dommage.

— Je suis heureux qu'elle passe un bon moment ce soir, poursuit-il. Je me demande où elle en est maintenant.

— Oui, je me demande aussi. Qui sait ce qu'elle fait ?

— Telle que je la connais, elle doit observer ses voisins de table.

Bean émet une sorte de hoquet.

— Ouiii, j'imagine.

— Elle doit avoir de quoi faire là où elle se trouve.

Ma sœur est maintenant proche du fou rire.

— Certainement, un spectacle intéressant. Oh, voilà le dessert, s'écrie-t-elle, enchantée de la diversion.

C'est le pompon ! Non seulement je suis affamée mais ils vont dévorer leur dessert sous mes yeux.

— Écoutez, tout le monde, dit Krista en tapant dans ses mains. Pour coller à l'ambiance un peu rétro de la soirée, nous vous proposons un chariot de friandises comme autrefois. Place à la ribambelle des desserts !

Et le chariot fait son entrée sous les cris de joie et les applaudissements.

— Très sympa, s'exclame Romilly, comme d'habitude en mode lugubre. Malin et sympa.

— On choisit comment ? s'extasie Bean. J'ai envie de tout. Oh, cette pavlova !

— Tu peux prendre ce que tu veux, conseille Lacey. Moi, c'est la mousse au chocolat. J'adoooore la mousse au chocolat, confie-t-elle à Humph.

— Vous êtes une choc-accro, sourit Humph.

Lacey soupire comme si elle n'avait jamais entendu ce mot, comme si Humph était un nouvel Oscar Wilde.

— Vous avez deviné : c'est exactement ça !

— Pas de problème, du moment que vous me laissez quelques profiteroles, s'amuse papa.

Le chariot s'approche de la console et s'arrête juste devant la tapisserie. Le visage près du trou de mite, j'aperçois la structure en métal, je hume le parfum des pâtisseries, du chocolat, des fraises… Une torture.

Au-dessus de ma tête, une voix féminine se lance dans des explications :

— Nous avons donc des pavlovas à la pistache et aux kiwis… de la mousse au chocolat… des profiteroles. En dessous, il y a des mini-cheese-cakes… un carpaccio d'ananas arrosé de sirop à la citronnelle… des parfaits à l'abricot… des fraises à la crème. Que puis-je vous offrir, madame ? Un peu de pavlova accompagnée de parfait ?

J'ai tellement faim que je vais tomber dans les pommes. Les douceurs sont devant moi. À portée de main. Vais-je... ?

Non !

Si, à condition de faire très attention.

— Et quelques fraises ? fait la serveuse. Bien sûr.

À titre d'expérimentation, je sors une main et tâtonne à l'aveugle en direction du chariot. J'en ai l'eau à la bouche. Mes doigts touchent le rebord de l'étagère du dessous et se dirigent vers le plat le plus proche...

Oh noooon !

Subitement, le chariot roule en avant. Je retire ma main juste à temps. Aïe ! Je me suis écorchée.

Me revoici assise dans l'obscurité, sur le point de voir ma famille se bourrer de pavlovas et de profiteroles tandis que je meurs lentement d'inanition. C'est fou ce qu'ils sont voraces, quand même ! Il n'y a qu'à les entendre demander six desserts différents et puis réclamer quelques fraises et un demi-litre de crème pour les accompagner.

— Cette mousse au chocolat est un rêve, gémit Lacey.

Je fouille encore une fois dans mes poches à la recherche d'un chewing-gum qui m'aurait échappé quand un reniflement m'alerte. Bambi revient explorer les lieux.

— Fous le camp, Bambi, je siffle.

Peine perdue ! Quelque chose attire son attention. Il jappe en grattant la tapisserie. Et produit soudain une série d'aboiements sonores.

— Stop ! je murmure. Chut !

Il aboie de plus en plus fort. Je me crispe de peur. D'un moment à l'autre il va tirer la tapisserie sur le côté et ça sera la fin de l'aventure.

— Qu'est-ce qu'il fabrique ? s'agace Krista. Viens ici, mon Bambi !

— Je vais aller faire sa connaissance, dit Joe en repoussant sa chaise.

Il s'approche de la console.

— Mais quel joli collier ! Viens ici, mon garçon. Tu es superbe, tu sais !

Malgré les protestations du chien, il l'attrape fermement tout me glissant à voix basse :

— Comment se déroule ta mission ?

— Mal ! Et je crève de faim. Si tu pouvais piquer dix cheese-cakes et une mousse au chocolat, ce serait génial.

— Je vais voir ce que je peux faire, fait-il, l'air amusé.

Debout, il parle à Bambi qui est toujours dans ses bras.

— Tu as envie de sortir d'ici, hein ? Bonne idée ! Je vais demander la permission à ta maîtresse.

— Krista, c'est OK si je l'emmène dans une pièce plus calme ? Il panique dans cette salle à manger.

À mon grand soulagement, il sort vers le salon et dépose Bambi dans le hall, dont il ferme la porte. Quand il revient à table, il engouffre tranquillement quelques bouchées de pavlova. Puis, comme pris d'une idée subite, il sort son portable.

— Désolé, Krista, mais je dois envoyer un message. Une urgence.

— Une urgence médicale ! s'écrie Lacey. Oh, docteur Joe, qu'est-ce que c'est ?

— Je vais à côté…

Mais Krista l'empêche de se lever.

— Non, Joe ! On est en famille. Envoyez votre message d'ici.

— Merci, dit-il aimablement en commençant à taper.

Un moment après, mon téléphone affiche son message :

Détends tes jambes sinon tu risques une thrombose.

Automatiquement, j'essaye d'allonger une jambe mais je n'y arrive pas. Sa suggestion est ridicule. Je tape ma réponse :

Non. Si j'ai une thrombose, Humph me soignera avec la méthode Spinken.

Joe sourit à la lecture de mon SMS.

— Tout va bien ? s'inquiète Lacey.

— Mon patient n'est pas très docile, explique Joe avec un bref regard vers la console.

Bean remarque son manège. Elle regarde l'écran de Joe, puis ma cachette. Pour finir, elle sort son propre portable.

— Excuse-moi, Krista. Moi aussi je dois envoyer un texto. C'est euh… une urgence de plomberie.

Un instant plus tard, son message me parvient :

Tu fais QUOI ?

Je réplique aussitôt :

Je me cache ! Pas mal la robe Rixo, au fait.

J'étouffe un rire en la voyant rougir. Elle jette un regard coupable à la robe puis tourne ses yeux vers moi.

Franchement, la discrétion n'est pas son fort : si elle continue, je vais être découverte. Vite, un autre message !

Ne t'inquiète pas. Elle te va à ravir. Baisers.

Puis, prise d'une soudaine inspiration, je crée un nouveau groupe de chat sur WhatsApp : « Bean et Joe ». Premier message ?

Pour information ! La gaine de Krista se trouve dans la potiche bleue sur le buffet. Elle l'a enlevée sous mes yeux.

En lisant, Bean est incapable de réprimer un éclat de rire. Une seconde plus tard, Joe laisse échapper une sorte de ronflement hilare. Il lève la tête, regarde Krista, puis la potiche, enfin Bean qui part d'un autre rire nerveux.

— Je n'avais jamais remarqué cette jolie potiche bleue, là, sur le buffet. Une véritable œuvre d'art. Tu en penses quoi, Bean ?

— Tout à fait ravissante, acquiesce cette dernière au bord du fou rire.

— Oui, vraiment ! Krista, ça ne vous ennuie pas qu'on l'examine de plus près ?

Air surpris de Krista. Elle ne sait pas si elle s'est fait prendre ou pas. Aussitôt après, elle s'exclame d'une voix stridente en levant son verre :

— Je porte un toast à Tony, mon sublime héros.

— À Tony ! entonne Lacey.

— Tony a réalisé des bénéfices formidables grâce à ses investissements judicieux, s'enthousiasme Krista.

— Oh, dit papa, c'est très exagéré…

— Ne sois pas modeste ! Tu as gagné un paquet.

Clin d'œil de Bean à Gus. D'habitude, papa ne parle jamais d'argent. Mimi non plus. C'est la règle.

— Tony, espèce de cachottier ! s'exclame Lacey. Gardes-en pour moi, tu veux ?

— Attends ton tour, Lacey ! fait Krista. Et maintenant, je profite de ce moment pour vous faire part d'une nouvelle ultra-importante qui nous concerne tous les deux. N'est-ce pas, Tone chéri ?

La fameuse annonce. Je retiens mon souffle. Dommage que Bean ne soit pas à côté de moi : je serrerais sa main comme autrefois au cinéma pendant les films d'horreur. La mimique interrogative qu'elle envoie à Gus lui vaut en retour la même grimace étonnée.

— Tony et moi souhaitons passer à l'étape supérieure, déclare Krista avec un sourire enjôleur vers papa. Par conséquent, nous organisons en automne une cérémonie d'engagement. Sans doute au Portugal. Vous êtes tous cordialement invités.

Comment réagir ? Je ne sais pas. Ça pourrait être pire. Mais ça pourrait être mieux.

— Félicitations aux deux tourtereaux ! s'écrie Lacey.

Elle fait un grand sourire à papa qui le lui rend volontiers.

— Une idée de Krista, commente-t-il.

J'aimerais pouvoir crier : « Oh, mais quelle surprise, vraiment ! »

Bean et Gus n'ont pas ouvert la bouche. Krista a l'air de se rendre compte de l'ambiance bizarre car elle change de sujet.

— Allez, c'est le moment de s'amuser. Musique, s'il vous plaît. Vive la fête !

— Si on chantait tous ensemble ? suggère papa. Je propose « Ce n'est qu'un au revoir ».

Il entoure Gus et Bean de ses bras et entonne :

— « Faut-il oublier les amis, les jours du temps passé ? »

Lacey s'y met, suivie par Humph qui s'arrête presque aussitôt. Papa remue les bras plusieurs fois en accompagnement de la mélodie plutôt décousue et peu convaincante. Il attend que Gus et Bean fassent de même. Aucun des deux ne bouge. Bean semble même curieusement paralysée.

— Je ne suis pas d'humeur… commence-t-elle.

Sur ce, Lacey s'arrête net, plaque sa main sur sa bouche et lance un regard expressif à sa sœur.

— On remet notre chorale à plus tard, peut-être, suggère Gus.

Petit à petit, papa cesse de chanter et baisse les bras. Il s'éclaircit la gorge et avale une gorgée de vin. Le tout dans un silence embarrassant avec les invités fixant leur assiette.

Quel moment affreux ! Tellement gênant ! Je suis incapable de regarder mon père. Incapable de regarder quiconque. Du fond de mon abri, je me sens humiliée.

Finalement, Bean prend la parole d'une voix faussement enjouée.

— Toutes mes félicitations pour votre… engagement, papa et Krista. Désolée de ne pas vous avoir félicités plus tôt…

— Oui, enchérit Gus. C'est… euh… une excellente nouvelle.

— Super, dit Humph. Le Portugal est un beau pays.

— Allez, on danse ! fait Krista qui démontre une puissance de rouleau compresseur. Youououh ! Où est la playlist ? On veut s'amuser. Tout le monde en piste ! Maintenant ! Vous finirez vos desserts plus tard !

On ne peut qu'admirer sa persévérance. En deux minutes, elle a éjecté les invités de leur chaise et remis le DJ au boulot. Des lumières multicolores clignotent dans le salon. « Dancing Queen » résonne à fond la caisse dans toute la maison.

Ils ont tous quitté la salle à manger. Je suis seule. Le moment d'oser… ?

Je soulève avec précaution la tapisserie puis la laisse vite retomber en entendant le bruit de mitraillette de talons hauts qui s'approchent. Krista ? Merde. A-t-elle découvert ma cachette ?

Terrifiée, je vois la tapisserie se relever. La lumière m'éblouit. C'est fini. Je suis à découvert. Je tente un mouvement de reptation désespéré vers le fond sombre de la console, essayant de me rendre invisible. Il y a un son étouffé. Soudain, un morceau de tissu m'atterrit en pleine face. Je tressaille. Ensuite la tapisserie se remet en place. Les talons hauts battent en retraite. Drôle de bazar !

En pleine confusion, je retire le tissu plaqué sur mon visage. C'est…

… dégoûtant ! C'est la gaine de Krista.

Elle l'a sans doute jetée sous la console pour la planquer. Beurk ! Elle était collée sur ma figure. En frissonnant, je la lance aussi loin que possible. Il faut vraiment que je m'en aille. Cet enfer a assez duré ! J'ai mal au dos et des crampes dans les jambes. Mais comment filer alors que Krista risque de revenir à tout moment pour cacher une pièce de sa lingerie ?

Un nouveau message arrive sur mon téléphone. De Joe. Avant de l'ouvrir, je lis son nom avec circonspection.

> Le dessert est servi dans la cave à vin. Bean et moi surveillons les alentours. Si tu fonces maintenant, tu peux y arriver. Bises.

11

Derrière une porte située à côté de la cuisine, quelques marches en pierre mènent à la cave pavée de vieilles briques. Quand j'étais petite, l'endroit me terrifiait. Aujourd'hui, je retrouve la même obscurité, la même odeur de moisi. Comme autrefois, chaque coin est orné d'une épaisse toile d'araignée. Les casiers à bouteilles, presque vides, s'alignent le long du mur du fond. Papa a sans doute écoulé son stock avant de déménager. Une simple ampoule attachée à un fil électrique dispense une faible lumière. Sur une caisse à thé retournée, on a étalé un torchon et posé un plat contenant une sélection de sublimes desserts : un mini-cheese-cake, une grosse part de pavlova, une généreuse portion de mousse au chocolat, cinq fraises et deux tranches de fromage accompagnées de crackers. Il y a aussi des couverts, un verre d'eau et même une serviette. Je reconnais la patte de Bean.

Quel festin ! J'en ris tout haut. Sans hésiter, je m'installe sur un vieux tabouret en métal et je commence par la mousse. À mourir de plaisir ! Je passe ensuite à la pavlova qui est tout aussi délicieuse. Bravo à Krista ! Son traiteur est exceptionnel.

Au moment où je croque dans une fraise, la porte au-dessus de ma tête s'ouvre. Affolée, je me lève, une demi-fraise à la main. Pourvu qu'on ne me découvre pas maintenant en train de me gaver…

— Ne t'inquiète pas, c'est moi, annonce Joe.

Il apparaît peu après, incroyablement élégant dans son smoking sombre, une bouteille de champagne à la main.

— Bean voulait te l'apporter mais elle a été assaillie par Lacey. C'est donc moi qui vais trinquer.

— Merci, c'est sympa. Merci aussi pour ta discrétion. Et pour avoir soutenu la thèse de l'athlète olympique, j'ajoute d'un ton bourru tandis qu'il débouche la bouteille avec adresse.

— Tout le plaisir est pour moi !

Il remplit deux verres et m'en tend un. En observant les bulles éclater à la surface, je sens mon estomac se nouer. Quand il plonge ses yeux sombres dans les miens, je prends une grande inspiration et m'apprête à lui parler. Et puis, je change d'avis. Il y a des questions que je ne peux pas poser.

— Quoi ? demande Joe.

— Rien. Je pensais seulement à… la suite des événements.

— Alors buvons à la suite des événements, fait-il en levant son verre.

— À la suite des événements ! je répète docilement, bien que cette phrase me serre le cœur. Écoute, je ne veux pas te retenir, je dis, après une gorgée de champagne.

— Je ne suis pas pressé.

Il se perche sur un tonneau.

— Tu devrais finir cette mousse au chocolat !

— Bien sûr !

Mais en m'asseyant, j'ai la curieuse impression d'avoir perdu mon appétit. Le regard de Joe se pose un bref instant sur mon cou. Je sais à quoi il pense. À la pampille en forme de chandelier. Au Plus Petit Diamant du Monde. Quand il me l'a offert, il me semblait si précieux. C'était un talisman qui allait nous protéger durant les quelques mois de notre séparation.

Plutôt raté !

Soudain, la musique nous fait sursauter. Des haut-parleurs doivent se trouver juste au-dessus de nos têtes car le bruit sourd résonne dans la cave. D'après les cris de joie qu'on entend, Krista ou Lacey sont certainement en train de se déchaîner sur la piste de danse.

Même assourdi par le plafond, le rythme de la musique est contagieux. Joe déguste son champagne, les yeux fixés sur moi. J'avale une grande gorgée en m'efforçant de rester cool. Toutes sortes d'élucubrations me sont passées par la tête à propos de cette soirée. Mais je n'ai jamais imaginé que je me retrouverais seule avec Joe dans la cave, avec champagne glacé et musique à fond la caisse.

Un rayon de lumière éclaire ses pommettes. Pourquoi est-il si beau ?

— Dernière danse à Greenoaks, fait-il en levant son verre.

— Oui. Mais je ne danse pas. Et toi non plus.

— Oui.

Dans le silence qui s'établit entre nous, je m'aperçois que nous bougeons nos pieds en rythme. C'est presque imperceptible. Mon corps remue très légèrement. Le sien aussi. Nous dansons. Enfin, presque. En tout cas, à cet instant précis, nous sommes à l'unisson. C'est voulu. Nous sommes sur la même longueur d'onde. Nos corps ont toujours été en phase. Quand nous marchions, notre allure était synchrone. Quand nous faisions l'amour, nos corps s'emboîtaient à la perfection. Quand nous étions pris de bâillements, c'était en même temps.

Le volume de la musique augmente. Mon corps réagit. Le regard de Joe semble plus intense. Envoûtant. Je me souviens avoir dansé avec lui, à une soirée de l'école, avant d'être ensemble. Première fois que j'ai senti ses mains sur moi. Première fois que nous nous sommes regardés dans les yeux.

Ce soir, nous nous regardons de la même façon. Je suis prise de fourmillements. Je suis en transe, électrisée par le contact qui s'est établi entre nous. Un étranger ne verrait sans doute que deux personnes assises en silence. Mais si ce n'est pas de la danse, alors qu'est-ce que c'est ? Tout mon être se balance au rythme du sien. Toutes les cellules de mon corps ne désirent que lui. La sensation de sa peau, ses mains, sa bouche… Sa présence m'enivre. J'ai éperdument envie de lui. Et pourtant je sais bien qu'en matière de choix je ne suis pas toujours bon juge.

Il paraît qu'on peut arrêter de fumer en associant la cigarette avec une nourriture infecte. Par conséquent, je pourrais renoncer à Joe en l'associant avec un profond chagrin d'amour. D'autant plus facile que j'ai déjà expérimenté la situation.

Bizarrement, je détourne mon regard du sien. Je romps le charme et retrouve une voix normale.

— Drôle de soirée, hein ?

— Je suis d'accord.

— Ça veut dire quoi, une cérémonie d'engagement ? je dis en fronçant le nez.

Joe hausse les épaules.

— C'est un échange officiel de promesses, je pense.

Une vague de chaleur m'envahit, jusqu'aux joues. Parce que, à une autre époque, c'était notre souhait.

Allez, Effie, change de conversation !

— En tout cas, ce qu'on dit est vrai : quand on écoute aux portes, ce qu'on apprend sur soi n'est jamais agréable.

Devant ma grimace comique, Joe part d'un grand rire.

— La petite souris que tu étais s'attendait à quoi ?

— J'espérais que tout le monde s'exclamerait : « C'est fou ce qu'Effie est brillante ! Elle est fabuleuse. C'est de loin la meilleure de la famille. » Je plaisante, bien sûr.

— Tu es de loin la meilleure de la famille, déclare Joe le plus sérieusement du monde.

Il plaisante, lui aussi. Mais j'éprouve un élan d'affection pour lui. À ses yeux, j'étais la meilleure. Aux miens, il était le meilleur.

Peu importe !

— J'ai fait un jour l'erreur de regarder en ligne des commentaires sur moi, Joe lance sur le mode léger. C'est comme espionner une conversation en étant caché sous une table. Je le déconseille vivement.

— Mais tout le monde t'adore.

— Sauf le type qui voulait enfiler mon engin dans… Je ne me souviens pas exactement où. Mais ce n'était pas édifiant. Au moins ta famille ne t'a pas traitée comme ça.

Je rigole malgré moi.

— Ton histoire remet les choses en perspective.

En contemplant le visage de Joe, je me rends compte que son bon sens me manque. On discutait de tout. Il n'est pas inquiet de nature, ni protecteur à l'excès comme l'est Bean. Il se contente d'écouter et de donner son avis. Ce que j'ai entendu sur moi me blesse encore. J'aimerais son opinion sur la question, tout de suite.

— Joe, tu trouves que je me comporte en bébé pourri-gâté ?

Surpris, il lève les yeux.

— Peut-être. Cela dit, c'est difficile de ne pas l'être.

— Bean en fait trop pour moi. Et je la laisse faire. Elle organise tout, gère les histoires familiales et se fait du souci pour moi. Une vraie mère poule. Elle commande même des vitamines pour moi.

— Eh bien, commande des vitamines pour elle.

Typique de Joe, cette réponse. Directe, pragmatique, allant à l'essentiel.

— Tu as une solution à tous les problèmes, hein ?

— Pas toujours, corrige-t-il avec une drôle d'expression sur le visage. Non, pas toujours.

Un curieux silence s'instaure. Il me regarde droit dans les yeux. Ma gorge se serre. Qu'est-ce qu'il… ? Il veut dire quoi, en fait ? Mais il détourne la tête. Le moment est passé.

— Ma sœur Rachel vient parfois déjeuner avec moi à l'hôpital, raconte-t-il. Chaque fois, en arrivant, elle dit en me pinçant la joue : « Le petit Joe ! Qui est devenu médecin ! » Moralité : quoi qu'il arrive, on reste toujours le plus jeune de la portée.

— Ah ! Ah ! Elle te pince la joue chaque fois ?

— Non, une fois seulement et, selon elle, c'était pour rire. Mais je n'ai pas oublié. En fait, il est difficile d'échapper au rôle qu'on vous a attribué. Bébé de la famille ? Patriarche ? Qu'importe le statut ! Il vous colle à la peau.

— Ou chouchou du pays...

— C'est toi qui le dis, ironise-t-il.

Je le dévisage en tâchant de faire correspondre le Joe que je connais, celui de tous les jours, avec le Joe qui apparaît dans les médias. Impossible de rattacher mon Joe au « docteur Joe, notre trésor national ».

— Certaines personnes bénéficient d'un rôle en naissant, dit Joe comme s'il lisait dans ma tête. D'autres l'acquièrent en cours de route. Tu sais quoi ? Je n'étais pas censé faire cette interview. J'ai remplacé quelqu'un.

— Mais cette notoriété, ces gens qui t'idolâtrent, c'est amusant, non ?

— Choquant au début. Ridicule. Dingue. Ensuite ça m'a intéressé pendant une vingtaine de minutes. Maintenant, c'est un frein à ce que je désire vraiment.

C'est le moment de lui demander ce qu'il désire vraiment mais je m'abstiens. Par fierté, peut-être. Avant, je savais ce que Joe désirait. Ou, tout au moins, je croyais le savoir. Mais c'est fini. Oui, terminé.

— J'ai lu dans les journaux que tu avais rompu avec ta copine, je dis brusquement pour rétablir la situation au niveau actuel. Désolée. Ça a dû être dur.

— Merci !

— Je peux te demander pourquoi ? Ou c'est trop personnel ?

Il réfléchit.

— Apparemment je l'énervais.

— Tu l'énervais ?

— Il paraît.

Il parle de façon neutre. Je le regarde, sidérée :

— Qu'est-ce qui l'énervait ? Que tu ne refermes pas le bouchon du dentifrice ? Que tu fasses du bruit en avalant ton thé ? Parce que tu n'es pas du genre à porter sur les nerfs des gens. Bon, tu m'as énervée. Mais c'était différent, c'était sur un sujet en particulier.

Il m'adresse une de ses grimaces qui avaient le don de me faire chavirer, et qui produit, si je veux être honnête, toujours le même effet.

— Qu'est-ce qui l'énervait ? dit-il d'un air pensif, comme s'il commençait une dissertation de philosophie. Mon niveau d'anxiété surtout, même si elle ne voulait pas l'admettre. « Ton incapacité à te comporter comme un être humain normal », comme elle l'a un jour formulé de manière charmante. Et sans doute aussi, le bouchon du dentifrice. Qui sait ?

Son explication me laisse perplexe. Joe, anxieux ? Pour quelles raisons ?

— Tu l'ignores, reprend-il, mais pendant un moment je n'ai pas été bien. C'est encore le cas. Mais je me débrouille.

La surprise me coupe la parole. Si on m'avait demandé de décrire Joe Murran, j'aurais répondu sans hésiter : « Égoïste, séduisant, doué, cruel, impénétrable. »

Mais « anxieux » n'aurait jamais figuré sur ma liste.

— Je suis navrée, Joe. Je ne savais pas.

— Pas de problème.

L'image que j'ai de Joe depuis longtemps et sa nouvelle version sont difficilement compatibles à mes yeux. Anxieux ? Pour moi il était en tungstène. Que s'est-il passé ?

La musique nous parvient toujours à travers le plafond. Les années où nous étions ensemble me reviennent telles

les séquences d'une vidéo. Toutes ces heures passées à jouer, parler, rire, faire l'amour… Je devrais le connaître sur le bout des doigts. Je devrais savoir déchiffrer les secrets enfouis au plus profond de son cerveau. Néanmoins il a toujours gardé cachée une part de lui-même. Comme s'il ne pouvait pas faire entièrement confiance à autrui. Même pas à moi.

— Tu as quelqu'un dans ta vie ? m'interroge Joe pour ne plus parler de lui. Il y avait un certain Dominic, si je ne me trompe.

— Oh ! Dominic !

Quand je pense que j'ai dit à Joe combien ce Dominic était parfait !

— Il était… Bref ! Non, il n'y a personne.

Nous buvons notre champagne sans parler. Puis Joe rompt le silence.

— Tu disais que tu étais venue à Greenoaks en mission. Je peux t'aider ?

— Non, je dis trop brusquement. Mais merci quand même.

Il aurait pu m'aider. Et il est plus fragile que je ne le supposais. Mais nous ne sommes pas réconciliés pour autant. Et je ne suis pas prête à lui faire des confidences.

Il semble étonné par mon refus.

— Effie…

Pause longue, très longue. Si longue que je le dévisage.

— Quoi ?

— Je dois t'avouer quelque chose, consent-il à dire en donnant l'impression d'avoir pesé le pour et le contre.

— D'accord, quoi ?

Encore un silence. Quand il relève la tête, son visage a changé. Il a l'air à la fois déterminé et inquiet, un peu comme quelqu'un qui s'apprête à escalader une montagne. Et puis il se lance, presque abruptement, pour ne surtout pas changer d'avis.

— Quand tu écrivais que je me creusais la cervelle pour me réconcilier avec toi, tu avais raison. Je sais que je t'ai salement blessée, que je t'ai brisé le cœur. J'y pense tous les jours. Et j'en suis… malade.

Le choc ! Au cours des derniers tête-à-tête qui ont suivi la rupture, nous avons fait preuve d'une prudence formelle en évitant d'aborder la zone de danger.

Maintenant, nous y sommes. Nous sommes sur le point d'arracher la croûte de la blessure qui n'a jamais cicatrisé. Les mois passant, je me suis armée contre la douleur. En même temps, je suis presque euphorique car j'ai souvent, très souvent imaginé ce moment.

— Dans mon message, je plaisantais.

— Toi peut-être, mais moi je suis sérieux. Écoute, Effie, je suis tellement…

J'explose :

— Ah non ! S'il te plaît !

Tout de suite après la tempête, le calme. D'une voix encore tremblante, je reprends :

— Ne me dis pas que tu es désolé, Joe. Je le sais ! Tu me l'as répété des milliers de fois. Je ne veux plus entendre ça. Je veux savoir pourquoi. Oui, pourquoi tu m'as plaquée ? À cause d'une autre fille ? Pourquoi ?

Son visage à la fois familier et énigmatique me perturbe.

Nous ne disons mot pendant de longues minutes. J'interroge ses yeux sombres pour en sonder la profondeur, pour percer à jour leurs secrets. Va-t-il enfin me laisser pénétrer à l'intérieur de son moi le plus intime ?

— Il y avait… commence-t-il en hésitant. Il y a beaucoup de choses que tu ignores.

Le moment de vérité. Les battements de mon cœur s'accélèrent. Que me cache-t-il ? Y en aurait-il une autre ? Ou… un autre ?

— Je t'en prie, Joe ! Dis-moi tout.

— Coucou, vous deux ! s'exclame Bean en descendant les marches.

Je sursaute si fort que j'en répands mon champagne. Aussitôt le visage de Joe se ferme. Il s'éloigne de moi.

— Salut ! Nous étions en train de…

— Oui, je confirme bêtement en ayant l'impression qu'on vient de m'arracher à un rêve.

— Tu aimes les desserts ? continue Bean, indifférente à la tension ambiante. Quelle galère, ce dîner ! Effie, à cause de toi j'ai cru que j'allais me trouver mal. Non, Joe, ne pars pas !

— Je vous laisse toutes les deux, fait-il en se levant. Effie, on se revoit. Tu es dans les parages demain ?

— Je ne sais pas.

— Bon, moi je reviendrai pour le brunch.

— Très bien. Alors peut-être à demain.

— Bonsoir, Joe, dit Bean. Merci d'être venu. Ta présence nous fait vraiment plaisir.

La situation semble irréelle. Il allait m'avouer quoi ? Au milieu de l'escalier, il se retourne.

— Bonne chance pour ta mission, Effie ! C'était sympa de…

Il hésite. Des phrases se forment dans ma tête. « C'était sympa de ne pas danser au même rythme. Sympa de sentir ta peau brûler contre la mienne. Sympa d'avoir envie de toi si fort que j'en ai eu le souffle coupé tout en me détestant de te désirer. Sympa de m'imaginer que j'allais peut-être – seulement peut-être – commencer à te comprendre. »

— … c'était sympa d'évoquer nos souvenirs, conclut-il.

— Oui, très.

Il fait un salut de la main et pousse la porte. Et là mon moral s'écroule. Impossible de continuer ainsi. Il me faut un nouveau copain. Un nouveau mental.

— Je dois remonter, annonce Bean en enfournant un morceau de cheese-cake. J'ai pris comme prétexte que j'allais chercher un verre d'eau. Mais si je suis absente trop longtemps, je vais éveiller des soupçons. Tu te sens bien, Effie ? Tu es toute pâle.

— Tout roule !

— Au fait, pourquoi tu es restée ? Je pensais que tu étais partie. Je t'ai dit que j'allais chercher tes poupées russes. Elles doivent se trouver sur la banquette de la fenêtre.

— Il fallait que je m'incruste, j'explique avec un pauvre sourire après avoir avalé une bouchée de cheese-cake pour me réconforter.

— Ravie que tu sois là, même si ce n'est pas un endroit très agréable pour dîner, rigole ma sœur.

— Pas très agréable non plus d'entendre les invités parler de moi de cette façon. Merci de m'avoir défendue.

— Pauvre Éphélant ! Mais tu sais, c'étaient des paroles en l'air.

— Pas de problème. Le jugement des gens est toujours intéressant pour la personne concernée. Bean, merci pour toutes ces douceurs, je dis, me sentant pleine de remords. Tu en fais tellement pour moi. Beaucoup trop, en fait.

— Ne sois pas stupide, se récrie Bean. De toute façon, c'était l'idée de Joe. Il est si prévenant ! Il va trouver un spécialiste pour le genou de mon voisin George. Tu te souviens ? Je t'ai parlé de ses ennuis d'articulations.

— Euh, oui, je dis, alors que j'ai oublié.

— Donc Joe va s'en occuper. Il a pris son numéro. Franchement, c'est hyper sympa de sa part. On ne croirait pas qu'il a atteint ce niveau de célébrité. Il est resté authentique. Par exemple, il n'était pas obligé de venir ce soir, ni de faire tant d'efforts. Et il parle beaucoup de toi, ajoute-t-elle avec un air entendu.

— C'est-à-dire ?

— Ce que je viens de dire. Il se soucie de toi.

— Il est poli, c'est tout.

— Hum ! Enfin, tu connais mon opinion…

Il est temps de changer de sujet.

— Bean, je t'ai vue pleurer pendant le cocktail. Quand tu t'es éloignée de la foule. Que se passe-t-il ?

Le regard de ma sœur s'évade, son visage tremble. Aïe ! J'ai touché un point sensible. Lequel ? Pourtant, en une seconde sa physionomie redevient ouverte, franche. Normale, quoi.

— Oh, ça ? fait-elle. (Elle s'efforce d'adopter un mode détendu.) C'était… un truc de boulot. Une petite complication qui m'est revenue à l'esprit. Rien de grave.

— Une petite complication ? Quoi exactement ?

— Rien du tout. Aucun intérêt. Je t'en parlerai une autre fois.

Elle est presque convaincante. Néanmoins j'ai des soupçons. Pour Bean, les complications professionnelles de boulot n'existent pas. Contrairement à moi, elle ne fait pas de drame, ne se brouille pas avec les gens, ne se plaint pas – ni ne se fait virer pour avoir critiqué ses chefs. Il est pourtant clair qu'elle ne va rien me déballer. Je vais devoir attendre.

— Autre chose, je dis. Tu as parlé à Gus aujourd'hui ?

— Oui. On a passé pas mal de temps ensemble.

— Il n'a pas fait état de problèmes particuliers ?

— De problèmes ? Sois plus explicite.

Je jette machinalement un coup d'œil à l'escalier bien qu'il n'y ait aucune chance que Gus apparaisse.

— Quand j'étais cachée dans l'entrée, je l'ai entendu téléphoner à un certain Josh. Tu sais qui c'est ?

— Jamais entendu parler de lui.

— Gus semblait hyper stressé. Il a évoqué des poursuites à son encontre.

— Des poursuites judiciaires ?

Je hausse les épaules.

— Je suppose. Tu crois qu'il en existe d'autres ?

— Des poursuites ? répète Bean incrédule.

— Il parlait d'un scénario catastrophe. Et il s'exprimait à voix basse comme s'il voulait que personne n'entende.

— Tu as vraiment passé ta soirée à jouer les espionnes. Il a dit quoi d'autre ?

— Rien. Ah si ! Il a parlé d'une parution dans la presse.

— Dans la presse ? Mais qu'est-ce qui se passe ?

— On doit avoir une conversation avec lui. Sans tarder. Il est où, là ? Sur la piste de danse ?

— Non, Romilly l'a emmené se coucher. Apparemment, elle doit se lever très tôt demain.

Je lève les yeux au ciel.

— Pitié ! Encore cette histoire de professeur de violon. Elle ne parle que de ça ! D'après elle, suivre les cours avec ce génie garantit l'entrée à Oxford et à Harvard et l'obtention du prix Nobel. D'un seul coup d'un seul !

— Quelle plaie, cette fille ! s'exclame Bean avec une grimace hilare. Tu sais que Gus va la quitter ? Il s'est confié tout à l'heure, dans le jardin. Il m'a laissé entendre qu'il en avait assez.

— Pas trop tôt ! Pourquoi a-t-il autant attendu ? Quand je pense à tout le temps qu'il a perdu avec elle ! Et à tout le temps où on s'est forcées à être aimable avec elle.

— Il avait peur de la blesser. Mais plus longtemps ils restent ensemble, plus ce sera difficile de…

— Il ne devrait pas s'inquiéter. Romilly l'aime pour ce qu'il fait pour elle, pas pour ce qu'il est. Elle adore le commander.

— Et lui, il l'aime pour quelles raisons ?

— Pour son corps, je dis après un moment de réflexion. Désolée mais c'est vrai. C'est une folle de Pilates. Et sûrement une bombe au lit. Bons muscles profonds, et cetera…

— S'il l'aime, c'est qu'il a oublié ce que le véritable amour est censé être, fait remarquer Bean. Il arrive qu'on s'accommode d'une version toxique de l'amour. Jusqu'à ce qu'un jour on se réveille.

— Oui, sur son lit de mort, quand c'est trop tard, je commente avec tristesse.

— Mais non ! proteste-t-elle.

Elle a le cœur tendre, ma sœur ! Je la serre contre moi.

— Bon, alors on fait quoi avec Gus ? je demande. Il faut agir.

— On va l'attaquer de front. Mais moi je retourne à la fête. Ensuite on établira un plan. Tu n'as qu'à dormir dans ma chambre. Personne ne s'en apercevra.

— Merci ! Je dois aller au petit coin.

— Surtout n'utilise pas mes toilettes. Elles sont…

— … cassées, je suis au courant. Si je vais dans celles du vestiaire, tu peux garder la porte ?

— D'accord, mais dépêche-toi !

Nous montons et nous faufilons dans le couloir du fond. La musique est encore plus forte qu'avant. Je me rue dans les toilettes et profite du miroir pour m'inspecter. Triste spectacle ! Alors que tout le monde s'est mis sur son trente et un, mon apparence est piteuse : cheveux couverts de poussière, visage strié de suie, peau moche. Un peu de blush sur les joues et un trait de rouge à lèvres seraient d'une grande aide. Si j'avais su que je verrais Joe…

Non, Effie, stop. Tu divagues. Le blush et le rouge à lèvres n'auraient pas été destinés à Joe.

Je sors des toilettes, Bean surveille toujours les alentours. À l'extrémité du hall, de la musique s'échappe par une porte ouverte. J'aperçois des lumières disco, des ballons argentés. Je meurs de curiosité.

— Je voudrais voir la fête de plus près, je murmure à Bean. Reste devant la porte. Si quelqu'un se pointe, fais diversion.

Elle lève les yeux au ciel mais, toujours loyale, elle s'exécute. Je me glisse derrière elle pour jeter un coup d'œil. Personne ne nous remarque. Krista, Lacey et papa sont les seuls à danser. Je les observe, sidérée. Krista est collée à papa, ses mains se baladent sur son torse. C'est gênant.

— Regarde, Bean : Krista la pieuvre !

— Je suis d'accord : elle en fait des tonnes.

Mes yeux se mouillent tout d'un coup. Est-ce à cause du champagne ? De la rencontre avec Joe ? Je me souviens de papa et Mimi tournant autour de cette même pièce sans esbroufe, en se souriant tendrement.

Une fois, nous avons commémoré la vie et l'œuvre du poète écossais Robert Burns en célébrant le soir du 25 janvier. Nous avons mis des kilts et nous sommes essayés à la danse traditionnelle écossaise. Papa nous a lu des poèmes de Burns en prenant un accent écossais tellement comique que nous nous tordions les côtes. Et nous avons bien sûr chanté à tue-tête le fameux « Auld Lang Syne » (« Ce n'est qu'un au revoir » en français) avec force gestes de bras. Pendant des mois, il suffisait qu'il me dise « Tu veux de la panse de brebis farcie, ma p'tite poule de bruyère ? » pour que je m'écroule.

C'était le bon temps. L'époque des rires et des jeux, de l'amour et de la joie. Aujourd'hui nous avons Krista et sa sœur en robes archimoulantes dansant avec papa comme les figurantes d'une vidéo musicale.

— Tu te rappelles la Nuit de Burns ? Et Mimi avec un ruban écossais dans les cheveux ? Et papa s'attaquant à la panse de brebis farcie ?

— Évidemment.

Mais ses yeux sont secs. Elle a plus de distance que moi, ma sœur. Depuis toujours.

Je contemple la banquette de fenêtre couverte de câbles. J'ai l'impression que mes poupées russes, dissimulées au-dessous, m'appellent. Mais impossible d'agir maintenant.

Je fais un geste vers l'escalier. Bean hoche la tête. Sans bruit, nous montons jusqu'à sa chambre. Une fois la porte fermée, nous nous laissons tomber sur son lit.

— Franchement ! Papa se croyait dans l'émission *Danse avec les stars* ?

— Chut, fait Bean. Gus et Romilly sont juste en face.

J'avais oublié. Je me frotte les yeux pour effacer l'image de papa et Krista enlacés. Et pour me concentrer sur la prochaine mission.

— On fait comment pour parler à Gus ? Il faut qu'on le coince sans Romilly.

— Je dois retourner à la fête, dit Bean.

— Arrête ! Papa prend son pied avec Krista et Lacey. C'était pratiquement une partie à trois sur la piste de danse. Ton absence va passer inaperçue. Envoyons plutôt un texto à Gus.

— Déjà fait. Il ne répond ni aux SMS ni aux WhatsApp.

— Alors tu n'as qu'à le faire sortir de sa chambre. Dis que c'est pour un problème familial.

Bean traverse le palier et frappe à la porte de Gus.

— Coucou, Romilly ! Ton pyjama est fabuleux. Euh… Je peux dire un mot à Gus ? Un truc familial.

— Ça peut attendre demain ? Il est dans son bain, répond Romilly.

— Eh ben…

— Je dois me coucher, plastronne Romilly. Molly et Gracie ont le privilège de prendre une leçon avec une fabuleuse professeure de violon. Une femme unique…

— Oui, formidable ! J'en ai entendu parler, la coupe Bean. Tu peux dire à Gus que nous devons lui parler de manière urgente ?

— Nous ? C'est qui, nous ?

— Non, moi, rectifie Bean en hâte. Au sujet d'un problème familial. C'est urgentissime.

— Je lui passe le message.

Un instant plus tard, la porte se referme. Bean revient en exprimant sa frustration par des gestes silencieux. Une fois en sécurité dans sa chambre, elle soupire.

— Quelle conne alors !

— Je parie qu'elle ne lui passera pas le message. Ensuite elle prétendra que ça lui est sorti de la tête.

— Pourquoi il ne consulte pas son téléphone ? gémit Bean, le nez sur son écran. Impossible de le contacter.

— Si, il y a un moyen, je déclare avec l'impression, pour la première fois de ma vie, d'être dotée de pouvoirs magiques. Je vais m'introduire dans sa salle de bains. Par le grenier. Je connais le chemin.

J'ouvre la trappe située au-dessus de nos têtes et abaisse la vieille échelle de bois. Quand nous étions enfants, nous nous promenions sous les toits de la maison. Personne mieux que moi ne connaît la géographie des combles. Partout dans la maison se trouvent des soupentes et des trappes. Les jours de pluie j'explorais en rampant chaque recoin des greniers, j'avançais en équilibre sur les poutres, j'établissais des bivouacs secrets. Je peux tracer une route entre chaque espace.

— Comment vas-tu procéder ? demande Bean. Tu ne peux pas lui parler dans la salle de bains alors que Romilly se trouve dans la pièce voisine. Et s'il vient ici, elle risque de l'accompagner.

— Je lui donnerai rendez-vous dans le Bar. Personne ne nous trouvera là-bas.

Le Bar est le grenier le plus vaste de la maison, doté d'une petite fenêtre en arrondi qui laisse passer un rai de lumière grise. Il abrite une vieille commode où nous planquions les bouteilles d'alcool interdites. De tout temps, ça a été notre refuge secret.

— Le Bar ! s'exclame joyeusement Bean. Je n'y ai pas mis les pieds depuis des siècles. On devrait y boire un dernier verre. En mémoire de notre jeunesse.

— Parfait ! Tu apportes la bibine, j'amène Gus.

Et je continue mon ascension vers les combles.

OK. Les passages entre les greniers sont plus étroits que dans mon souvenir. Ou alors je suis moins mince. Ou plus vieille.

Enfant, je gambadais avec agilité d'une poutre à l'autre, je me glissais sans effort devant les ballons d'eau, j'évitais facilement les lattes du sol en mauvais état. Je ne soufflais pas comme aujourd'hui alors que je me faufile en poussant des soupirs et en jurant quand je frôle les clous qui dépassent. En parvenant à la trappe de Gus, j'ai le dos en compote et j'ai du mal à respirer à cause de la poussière.

Mais j'y suis arrivée !

Je m'assieds sur mes talons, j'enlève la toile d'araignée collée à mon visage et j'examine l'ouverture de la trappe. Les portes de toutes les trappes de la maison s'ouvrent dans les deux sens – une mesure de sécurité voulue par Mimi quand elle s'était rendu compte que nous jouions sous les toits. La salle de bains de Gus se trouve exactement sous mes pieds. Je peux le rejoindre en moins d'une seconde. Facile ! Je l'ai déjà fait cent fois.

Pourtant j'ai des doutes, tout d'un coup. Rien de plus amusant que de se surprendre quand on est enfant. Mais aujourd'hui, à l'âge adulte ? Et si Romilly était avec lui ? Et s'ils s'envoyaient en l'air ?

Je tends l'oreille. Pas un son. Je décide d'entrouvrir la trappe et de jeter un coup d'œil. Je pousse la fermeture de quelques centimètres vers le bas. La baignoire est remplie d'eau mais Gus n'est pas dedans. Tant mieux ! Je n'avais pas particulièrement envie de le voir en train de se laver.

En me tordant le cou, je l'aperçois : tout habillé, assis sur le couvercle fermé des toilettes. Je m'arrête juste avant de l'appeler. Quelque chose dans son expression me chiffonne. Il a l'air misérable. Non, pire : désespéré. Et tout pâle. Et mes yeux tombent sur ce qu'il tient : une tige. Minute ! Est-ce ? Oh naaaan !

Mon cœur s'emballe. Elle ne peut pas... Non, c'est impossible.

Il se lève et va sous la trappe. Vue imprenable sur la tige d'un test de grossesse. Et, vu les bandes de couleur affichées, le résultat est positif. C'est la réalité pure et simple. Si je me sens plombée, je n'ose même pas imaginer la réaction de Gus. Quand je pense qu'il était sur le point de la quitter. Il en avait l'occasion. Il est trop bête, mon frère.

— Gus, tu as fini ?

Romilly. Nous sursautons tous les deux.

— Presque, répond Gus d'une voix fatiguée.

Il examine la tige une dernière fois avant de la jeter dans la poubelle.

OK, ce n'est pas le moment idéal. Mais je dois faire vite avant que Romilly ne prenne possession de la salle de bains. Je compte trois secondes avant d'ouvrir complètement la trappe. Je passe la tête et chuchote :

— Gus !

Mouvement de surprise. Œil écarquillé.

— Bordel… Effie ?

— Chut. On doit parler. Réunion ultra-importante au Bar. D'accord ?

— Au Bar, maintenant ?

— Ouais, tout de suite.

— Gus, ouvre : je dois me démaquiller, ordonne Romilly à travers la porte. Et nous devons faire l'amour. Pour évacuer ma tension. Je te l'ai dit, Gus. Il me faut un orgasme au moins un jour sur deux. Et ça fait soixante-douze heures. J'aurais vraiment aimé que tu imprimes cette information.

Je me mords les lèvres si fort que je manque de les entailler. Gus croise mon regard.

— Fais ce que tu as à faire, je dis en grimaçant. Mais sans traîner. Ensuite ramène-toi au Bar. Bean apporte de quoi boire. Je compte sur toi.

12

En me glissant dans l'entrée du Bar, la nostalgie m'envahit. J'ai passé tellement de temps dans cet endroit ! Hauteur de plafond presque au niveau de nos têtes, vieux divan défoncé, tapis élimés, commode avec un tiroir en moins, étagère transformée en bar. Au-dessus, un *Cocktails* en néon que Gus a reçu un jour pour son anniversaire. Je l'allume. Et, bonheur, ça marche ! Il ne manque que les verres. Elle est où, Bean ?

Au moment où je vais lui envoyer un message, un « Eh bien, ça alors ! » fuse.

— Un problème ? je questionne en voyant Bean postée devant l'échelle du grenier, les mains encombrées d'une bouteille et de trois verres.

— Comment je vais grimper avec tout cet attirail ? On se débrouillait comment, avant ?

— Je ne sais pas mais on y arrivait. Allez, passe-moi les verres. Dépêche-toi avant que quelqu'un te repère.

En deux minutes, Bean et son chargement sont en sécurité.

— Des siècles que je ne suis pas montée ici, commente-t-elle en désignant un coussin bouffé par les mites. C'est plutôt minable, hein ?

— Pas minable, plein de caractère, je proteste en prenant la défense du Bar.

— En tout cas, ça ne me manquera pas.

— À moi, si !

— Effie, tout va te manquer, s'agace gentiment Bean. Chaque brique, chaque toile d'araignée, chaque infime moment passé ici.

— Tous les bons moments que je regrette.

Alors que Bean nous sert du vin blanc, Gus apparaît en haut de l'échelle.

— Ça fait drôle de revenir dans cet endroit ! s'exclame-t-il.

— Tu l'as dit ! acquiesce Bean. Je n'y ai pas mis les pieds depuis au moins dix ans. Tiens, prends un verre. Il faut qu'on parle.

Gus se hisse, ferme la trappe et, un verre à la main, prend place sur le divan.

— À votre santé ! lance-t-il. Mais, dis-moi, Effie, qu'est-ce que tu fabriques ici ? Je croyais que tu ne venais pas. Tu ne dînes pas avec un athlète olympique ?

— Une invention de ma part. Je suis ici depuis le début de la fête. Présence non officielle. Alors, pas un mot ! Il n'y a que Bean et toi qui êtes au courant. Et Joe.

— Joe sait ?

— Elle a écouté toutes les conversations cachée sous la console de la salle à manger, explique Bean.

Gus en recrache une gorgée de vin.

— Quoi ?

— Très distrayant, je dis.

— Mais pourquoi ne pas avoir assisté à la fête ? s'étonne-t-il.

— Je ne voulais pas. Mon but était de récupérer mes poupées russes. Un aller et retour rapide. Finalement je suis restée.

— C'est pour ça que tu as parlé des poupées russes, Bean ? Tu aurais dû me prévenir. J'ai cru avoir une attaque quand Effie a passé sa tête à travers le plafond de ma salle de bains.

— Seule manière de t'atteindre, je réplique. Tu ne lisais pas tes messages.

— Tu as de la chance que je n'aie pas été à poil dans mon bain. Ou pire, bien pire, sur le trône, rigole-t-il avec force grimaces. Tu as trouvé tes poupées ?

— Non. Tu ne les aurais pas vues, par hasard ?

Même si je sais que Bean lui a déjà demandé, le questionner est plus fort que moi. J'ajoute :

— Tu te rappelles à quoi elles ressemblent ?

— Évidemment. Comment les oublier ? Mais, non, je ne les ai pas vues depuis des siècles. Au fait, elles ne sont pas sur la banquette. J'ai vérifié avant de monter ici. J'ai demandé au DJ de virer son matériel. C'était vide.

— Tu es sûr ?

— Absolument. Navré, Effs ! Je parie qu'elles sont quelque part ailleurs.

Mais *où ? Où ?*

— Quoi qu'il en soit, je te remercie, Gus.

Il hoche la tête. Visiblement, il ne se doute pas que je l'ai surpris avec le test de grossesse. Cette image me tarabuste, pourtant. Derrière son attitude détendue, je devine un certain stress.

Il lève son verre.

— Buvons à… ? À quoi, au fait ?

— À nos nouveaux départs ! suggère Bean.

Comme j'ai une peur panique qu'elle mentionne avec enthousiasme une potentielle rupture de Gus et Romilly, je l'interromps vitesse grand V.

— À la franchise entre frère et sœurs ! je propose.

— Oui, d'accord, mais ça concerne qui ? interroge Gus.

— Cela dépend de la façon dont tu réponds à la question suivante, je rétorque en le fixant droit dans les yeux. Que se passe-t-il, Gus ? Tu as évoqué des poursuites au téléphone. Si tu dois aller en prison, autant nous prévenir.

— En prison ? Tu déconnes ou quoi ?

— Qu'est-ce que c'est que ces poursuites ? s'inquiète Bean. Et pourquoi faire mention des journaux ?

— N'importe quoi ! Bordel ! Tu ne devrais pas écouter aux portes, Effie. Ces poursuites ne me concernent pas. Pas directement, tout au moins.

— Tu semblais quand même très nerveux ! je précise.

— OK, dit-il après un moment et une grande gorgée de vin blanc. Mais que ça reste entre nous ! Romilly est accusée de harcèlement par un membre de son équipe. Il se pourrait qu'il y ait un procès. Je parlais à un copain avocat. Mais vous n'êtes pas au courant, d'accord ?

Romilly accusée de harcèlement ? La délicieuse, charmante, douce Romilly ? Comment est-ce possible ?

Je croise le regard de ma sœur.

— Oh non ! se récrie-t-elle en tâchant – d'une manière pas très convaincante – d'exprimer sa sympathie. Pauvre Romilly. C'est…

— … terrible, je poursuis. Et sûrement faux.

— Oui, acquiesce Gus. Enfin…

Long silence gêné pendant lequel les remarques que nous n'osons pas formuler flottent dans l'air entre nous.

— Voilà l'histoire, dit finalement Gus. Levons nos verres aux jours heureux ! poursuit-il en ricanant. À propos, merci de m'avoir entraîné ici pour boire le dernier verre, les filles !

— En tout cas, papa est heureux, je fais remarquer d'une voix sinistre. Tu l'as vu danser avec Krista ?

— Sacré spectacle !

— Gus, tu te souviens de la Nuit de Burns ? De la danse écossaise, de la panse de brebis farcie ? Et des poèmes ?

— C'était sympa. Et l'accent de papa. Mais le whisky était excellent. Aujourd'hui ça semble une autre vie.

— Oui, une vie différente, disparue pour toujours.

Je n'avais pas l'intention de parler de papa ni du divorce. Mais ma douleur a bouillonné toute la soirée. Maintenant que nous sommes tous les trois, je ne peux plus la contrôler.

— Papa a dit qu'il n'avait jamais été aussi heureux, j'annonce. Il doit être impatient de se débarrasser de Greenoaks. En fait, il en avait déjà envie alors qu'il faisait semblant de mener une vie heureuse avec nous et Mimi.

— Tais-toi, Effie ! proteste Bean. Le fait que papa soit heureux aujourd'hui ne signifie pas qu'il ne l'était pas avant. Et puis nous formons toujours une famille. Gus, dis-lui de ne pas dire des choses pareilles.

J'ignore sa dernière phrase et je poursuis :

— Tu te souviens quand la mère de Humph nous a qualifiés un jour de famille improvisée ?

— Une horrible snob, cette femme, lance Gus.

— Qu'importe ! De toute façon, elle avait tort. En réalité, nous sommes une famille brisée.

— Tu as toujours l'art de tout dévaloriser, Effie !

— Tu ne te sens pas dévasté ?

— Si, mais pour de multiples raisons.

— Nous sommes une famille incapable de chanter convenablement « Ce n'est qu'un au revoir ». C'était atroce. Pathétique, je dis.

— Je me sens coupable, s'écrie Bean. Pauvre papa ! D'un autre côté, ça semblait déplacé. Tu n'y étais pas, Effie… Je ne sais pas comment…

— Une situation des plus bizarres, dit Gus. Pas naturelle du tout. Papa faisait semblant.

Je renchéris :

— Absolument ! Tout le dîner était une mascarade. Rien à voir avec nous.

— On doit positiver, dit Bean. Les choses sont peut-être… difficiles en ce moment mais nous pouvons faire face. Nous allons faire face.

J'explose.

— Oh, Bean, je t'en prie, cesse de faire ton optimiste. Admets-le : ça ne sera plus jamais pareil. Plus jamais papa et Mimi ne danseront ensemble. Il n'y aura plus jamais de Noël ici. Plus jamais de feu de joie sur la butte. Ou… je ne sais pas, moi… Plus jamais de charades. Tout le monde nous console en disant : « Au moins, vous êtes adultes. » Mais en revenant ici, je ne me sens pas adulte. Je me sens…

J'essuie les larmes qui ruissellent sur mes joues. Personne ne dit mot ni ne bouge.

Puis, à notre grande surprise, Gus prend la parole.

— Je sais ce que tu ressens, Effs. Quand ils ont rompu, j'ai trouvé ça dur. Mais interdiction de dire quoi que ce soit. Au prétexte qu'on est adultes. On est censés s'en remettre.

On a honte de se sentir mal. Vous savez quoi ? J'aurais presque préféré qu'ils se séparent quand nous étions enfants. Au moins, j'aurais échappé aux vantardises de papa concernant sa libido. Il espérait que j'allais le féliciter.

— Beurk ! je m'exclame.

Et Bean :

— Naaaan, quelle horreur !

— Si ! Tant mieux pour lui mais je me serais bien passé de ses confidences.

— Tout ça fait considérer le mariage et les relations amoureuses d'une façon différente, dit Bean au bout d'un moment.

Pour une fois qu'elle quitte son attitude béatement positive, ça mérite le respect.

— Je suis d'accord, acquiesce Gus. Je me dis parfois que si papa et Mimi ont échoué, comment je pourrais espérer réussir ?

— Je pense comme vous, j'affirme en sautant sur l'occasion de ce consensus fraternel. Ils incarnaient le couple uni par excellence, et puis boum, tout d'un coup, ils se sont séparés.

— Tu te trompes sur toute la ligne, Éphélant. Arrête de les voir avec des lunettes roses. Le couple que formaient papa et Mimi était complexe, voire compliqué, comme beaucoup d'autres. Simplement, ils ne le montraient pas. La réalité m'a frappée quand j'ai vécu ici, pendant que ma maison était en travaux. Je suis restée à Greenoaks pendant six mois, seule avec eux, eh bien, c'était loin d'être épatant.

— À cause de quoi ?

— L'atmosphère, répond-elle mal à l'aise.

— Bean, je commence en pesant mes mots parce que je m'aventure en terrain miné. Bean, tu crois que papa avait une liaison ? C'est la raison de leur rupture ?

La version officielle est qu'ils étaient d'accord pour se séparer. Ensuite, longtemps après, papa a rencontré Krista dans un bar. Mais j'ai toujours suspecté que la chronologie n'était pas exacte. Quand je suis déprimée, je me demande si papa n'avait pas trompé Mimi dès le début. Pas seulement avec Krista mais avec d'autres.

— Non, rectifie Bean. En tout cas, pas que je sache. Ils faisaient bonne figure devant nous alors que les problèmes existaient depuis longtemps.

— Ce soir, j'ai appris quelque chose, intervient Gus. Krista avait papa dans le viseur.

— Hein ? Sois plus explicite.

— Attention, c'est glauque, s'écrie Bean en riant nerveusement.

— Elle s'est renseignée sur lui. Et elle ment sur les circonstances de leur rencontre. La légende veut que leurs regards se soient croisés dans un pub. Papa lui aurait offert un verre et elle aurait accepté sans savoir qui il était. Foutaises. Il était déjà venu deux fois, elle l'avait repéré et avait demandé au patron des informations. Ensuite, elle a attaqué.

— Qui t'a raconté ça ? demande Bean.

— Mike Woodson.

— Il est sûrement au courant, je dis. Il vit à Nutworth près de l'église. Depuis sa retraite, il passe sa vie dans tous les pubs et les bars d'hôtel des environs.

— Il m'a coincée pendant le cocktail et m'a mis en garde au sujet de Krista, reprend Gus. Il sait que papa a gagné des masses d'argent cette année et pense que Krista surveille le magot. Je le cite : « Fais attention que la fille ne mette pas la main sur tout l'argent avant de foutre le camp. »

— Vraiment ? s'étonne Bean.

— Je le savais, j'assène, soudain en alerte, telle une détective. Figurez-vous que Krista veut ouvrir un restaurant au Portugal. Et si elle avait l'intention de le plumer ? Elle a déjà obtenu un énorme diamant. A-t-on vérifié si elle avait un casier judiciaire ?

— Un casier judiciaire ? Effie, tu pousses le bouchon un peu loin ! s'exclame Bean.

— Réfléchissez ! Elle nous empêche de lui parler en direct. Ça fait partie de son plan. Il faut que l'un de nous avertisse papa. Pas moi, bien sûr !

Bean a l'air horrifiée.

— Pour lui dire quoi ? En lançant des accusations sans fondement, nous pouvons causer d'énormes dégâts. Déjà que la cellule familiale est en difficulté. Non, nous devons reconstruire au lieu de créer de nouveaux problèmes.

Je lève les yeux au ciel. J'avais anticipé la réaction de ma sœur.

— Et toi, Gus ?

— Je ne me prononce pas, dit il. Bean a raison. Ce ne sont que des rumeurs. Et ouvrir un restaurant au Portugal n'a rien d'illicite.

— Et puis Krista veut une cérémonie d'engagement, fait remarquer Bean. Pourquoi envisagerait-elle de filer ?

D'accord, mon frère et ma sœur sont plus âgés que moi, mais pas nécessairement plus avisés. Un nouveau sentiment de frustration me saisit.

— Et si Krista dépensait tout l'argent de papa, lui faisait porter un poncho et lui demandait d'être serveur dans son restaurant ?

— Un poncho ? s'étonne Gus.

— Et alors, vous diriez quoi si ensuite elle le jetait et qu'il se retrouve dans la misère au Portugal ?

— Je dirais que tu avais raison, Effie, dit Bean.

— Je dirais que je n'avais pas vu le poncho venir, déclare Gus.

— Ah ! Ah ! Tordant !

— Mais ça n'arrivera pas, poursuit Bean. Papa est tout à fait capable de se débrouiller seul.

En attrapant la bouteille de vin, elle cogne la caisse.

— Krista, mon chou, je crois qu'il y a des souris !

La voix assourdie de Lacey nous parvient de la pièce située sous nos pieds. Nous nous figeons en échangeant des regards consternés.

— Tu en as vu une ? demande Krista.

— Non, mais j'ai entendu une sorte de bousculade. Peut-être des rats.

— Des rats ? glapit Krista dont les talons s'approchent. Il ne manquait plus que ça !

— Bof, ce n'est plus ton problème, de toute façon.

Le cliquetis de ses talons s'arrête net.

— Tu as raison, Lacey. J'en ai rien à foutre. Même si les rats se battent à mort, je m'en bats l'œil.

— Pour ce lustre dont tu parlais, je dirais à peu près quatre mille livres.

— Ah ouais ?

— Ouais, sûr. Quatre ou quatre et demie. Et pour ce miroir, deux mille livres.

— Eh ben !

Gus et Bean semblent très surpris. Quant à moi, je suis en plein dilemme. J'ai promis à papa que je garderais pour moi ce qui s'était passé lors de ma dernière visite à Greenoaks. Mais impossible de me taire plus longtemps.

— Pour ce truc, je ne donnerai pas plus que cinq livres. Juste pour dire.

Le son de pattes griffant le parquet se fait entendre, suivi de l'aboiement caractéristique de Bambi.

— Salut, mon chien-chien d'amour, fait Krista. Eh, Lacey, partante pour une vodka tonic ?

— Et comment !

Quand elles s'éloignent, nous restons sans bouger, retenant notre respiration. Ensuite, c'est le soulagement général.

— Oh là là ! souffle Bean. C'était quoi ?

Moi, la voix tremblante d'énervement :

— Je vous l'ai dit ! Elle ne pense qu'au fric ! Et vous savez quoi ? j'ajoute en baissant le ton, il y a quelques années, je l'ai surprise en train de photographier les meubles. Quand j'ai prévenu papa, il a pris sa défense. Il m'a interdit de vous en parler car vous auriez pu vous retourner contre elle. Je l'ai donc bouclée. Mais là… vous voyez ?

— Je n'avais aucune idée, dit Bean.

— C'est pourtant ce qui s'est passé ! Garder ce secret pour moi m'a pesé.

Je vois ma sœur en proie à une intense réflexion. Soudain, les sourcils froncés, elle se lance :

— Autre chose que je veux te demander. Krista t'a-t-elle vraiment envoyé un gentil mail d'invitation ?

— Bien sûr que non. Encore une de ses inventions.

— C'est ce que je pensais. Mais papa y croit dur comme fer. Effie, la situation est catastrophique. Papa doit être mis au courant. J'y vais de ce pas.

Je la retiens par le bras.

— Non. Tu passes ton temps à veiller sur moi. Tu fais toujours l'intermédiaire, avec la charge émotionnelle que ça implique, alors que tu as tes propres problèmes à résoudre avec tes… complications de boulot. Je vais m'en occuper.

— Bon, j'y vais, annonce Gus en reposant son verre. Réunion sympa. Bravo, mes sœurs !

— Tu ne peux pas filer ! je proteste. On fait quoi avec Krista, les meubles et le reste ?

— OK, si on voit Krista et Lacey sortir le lustre de la maison, on envoie un message aux autres. Code : cristallerie. Je répète : cristallerie. Sinon, on se revoit demain.

Il fait au revoir de la main et ouvre la trappe.

— Attends !

Bean rassemble la main de Gus et la mienne dans la sienne.

— Nous sommes ensemble. Nous sommes unis.

Pendant quelques instants, main dans les mains, nous nous regardons. Mon frère, ma sœur. Leurs visages adorés. Ils sont adultes mais dans ma tête ce sont toujours des enfants qui vagabondent dans le grenier et se demandent ce que la vie leur réserve.

Gus est le premier à rompre le charme.

— OK. Bonne nuit ! On se voit demain pour une nouvelle et joyeuse séance de carnage. Vive les réunions de famille !

13

Partager la chambre de Bean me ramène aux jours anciens, quand il y avait des invités. C'était l'occasion de nous chamailler : « Qui se lève pour éteindre ? », « Tu fais du bruit avec ton édredon. » Et, généralement, adressé à moi : « Ce que t'es casse-pieds ! »

Maintenant, nous sommes des grandes personnes, polies et civilisées. Bean me trouve même une brosse à dents neuve dans une trousse de compagnie d'aviation et un échantillon de crème hydratante. Vêtue d'un vieux pyjama, je fais le tour de la pièce en caressant avec affection le mobilier Pierre Lapin : les deux lits jumeaux avec leur tête de lit peinte, l'armoire décorée de feuilles grimpant sur un treillis, la coiffeuse avec les poignées de tiroir en forme de petites carottes.

— Ils viennent d'où, ces meubles ? je demande en ouvrant une vitrine pour examiner la collection de céramique de Bean.

— Un fabricant local les a faits sur mesure, répond-elle en se brossant les cheveux. Il est mort. D'après ce que je sais, les carottes comme poignées de tiroir, c'était une idée de maman.

— Je ne savais pas.

Et pour être franche, je me sens un peu en dehors du coup quand on parle d'Alison (il m'est difficile de penser à elle comme à ma mère).

— Tu veux lire avant de dormir ? me demande Bean.

— Non, on dort ! Je suis claquée.

Nous nous couchons, Bean éteint et je reste les yeux ouverts dans l'obscurité. Je ne m'attendais pas à passer une nuit sous ce toit. C'est surréaliste.

D'instinct, je tâtonne à la recherche de mes poupées russes pour me calmer. Mais, le cœur gros, je me souviens. J'ignore où elles sont.

Et si je ne les retrouvais pas ?

Non, Effie, pas de sombres pensées. Tu vas mettre la main dessus. Question de persévérance.

Pour me distraire, je me mets à compter les membres de la famille comme je faisais enfant pour leur souhaiter une bonne nuit. Une façon de m'assurer qu'ils allaient bien. Papa… Gus… Bean… Quand j'arrive à Mimi, je pousse un grand soupir.

— Ça va ? demande Bean.

— Je pense à des trucs.

— Hum ! Écoute, Éphélant, tu dis sans arrêt que le cercle de famille est brisé. Mais regarde-nous. Je suis là. Tu es là. Gus est là.

— C'est différent. Nous ne parlons pas comme nous le faisions. Le comportement de papa est artificiel et bizarre. Et, comme nous n'aurons plus Greenoaks pour nous réunir, on va simplement… s'éloigner les uns des autres.

— Mais non ! Nous nous réunirons toujours. Dans un autre endroit.

— Krista n'en a aucune envie. Elle veut emmener papa au Portugal.

— S'il est d'accord et heureux de partir là-bas, nous devons respecter son choix. On peut voir ça comme un nouveau chapitre de nos vies. On leur rendra visite, on ira à la plage.

L'idée d'aller à la plage avec Krista me donne envie de vomir.

Après une minute, Bean reprend la parole.

— Tu sais, j'ai pas mal lu au sujet des enfants adultes des divorcés. Ils sont en souffrance. Il paraît que c'est fréquent. J'ai même déniché… un groupe. Tu pourrais en faire partie, peut-être.

Un groupe ? Je vois le tableau : une salle d'église comme lieu de rassemblement et de mauvais biscuits en guise de collation ! Pas très réjouissant comme perspective.

— Peut-être, je dis en essayant de ne pas la décourager d'emblée.

— Tu es la plus touchée. Sans doute parce que tu es la plus jeune. Ou parce que tu n'as pas connu notre mère. Mimi est ta maman.

— Mimi me manque, je dis, la gorge nouée en prononçant son nom. Son absence dans cette maison, aujourd'hui…

— C'est vrai que c'est étrange.

— Sans elle, c'est vide.

Mes yeux sont brûlants de larmes. Je revois Mimi s'activant dans le jardin, chantonnant dans la cuisine, riant, trouvant toujours de quoi rendre la vie plus gaie.

Je reprends :

— Elle était le cœur de notre famille. De tout, en fait. Je souhaite seulement…

— Non, Éphélant ! m'ordonne Bean. Arrête de faire des vœux.

— Quoi ?

— Tu souhaites à longueur de temps que papa et Mimi soient encore ensemble. Mais ils se sont séparés. Et la maison est vendue. Ce que nous possédions nous a échappé.

— Je le sais bien, figure-toi.

— Mais tu en parles comme si c'était une possibilité. Comme si on pouvait remonter le temps et l'arrêter d'un coup de baguette magique.

Je m'apprête à la contredire puis je m'abstiens. Parce que, au fond, il est peut-être vrai que je me remémore cette journée explosive dans la cuisine mais avec un scénario différent.

— Tu dois accepter les faits. C'est triste. Tu sais, quand Hal m'a laissée tomber, je ne voulais que lui. Une obsession. Il fallait qu'il me revienne. Pourtant, ça ne s'est pas fait. Notre histoire était terminée. J'ai dû m'y résoudre. J'ai dû trouver le bonheur autrement. Sinon, qu'est-ce que j'allais faire ? Pleurer jusqu'à la fin de mes jours ?

Elle s'assied sur le lit. Ses yeux brillent, éclairés par un rayon de lune.

— Et toi, Effie, tu vas pleurer jusqu'à la fin de tes jours ?

Je ne réponds rien. J'ai l'impression de me faire gronder. En même temps, elle vient de donner un nouvel éclairage à mon problème. Je l'aime tant, ma sœur, si stoïque face à la pire des épreuves.

— Bean, je t'ai entendue parler avec Gus. Comment va ta vie ? Ta vie… sentimentale ?

Elle met du temps à répondre.

— Je vois quelqu'un, avoue-t-elle enfin.

— Génial ! Pourquoi tu ne me l'as pas dit ?

— J'en avais l'intention. Mais après l'histoire avec Hal, je voulais voir comment les choses évoluaient.

— Je comprends. Et comment elles évoluent ?

— Je dirais que c'est en suspens, fait-elle d'une voix tendue. C'est… compliqué.

Ses révélations me troublent. Pour ma sœur chérie, je ne veux rien de compliqué. Je veux de la joie et de la facilité.

— Il est… ? Il est marié ?

— Non, pas marié mais… Écoute, on peut arrêter d'en parler ? Je…

Sa voix tremble. Elle laisse échapper un sanglot. Bean pleure. Je l'ai fait pleurer. C'est la raison pour laquelle elle versait des larmes dans le jardin.

— Bean, désolée, je ne voulais pas… ! je m'exclame en la serrant contre moi.

— Ne t'en fais pas, ça va aller, concède-t-elle avant de lâcher un autre sanglot.

Elle essuie ses larmes et lance :

— Allez ? On dort ! Il est horriblement tard. Et demain nous avons ce foutu brunch.

— Mais…

— On en parlera une autre fois. Peut-être.

En me recouchant, j'essaye de l'égayer.

— Dans le domaine des histoires d'amour, on est les meilleures ! On devrait créer un podcast sur ce thème.

— Oui. On est des championnes. Mais toi au moins, tu as dégotté un athlète olympique doublé d'un philanthrope.

— Oh, je ne t'ai pas dit ? Il m'a lourdée.

— Oh, quel crétin, commente-t-elle en éclatant de rire.

— Sous prétexte que je n'étais pas très présente. Apparemment, il avait plus d'intimité avec son javelot.

— Stop ! Il faut vraiment que je dorme. Arrête de me faire rire.

— Toc toc toc, je lance.

— Stop !

Je commence à réciter un célèbre limerick, un de ces courts poèmes humoristiques et un peu coquins :

— « Il y avait une jeune fille de Nantucket… »

— Effie !

Je contemple l'obscurité en souriant. La respiration de Bean se fait plus lente. Que veut-elle dire par « compliqué » ? Peut-être ce type est-il nanti d'une ex-femme. Peut-être vit-il à l'étranger. Peut-être est-il en prison pour un crime qu'il n'a pas commis…

— Effie ?

Bean interrompt le cours de mes pensées.

— Un truc que je veux te dire avant de m'endormir. Voilà, je crois que je ne t'ai pas rendu service et j'en suis désolée.

— De quoi tu parles ?

— Je me suis toujours efforcée de te préserver. Pas seulement moi, d'ailleurs. Tout ton entourage, en fait. Quand tu étais petite, on te racontait des petits mensonges : le Père Noël, la petite souris. Comme la fois où Gus a piqué dans un magasin.

— Gus ?

— C'était un pari ! Il a eu droit à un sacré sermon et n'a plus jamais recommencé. On te l'a caché car tu n'aurais pas compris. En fait, reprend-elle après un moment, j'ai toujours eu l'habitude de te protéger.

— Désormais, tu peux arrêter. Je suis une adulte.

— Vrai ! Mais c'est difficile de se défaire de cette habitude. Et puis, je n'ai jamais voulu gâcher le lien incroyable que tu avais avec Mimi.

— Bean, tu veux en venir où exactement ?

— Il y a des choses que j'ai gardées pour moi, dit-elle.

Soudain, la chambre me paraît étouffante.

— Quelles choses ?

— Au sujet de Mimi et de papa.

— Mais quoi ?

— Je les aime tous les deux. Pourtant, quand j'ai vécu ici, l'ambiance n'était pas terrible. Mimi se montrait intolérante. Assez critique. Presque… méchante.

— Méchante ? Mais Mimi est gentille avec tout le monde. Les gens disent : « C'est fou ce que Mimi est gentille ! »

— C'est vrai, mais pas en ce qui concerne papa. Au début, je ne voulais pas le croire. Pourtant, elle le tenait à l'œil. Comme si un projecteur était braqué sur lui en permanence, quoi qu'il fasse. Et rien ne trouvait grâce à ses yeux. Elle lui faisait sans arrêt des reproches. Sur la manière dont il mangeait, dont il buvait son thé, dont il s'asseyait. Rien n'allait comme elle voulait.

— Ils se taquinaient souvent, j'observe.

— Cela a peut-être commencé par des taquineries mais c'est devenu… (Soupir de Bean…) Hargneux. On avait l'impression qu'elle refusait qu'il ait sa place sur terre. Elle le voulait différent. Ou ailleurs. Papa a réagi par le silence et la morosité. Il l'ignorait, ce qui la rendait folle. Et ça me rendait folle, moi aussi. J'avais envie de l'obliger à répondre.

Je suis estomaquée.

— Papa ? Silencieux et morose ?

— Oui. Impossible à concevoir, hein ? Ils se disputaient au fond du jardin quand ils imaginaient que je ne pouvais pas entendre. Ils étaient… comment dire ? Pas les plus classes… Oui, tous les deux. C'était trop moche pour que je te raconte. Mais j'aurais dû. Si je l'avais fait, tu n'aurais pas été aussi choquée par leur séparation.

Je digère en silence les révélations de Bean. J'ai beau essayer, je ne peux pas l'imaginer. Mimi est l'image même de la chaleur, du confort, de l'attention aux autres, sans une once d'agressivité. Quant à papa, il est le charme et le charisme mêmes. Comment pourrait-il se montrer renfrogné ?

À croire que Bean lit dans mes pensées, car elle poursuit :

— Papa n'est pas parfait, dit Bean. Mimi non plus. Ils ne vivaient pas sur un petit nuage. À mon avis, ils étaient malheureux ensemble.

Le mot « malheureux » me perce le cœur.

— Malheureux ? Ça signifie qu'ils ne se sont jamais aimés ?

Cette hypothèse m'atteint au plus profond de mon âme. Car c'est le contraire de ce qu'on m'a fait croire. Notre enfance a-t-elle été basée sur des mensonges ?

— Non, rectifie Bean. Leurs rapports se sont envenimés récemment. Mais ils refusaient de l'admettre. S'ils avaient été plus francs avec nous, tu ne les aurais pas mis sur un tel piédestal.

— Sur un piédestal ? Pas du tout ! je proteste.

— Oh que si ! rit Bean. Et c'est émouvant. Mais ça rend les choses plus difficiles pour toi. Dans ta tête, c'est comme si le ciel radieux avait volé en éclats. Mais c'est faux. Le ciel n'avait rien de radieux. Et il n'y a pas d'éclats. La situation est simplement… pénible.

— C'est le moins qu'on puisse dire, je dis, le regard perdu dans le noir.

— Je te comprends, Éphélant. J'aimerais que Mimi soit avec nous en ce moment. Pour Gus, c'est pareil. Sa présence m'a manqué au dernier anniversaire de papa. Krista avait déjà décoré l'arbre, tu te souviens ?

— Oui !

Difficile de l'oublier. Quand nous sommes arrivés, le sapin était déjà tout paré d'ornements flambant neufs commandés par Krista. Nous avions été obligés de pousser des cris d'admiration.

— Et quand elle a apporté à table ce somptueux gâteau au chocolat, j'ai pensé avec regret au gâteau à la carotte que Mimi lui confectionnait toujours. Un petit détail qui m'avait bouleversée.

— C'est vrai ? En sachant que je ne suis pas la seule, je me sens mieux.

— Tu n'es pas la seule, confirme Bean. Promis, juré.

— Et ce gâteau au chocolat était infect.

— Ignoble.

— Horrible.

— De mauvaise qualité. Où l'avait-elle acheté ? On aurait dit du plastique.

— Sur Instagram, tu vois mais tu ne goûtes pas.

— Mais oui ! Elle l'a acheté pour pouvoir l'exhiber sur Instagram.

— Dis donc, Bean, tu es en train de bitcher sur Krista !

Je suis ravie parce qu'il est rare d'entendre Bean proférer des horreurs, y compris sur Krista. On devrait s'adonner à ce jeu plus souvent. Bien plus souvent. Ce serait notre groupe. Un groupe non pas voué aux vacheries mais au partage. Je fournirais même les biscuits.

— Navrée d'avoir été si…

— Diplomate, je suggère.

— Indécise, corrige-t-elle. Je donnais à Krista le bénéficie du doute. Pour qu'on continue à communiquer. Je devais respecter le choix de papa. Mais tu m'as ouvert les yeux. Je ne lui fais plus du tout confiance.

— Pour moi, elle est fausse depuis le début, je dis pour lui montrer que je suis meilleure juge qu'elle.

Bean est sur le point de s'endormir. Je suis trop énervée. Alors je récapitule les événements de cette soirée aussi bizarre qu'inattendue. Mes poupées russes étaient ma priorité, la raison de ma venue à Greenoaks. Je ne les ai pas retrouvées. En échange, me voici dans un enchevêtrement de problèmes familiaux.

Je pense aux membres de ma famille. À leur part d'ombre. Mimi et papa… Krista et papa… Gus et Romilly… Bean. Chacun et chacune dissimulent des choses à l'autre.

Et je pense évidemment à Joe. Exercice douloureux. Surtout quand je passe en revue les moments de cette soirée : son expression en m'apercevant derrière le rosier, son regard posé sur moi dans la cave. Il allait me confier un secret sur lui. J'en suis sûre. Mais quoi ? Oui, quoi ?

Après un grand soupir, je me tourne sur le côté et j'enfouis ma tête dans l'oreiller. Je suis trop épuisée pour réfléchir.

En m'endormant, je me dis que je dois me concentrer sur mon plan. Dénicher mes poupées. Où ? Dans le grenier, peut-être. Dans la cabane de l'arbre ? On verra.

En attendant, j'ai dégusté un délicieux cheese-cake. C'est déjà ça.

14

Le lendemain, je me réveille en éprouvant une sensation curieuse et nouvelle. Je reste immobile pendant un moment pour y voir plus clair. Et puis, je comprends. C'est de la légèreté. Je me sens plus légère, plus accommodante, plus souple.

C'est bien. C'est un soulagement.

J'ai été assez malheureuse pendant un long moment. Sans doute Bean a-t-elle raison : le divorce m'a davantage touchée que ma sœur et mon frère. Et peut-être papa a-t-il également raison : j'étais bloquée. Enfermée dans un paysage sinistre. L'horizon commence-t-il à se dégager ? Au moins un peu ?

Je ne sais pas comment décrire plus précisément ce que je ressens. Rien de concret ne s'est produit pendant la nuit. Les problèmes d'aujourd'hui sont les mêmes qu'hier. Pourtant ils semblent… différents. Plus facile à gérer, moins lourds.

Même quand, tel un horrible film, le torrent de souvenirs inhérents au divorce me revient à l'esprit comme tous les matins, avec cette affreuse annonce à Noël en première image, je réagis plus calmement. Je le regarde avec une tristesse presque détachée. Et je ne ressens pas cette habituelle sensation de déchirement qui dominait le reste. Bean est dans le vrai : je ne peux ni changer le passé, ni souhaiter des événements irréalisables.

Le monde est comme il est. Je dois aller de l'avant. Tout va aller au mieux. Tandis que je prends une profonde inspiration, je sens dans mon corps un nouveau dynamisme. Je dois être moi-même : Effie Talbot. Ou une version améliorée d'Effie Talbot et non plus une enfant pleurant sur la séparation de ses parents. Non plus le bébé de la famille mais celle qui monte au créneau, qui assume ses responsabilités.

Je jette un coup d'œil vers Bean endormie sous sa couette et sors mon téléphone. Je vais lui commander des vitamines. Tout de suite. Action, réaction.

Sur le site d'une boutique de produits naturels, je suis sidérée par la sélection proposée. Lesquelles choisir ? Que signifie « chélaté » ? Quelle est la différence entre le citrate de magnésium et le taurate de magnésium ?

Je vais demander à Bean.

Non, Effie, ne sois pas bête !

Je fais défiler toutes les gammes avant de choisir un supplément appelé Super Peau Radieuse. On ne peut pas se tromper avec ce genre de produit. Je règle mon achat avec un sentiment de satisfaction. Ensuite, je regarde la chambre de Bean. Si je rangeais un peu, ça l'aiderait. Une petite valise ouverte à même le sol contient quelques vêtements. Je vais la vider.

Sans faire de bruit je sors du lit et commence à plier les vêtements que je vais mettre dans l'armoire.

Par inadvertance, mon pied heurte la valise et j'atterris sur le lit de Bean.

— Oh ! marmonne-t-elle dans son sommeil.

— Excuse-moi. Je ne voulais pas te réveiller. Rendors-toi !

— Tu fais quoi ?

— Je range.

— Arrête !

Sur ce, elle se retourne en s'enroulant dans sa couette.

Bon, je vais remettre mon rangement à un autre moment et me concentrer sur mon projet initial : retrouver mes poupées russes. Au lieu de remettre mes vêtements, j'opte pour des fringues propres de Bean. Je dois faire du bruit en fouillant dans son placard car elle se réveille et me lance un regard torve.

— Tu fais quoi encore ?

— Je vais chercher mes poupées, je dis en enfilant un jean. Chut ! Dors !

— Et si tu tombes sur papa ou sur Krista ? Ou sur Lacey ? Elle est dans la chambre de la tourelle, au fait.

— J'en étais sûre. Pas de danger que je rencontre quelqu'un, je vais dans les combles. Je les ai sans doute oubliées là-haut.

— Bonne chance ! Ne te fais pas prendre !

Me faire prendre ? Pas question. En grimpant sur l'échelle, je me sens pleine de détermination et d'énergie. J'arpente chaque grenier, inspecte chaque coin et recoin, contrôle l'espace sous les sièges cassés. Et pendant tout ce temps, je pense à Joe. Impossible de m'en empêcher.

Hier soir, j'ai fait une découverte. J'ai toujours su que Joe ne révélait au monde extérieur qu'une partie de lui-même. J'ignorais en revanche qu'il était anxieux.

Cet aspect-là de lui m'étonne. Combien de personnalités Joe abrite-t-il ? Combien de poupées russes sont-elles enfermées au plus profond du Docteur des Cœurs ? Que cache-t-il encore ? Et qu'était-il sur le point de me dire, hier soir ?

Mes bras et mes jambes sont pleins de courbatures – le résultat des acrobaties et autres contorsions auxquelles je me suis livrée. Mon zèle plein d'entrain s'estompe. Je repousse une pile de vieilles boîtes de médicaments, grimpe sur une poutre et enlève une toile d'araignée qui a atterri sur ma tête. Mes poupées ne se trouvent pas dans les combles : j'en suis désormais sûre et certaine. Mais, par une sorte de superstition, je vais tout de même vérifier à nouveau chaque grenier. Je fais particulièrement attention car j'arrive maintenant au-dessus de la chambre de papa.

Je devrais dire « la chambre de papa et Krista ». Mais je ne peux pas me faire à cette idée. « La chambre de papa et Krista », « leur vie future au Portugal, dans un restaurant mexicain ». Ces idées sont surréalistes.

Je passe avec prudence une tête dans l'espace poussiéreux et m'arrête net. La trappe est ouverte. Je me fige, en proie à la panique. Sont-ils dans leur chambre ? Je m'approche du trou. La pièce semble vide et silencieuse. Pas de danger immédiat : un petit tour rapide dans le grenier et puis je m'en vais.

Aïe ! Je viens de trébucher sur un tuyau en métal surgi de nulle part. Ou alors c'est un défaut de concentration. Et me voici précipitée malgré moi vers l'ouverture. Choquée et étrangement calme. Ça y est ! Ma vie va se terminer ici. Je vais tomber de trois mètres de haut et me rompre le cou. Et je ne saurai jamais ce que Joe allait me confier…

Miracle ! Je parviens à me rattraper juste à temps aux bords de la trappe. Je me tortille pour me remettre debout. Peine perdue ! Mon lacet de chaussure s'est entortillé quelque part. Je suis dangereusement coincée dans la position accroupie au-dessus de l'ouverture. Si je dégringole, ce sera sur l'échelle. De toutes mes forces, j'essaye de libérer mon pied. Et tout d'un coup, j'entends des voix toutes proches.

Papa. Krista. Catastrophe !

— Nous y voilà ! dit papa en faisant entrer Krista dans la chambre.

Ils sont tous les deux vêtus de robes de chambre en soie et tiennent des verres remplis de ce qui semble être du mimosa, soit un mélange de champagne et de jus d'orange. Leur boisson habituelle du petit déjeuner ? Ou un vestige de leur folle soirée ?

Qu'importe ! Il faut que je parte d'ici tout de suite. C'est vite dit : avant que je bouge un seul muscle, papa, le visage cramoisi, déclare à Krista :

— Je me présente : Julio, un riche baron de la drogue colombien. Enchantée de faire votre connaissance, jolie dame.

Julio ? Le ridicule de la situation me pétrifie. Sans parler de l'abominable accent.

Minauderie de Krista :

— Oh, Julio. Ravie de vous connaître. Je m'appelle Greta. Parlez-moi donc de votre fortune. J'adore les hommes riches.

Au secours ! Je suis bloquée au-dessus de mon père et de sa chérie en plein jeu de rôle ringard. On dirait un mauvais scénario. Je dois m'échapper. Mais j'ai beau remuer mon pied dans tous les sens, rien n'y fait.

Mon père fanfaronne :

— J'ai beaucoup d'argent en banque, ma belle amie.

Krista, battant des cils :

— Seulement beaucoup ?

— Six cents milliards de livres sur mon compte, rectifie papa.

Changement de ton :

— Tony ! C'est trop. Même Jeff Bezos n'a pas ça. Il faut que le montant soit crédible.

Quelle rabat-joie ! Six cents milliards de livres, c'est plutôt sympa, non ?

— J'ai deux milliards et demi en banque et un yacht, se vante papa.

— Un yacht, s'émerveille Krista. Et du très bon champagne, Julio. On n'aura pas le droit de boire au monastère.

Au monastère ? Elle débloque ?

Effie, ce n'est pas le moment de rire !

Soudain, la voix nasale de Lacey parvient à mes oreilles :

— SOS Urgence vestimentaire ! Tu peux venir une seconde, mon chou ?

Papa et Krista se taisent. Merci, Lacey !

— Bordel, jure Krista, on ne peut pas être tranquille une minute. Attends-moi, mon Tony chéri-chéri ! Je veux dire : *Julio mi corazón* !

Pourvu qu'ils quittent la pièce ! Hélas, papa s'attarde. Il se trouve pile à trois mètres au-dessous de moi. Mes bras et mes jambes sont pris de tremblements. En respirant par petites goulées, j'arrive à ne pas faire de bruit.

M'efforçant désespérément de libérer mon pied, je lance un coup d'œil vers le bas. Tiens, les cheveux de papa s'éclaircissent sur le sommet de son crâne ! Il ne ressemble pas à Julio le baron de la drogue ni même à Tony Talbot, l'hôte charmant. Il a l'air fatigué. L'album que je lui ai donné est posé en évidence sur la cheminée. Coup de nostalgie ! Je me souviens de son visage ravi quand il l'a feuilleté. Instant mémorable. J'avais su faire plaisir à mon père parce que, à cette époque, je lisais en lui à livre ouvert.

Dans cette atmosphère chargée de souvenirs, je me bats pour dégager mon pied. Il n'y a que papa et moi. À quand remonte notre dernier tête-à-tête ?

Je ne suis pas adepte des phénomènes paranormaux. Mais quand même ! N'est-ce pas bizarre que mon père ne sente pas ma présence ? Qu'il ne se rende pas compte que je flotte au-dessus de lui comme un ange perché ?

C'est moi, ta fille, Effie, je crie en silence. *Je suis là.*

Comme s'il pouvait m'entendre, il incline la tête et sort son téléphone de la poche de sa robe de chambre. Sans bouger d'un pouce, je surveille ses mouvements. Il hésite, presse sur sa liste de contacts, tape un nom. *Effie*. Mon cœur bat à toute allure.

Quelle surprise ! Je suis proche des larmes.

Il tape *Chère Effie*, puis s'arrête. J'attends la suite. Que va-t-il écrire ? Un message impersonnel et plat ? Un texte sincère sur des sujets qui comptent ? Pleine d'espoir, j'observe ses mains bouger sur le clavier. Va-t-il enfin commencer la conversation que j'ai envie d'avoir depuis si longtemps ? Allons-nous enfin communiquer ?

Mes yeux sont mouillés. Horreur ! Comment empêcher mes larmes de tomber ? Si papa voit une goutte, il va lever la tête… Effie, il est interdit de pleurer.

Trop tard. Au ralenti, une larme vient de s'écraser sur le tapis juste au moment où son téléphone vibre. Le charme est rompu. Papa se reprend. Il ferme le message sans le sauvegarder ni l'envoyer. Puis il prend l'appel. Son attitude vient de changer : Tony Talbot est de retour.

— Bonjour ! Eh bien, merci. Oui, c'était une superbe fête d'adieu pour la vieille maison…

Il sort de la pièce. Je récupère mon souffle. Je tire mon pied si fort que, quand le lacet se casse, je tombe en arrière sur le sol du grenier avec un bruit sourd. Sauvée ! Incapable de bouger, je reste immobile pendant un moment. Ensuite, je consulte mon téléphone. Rien venant de papa. Ni SMS, ni mail, ni WhatsApp.

Aucune importance ! Je me suis trompée… J'imaginais quoi, au fait ? Qu'il écrirait : « Effie chérie, tu nous manques beaucoup. On aimerait que tu sois parmi nous » ? Non, il rédigeait sans doute mon changement d'adresse. Voilà où nous en sommes.

Je me relève enfin, titubant un peu après mes prouesses athlétiques. Je suis lessivée. J'aimerais discuter de sujets importants avec quelqu'un. Avec ma sœur qui, étant malheureuse, a besoin de moi, même si elle ne le sait pas. Je vais la voir de ce pas.

— On va se promener ? je propose en entrant dans la chambre de Bean. Il est encore tôt. Le brunch est programmé pour plus tard.

Pas question d'avoir une conversation ici. Cette maison est comme une passoire percée. Impossible de confier des secrets sans risquer qu'une oreille vous entende.

— Une promenade ? s'étonne Bean dont la tête endormie émerge du duvet.

J'improvise une réponse :

— Pour dire au revoir au jardin. Tu feras le guet, ça te réveillera.

Il me faut insister une demi-heure pour la faire sortir de son lit et la persuader de s'habiller. Finalement, nous sommes dehors. Personne aux alentours. Nous descendons les marches du perron et gagnons le fond du jardin – Bean marchant comme une somnambule sur la pelouse et moi crapahutant d'un buisson à l'autre. De là nous passons la grille qui mène aux champs. Et je respire enfin de soulagement. Tandis que nous avançons parmi les hautes herbes, mon moral remonte en flèche. Il fait chaud, le ciel est d'un bleu voilé. Des fleurs sauvages s'épanouissent et des sauterelles stridulent.

— Bean, contrairement à ce que tu penses, je peux être d'une grande aide.

Perplexité de ma sœur :

— Aider en quoi ? Je ne comprends pas.

Je lui touche le bras doucement.

— Hier, tu as pleuré deux fois. Je sais que tu ne veux pas en parler mais…

— Je ne veux toujours pas. J'apprécie ta proposition, Effie, mais c'est non. Fin de la séquence. On se pose ?

Un peu découragée, je m'assieds au milieu des hautes herbes. Une odeur estivale nous entoure. J'observe une coccinelle grimper sur une tige, tomber et recommencer son ascension de l'autre côté. Je devrais peut-être m'en inspirer, essayer une autre tactique.

— Bean, tu te sentirais mieux si tu ne gardais pas tout pour toi, non ?

— Non, répond-elle les yeux tournés vers le ciel.

— Mais comment savoir avant d'essayer ?

— Je sais.

Quand je pense que les gens pensent que je suis têtue !

— Compris ! Sache pourtant que si tu changes d'avis, je suis là pour toi.

Les bras autour de mes jambes, je contemple une bande d'oiseaux s'envoler en parfaite synchronisation, comme les membres d'une famille normale qui n'ont pas de secrets les uns pour les autres.

— Hé, Bean, j'ai appris une merveilleuse nouvelle que je ne suis pas censée connaître. Ça t'intéresse ?

— Vas-y !

— Romilly est enceinte.

Elle fait un bond d'un mètre.

— Hein ? Comment tu sais ? Elle te l'a dit ?

— Tu plaisantes. Tu crois qu'on papote entre filles, elle et moi ? Non ! Gus a trouvé un test de grossesse dans la poubelle de la salle de bains. J'ai tout vu de mon perchoir, par l'ouverture de la trappe. Il avait l'air…

Je m'arrête. Je ne peux pas trouver les mots pour décrire l'expression du visage de notre frère. Trop intime, trop douloureuse. Je n'aurais pas dû en être le témoin.

Je poursuis :

— … il semblait sous le choc. Est-ce qu'il a dit à Romilly qu'il était au courant ? Mystère.

Bean ne réagit pas. Elle ne dit rien.

— Ils vont trouver une solution, ne te tracasse pas, j'affirme pour la rassurer.

Bean a clairement du mal à parler.

— Il n'y avait… qu'un seul test ? Ou… plusieurs ?

— Comment ça, plusieurs ? Non, je ne crois pas. D'après ce que je pouvais voir, la poubelle était vide. Pourquoi ? Tu penses que Romilly aurait fait dix tests ? Tu as sans doute raison. C'est tout à fait son genre de…

— C'est moi ! m'interrompt Bean.

Soudain, l'horizon vacille. Je m'agrippe au sol pour…

Bean ?

— Je suis allée dans leur salle de bains hier, dit-elle d'une petite voix. Mes toilettes sont… tu sais…

— … cassées, je complète machinalement.

— Oui ! J'ai jeté la tige dans la poubelle. J'étais dans un tel état que… Quelle idiote ! J'aurais dû l'envelopper et la mettre dans la poubelle de la cuisine.

— On s'en fout de l'endroit, Bean ! Incroyable ! Un bébé ! Je ne sais pas comment… ou qui… mais ce n'est pas l'important.

En fait, si, c'est quand même important.

— Comment ? Ou plutôt qui ? Le type dont tu m'as vaguement parlé ?

— Oui ! Il est… Il…

Elle sort son téléphone de sa poche et me montre la photo d'un type au visage amical. Cheveux bruns bouclés, regard sombre et chaleureux, veste imperméable. Sans dire un mot, elle fait défiler des photos d'elle, rayonnante avec lui, assis dans des cafés, marchant le long de la Tamise. Un couple.

— Un type… euh… super !

Difficile de trouver l'adjectif juste.

— Il l'est. Mais nous sommes ensemble depuis à peine quelques semaines. Et voilà ce qui m'arrive. Je l'ai su hier. Quel choc !

— C'est pour ça que tu pleurais dans le jardin ?

Elle hoche la tête en silence.

— Oh, ma Bean, quoi que tu décides…

— Je vais garder le bébé, dit-elle d'un air résolu. Bien sûr. Mais…

— Il est au courant ?

— Oui, j'étais tellement affolée que je lui ai téléphoné sur-le-champ…

— Quelle a été sa réaction ? je demande, prête à étriper le type s'il ne s'est pas montré à la hauteur.

— Honnête, raconte-t-elle en s'essuyant le nez. Il prend son temps. Pas comme Hal. Il va m'aider quoi qu'il arrive mais il a besoin de réfléchir. Selon notre décision, il sera à 100 % pour. Il a déjà un enfant mais il n'est pas marié. Divorcé. Il est drôle et… il cuisine bien. C'est un architecte. Il dessine. Regarde ce croquis d'arbre. Et ceux-là…

— Superbes, je dis en regardant non pas les dessins mais l'amour présent dans les yeux de ma sœur.

— Mais un bébé, c'est… Ce n'était pas prévu… Simplement…

Elle semble incapable de terminer sa phrase.

Pendant un moment, nous sommes assises en silence, au milieu des hautes herbes sur lesquelles souffle une douce brise.

— Peut-être que ça l'était, je murmure.

Un bébé de Bean. De quoi rendre le monde plus beau. Tout d'un coup, un détail me chiffonne.

— Mais Bean, tu as bu du champagne. Et du vin.

— Non, j'ai fait semblant. Je ne voulais pas que les gens me posent des questions.

— Tu m'as bien eue, en tout cas. En fait, tu es beaucoup plus rusée que tu ne le laisses paraître.

— Désolée d'avoir été cachottière. Prononcer le mot « enceinte » était au-dessus de mes forces. Mais maintenant je me sens mieux, Effie. Un grand merci à toi !

Spontanément, je la serre contre moi.

— Parfait ! Et si je peux t'aider en quoi que ce soit...

Peut-être avec des vitamines spéciales grossesse, je me dis.

— Tu es la seule personne au monde à qui je l'ai dit, avoue Bean. Personne n'est au courant sauf...

— Sauf Gus qui croit que c'est le sien.

— Oh là là !

Nous nous regardons, atterrées, en pensant certainement la même chose.

— Pourvu qu'il ne la demande pas en mariage ou un truc aussi cloche que ça, lance Bean au bord du malaise. Il faut que je le prévienne. *Pronto.*

— Je m'en occupe, je réplique.

— Non, moi, dit Bean en se levant.

Je la force à se rasseoir en appuyant mes mains sur ses épaules.

— Stop ! J'y vais. Toi tu restes assise et tu te reposes. Ne t'en fais pas pour lui. Pense à toi.

Je regarde son ventre avec un élan d'affection. Le bébé de Bean, tel une minuscule poupée russe, est niché là. C'est mon rôle de les protéger. Tous les deux.

— Bon, très bien, concède-t-elle.

— Notre cercle de famille se transforme. Dans tous les sens du terme. Mais l'essentiel est là, en toi. Alors, je m'en charge.

— Merci, Effie, fait Bean avec un sourire plein de gratitude. Je me sens un peu patraque ce matin. Je vais rentrer avec toi et m'accorder un petit somme.

— Il s'appelle comment, ton ami ? je demande alors que nous traversons le champ en direction du jardin et de la maison.

— Adam, souffle-t-elle.

J'envoie aussitôt un message silencieux à cet Adam :

« Je te préviens, si tu déconnes avec ma sœur, tu passeras un sale quart d'heure. Foi d'Effie ! »

Nous cheminons vers la maison le long de l'allée en prenant mille précautions. Le traiteur est de retour. La table du brunch est dressée sur la pelouse : nappe blanche amidonnée sous une banderole de drapeaux soutenue par des perches.

— On ne lésine pas, je marmonne en levant les yeux au ciel. Ils vont servir quoi ? De l'oie rôtie ?

— Qui sait ? Attends ! Quelqu'un arrive !

Je disparais en hâte derrière un arbre tandis que Bean, immobile, feint de consulter son téléphone. Un serveur sort de la maison et se dirige vers la camionnette du traiteur.

— Bonjour, s'écrie-t-elle gaiement.

Sans s'arrêter, le serveur hoche la tête. Quand il s'est éloigné, nous reprenons notre marche. Une fois sur le gravier, Bean part d'un éclat de rire presque hystérique.

— Un week-end de folie, dit-elle à voix basse. Deux jours de dingue.

— Je suis d'accord !

— Je ne peux pas croire que tu sois restée aussi longtemps cachée. Tu n'as pas eu envie de sortir en criant : « Surprise » ?

— Non !

— Pas même une seconde ?

La tête de Krista si j'avais émergé de la table du dîner en arborant des pompons de majorette et en criant : « Coucou, c'est moi ! »

D'un autre côté, ça aurait été hilarant. Avant le début des engueulades et de l'étripage en règle.

— Regarde ! C'est Gus, dit soudain Bean.

L'air légèrement hagard, un étui dans chaque main, notre frère vient d'émerger de la maison.

— Gus, viens ici ! le hèle Bean.

Avec un geste de dénégation, il répond :

— Urgence musicale ! Romilly a oublié de prendre les violons des filles.

— Oublié ? fait Bean en croisant mon regard. Après tout le foin qu'elle a fait au sujet de ce cours ?

Je réprime de justesse un fou rire.

— Ce n'est pas drôle ! Elle est dans un état de nerfs épouvantable. Je dois lui déposer les violons à Clapham et essayer de revenir à temps pour le brunch.

— Bean, dis-lui que je le retrouve à la voiture pour un truc important. Ensuite, va te reposer. Allez, relax !

Je passe aussitôt derrière la haie longeant le pré qui a fait office de parking hier soir. Je me faufile entre les quelques véhicules qui restent avant d'arriver à la Vauxhall de Gus.

Elle n'est pas verrouillée. Je me glisse à l'intérieur et m'accroupis devant le siège passager pour me rendre invisible.

Quand il entre dans la voiture, il semble encore plus distrait que d'habitude.

— Salut ! Il paraît que tu as quelque chose d'essentiel à me dire.

— Romilly n'est pas enceinte, je dis tandis que son visage affiche toutes les couleurs de l'arc-en-ciel (ou presque).

— Comment tu… ? Attends !

Après avoir consulté son téléphone, il grimace :

— Elle a aussi oublié les partitions. Je suis de retour dans une minute.

Je patiente jusqu'à ce qu'il revienne. Il lance deux sacoches à partitions sur la banquette arrière.

— Éclaire ma lanterne, Effie. Comment tu peux savoir… ?

Je résume pour ne pas faire durer le suspense :

— Je t'ai vu dans la salle de bains à travers l'ouverture de la trappe. Tu as trouvé un test de grossesse. Celui de Bean.

Sidération de Gus :

— Bean ?

— Oui ! Sujet complètement différent. Mais le résultat pouvait t'induire en erreur. Ce n'est *pas* le bébé de Romilly. Pas le tien. Et ça signifie…

Impossible de finir ma phrase car ce que je veux dire est : « Ça signifie que tu es libre. »

Nous nous taisons. Après un moment, je me rends compte que les épaules de Gus sont agitées de soubresauts, que son visage est mouillé.

— Gus !

— Quel imbécile j'ai été. Un vrai c… ! Je me suis laissé embringuer dans une relation que je ne désirais pas vraiment à cause de mon… inertie, de ma tendance à tergiverser, à refuser l'évidence.

— C'est bien ! Au moins, maintenant, tu sais à quoi t'en tenir et tu peux agir en conséquence.

— Oui ! Mais j'ai du mal à réaliser. Effie, tu n'imagines pas la nuit que j'ai passée.

— Oh si !

— Attends ! répète-t-il plusieurs fois en me donnant l'impression qu'il a du mal à formuler la suite. Et si ce n'était pas le test de Bean ? Ou si Romilly était également enceinte ? Si elles l'étaient toutes les deux ?

J'imagine sa panique. Et si la porte se refermait alors qu'une lueur d'espoir, une possibilité de liberté se profilait à l'horizon ?

— Demande-lui tout de suite, je dis.

Sans hésiter, il l'appelle :

— Salut ! Oui, dans la voiture. Écoute, j'ai une question : es-tu enceinte ?

J'ai un hoquet de surprise. Il aurait pu s'y prendre avec plus de finesse. Un torrent de paroles lui répond. Le visage de Gus se détend. Il ressemble à un enfant à qui on a permis de jouer dehors.

— Très bien. C'est sûr. Tu ne l'es pas.

Je crie « Victoire » silencieusement en frappant l'air de mes poings. Je lui tape dans la main et lui, le téléphone toujours collé à l'oreille, m'étreint.

— Je ne sais pas, dit-il. Juste une idée bizarre qui m'est venue. En tout cas, merci pour ta réponse.

Il s'éloigne de moi, lève des pouces en signe de triomphe et mime une petite danse de joie. Je l'imite. Nous rayonnons, soulagés. Et pendant tout ce temps, Romilly continue à jacasser.

Gus revient dans la conversation :

— Tu as raison mais j'en profite maintenant. Non, ce n'est pas une façon bizarre de demander ta main. (Horrible grimace vers moi, que je lui rends aussitôt.) Oui, mais il faut peut-être qu'on en discute. Oui, j'ai trouvé les sacoches. Et oui, je suis en chemin.

L'air lessivé, il pousse un grand soupir en coupant la communication.

— La plus grosse embrouille de ma vie. Quel imbécile je peux être !

— Allons déposer ces violons. Et mets un terme à cette histoire. Je serai avec toi.

Pour être sûre que tu ne te fasses pas balader, j'ajoute dans ma tête.

— Oui, il faut que j'arrête. J'ai le sentiment de me réveiller d'un mauvais rêve, avoue-t-il alors que nous roulons dans l'herbe. Je suis comme ces grenouilles placées dans une bassine d'eau. Elles ne se rendent pas compte de la température qui s'élève parce que c'est très graduel.

Les sourcils froncés, il s'engage dans la rue principale du village.

— Difficile de dire quand les choses ont commencé à mal tourner. Un jour, on ouvre les yeux : on est passé du bonheur au chagrin. Alors on rationalise en se noyant dans le boulot et en souhaitant que les choses s'améliorent. Attitude idiote.

— Et Romilly, elle était heureuse ? L'est-elle toujours ?

— Pour être honnête, je n'en sais rien.

— Quand même, Gus, ce n'est pas une réponse.

— Je pense, oui. Je peux dire quand elle est contente. Mais de là à dire qu'elle était ou qu'elle est heureuse ? Elle est d'une énergie extraordinaire. Pendant un moment, c'était notre moteur. Comme une chaleur puissante, revigorante. Et puis... Romilly est difficile, tu sais.

— Tu l'as aimée ?

— Aimée ?

La tête déconcertée qu'il fait répond à ma question.

Il met son clignotant pour rejoindre la route principale.

— Le type derrière moi me fait des appels de phare. Ta portière n'est pas bien fermée ?

— Si, mais attends, je vérifie les portes arrière. De toute façon, tu aurais un signal sur le tableau de bord.

— C'est curieux. Je vois dans le rétroviseur qu'il persiste. Il doit vouloir nous signaler quelque chose.

— Et regarde les gens de cette voiture qui gesticulent, je dis, alors qu'un véhicule vient de nous dépasser. Que se passe-t-il ? La voiture fuit ? Tu ne crois pas qu'on doit s'arrêter ?

— On va arriver à la deux-voies. Je vais trouver une aire de repos. On sera en retard. Comme si on avait besoin de ça !

— Gus, tu rends à Romilly un énorme service. Ce n'est pas grave d'avoir un peu de retard. Et puis, ce n'est sans doute rien.

Mais en rejoignant la deux-voies, les occupants d'une voiture familiale qui roule à côté de nous agitent les mains, l'un grimpe même sur le siège arrière pour nous adresser des signes à travers la fenêtre ouverte. Tous les passagers semblent en émoi.

— Quoi ? je hurle en descendant ma vitre.

— Sur le toit. Des violons !

Je me fige. Des violons ? Quels violons ?

— Gus, je dis d'une voix tremblante en me calant contre le dossier. Est-ce que par hasard tu aurais laissé les violons sur le toit de la voiture ?

— Oh non ! Merde ! C'est un désastre ! Mais comment… ?

— Tu pensais à autre chose.

— Mais je n'ai pas pu… Bordel ! Bon, vite, Effie. Tu vas aller les récupérer.

— Les quoi ?

— Tu grimpes à la hauteur du toit et tu les prends. Tu piges ? Simple comme bonjour !

Simple ?

— Fais-le, toi ! je réplique.

Et puis, malgré moi, en prenant appui sur les côtés, je me hisse par l'ouverture de la fenêtre à la hauteur du toit. Effectivement, les étuis à violon s'y trouvent. Une Mercedes passe à toute allure et je rentre dans mon abri en poussant un cri de frayeur.

— Pas question que je le fasse pendant qu'on roule. Tu dois t'arrêter.

— Si je m'arrête, les violons vont être éjectés.

Je ris nerveusement.

— C'est pas drôle, me réprimande Gus.

— Désolée, je n'y peux rien. La situation est catastrophique. On fait quoi ?

— Je vais ralentir progressivement. Diminuer le mouvement petit à petit. Oui, ça devrait marcher. Si V est la vitesse et M est la masse…

J'explose :

— Gus, c'est pas le moment de résoudre un problème de maths !

Pourtant, ça ressemble exactement à un problème de maths. Je vois l'énoncé sur une copie : « Gus et Effie conduisent une voiture avec deux violons posés en équilibre sur le toit (voir le diagramme). »

— J'essaye de trouver une solution, il rétorque.

— On est sur une route à deux voies, tu ne peux pas ralentir.

— C'est vrai. Bon, réfléchissons ! Je peux sans doute prendre la prochaine sortie et m'arrêter en douceur. Avant qu'il n'arrive quelque chose de fâcheux aux violons.

— Mais combien de temps vont-ils rester en équilibre sur le toit ?

Nous sommes tout de suite fixés. Par un bruit.

— Merde ! Le violon !

Gus active frénétiquement son clignotant et se dirige vers le bas-côté. Il y a un autre bruit. Je sors en trombe de la voiture. Un truc noir à quelques mètres de moi gît sur le bitume. Le pneu d'un camion lancé à vive allure le pulvérise.

— Un violon est foutu, je crie.

— Oh non, c'est impossible, gémit Gus en sortant à son tour. Comment ai-je pu les laisser sur le toit ?

Son téléphone vibre. En regardant son écran, il tressaille :

— Un message de Romilly. Elle dit que je peux assister à la leçon.

— Ça va être un moment mélodieux, je commente en me mordant les lèvres.

Gus éclate d'un énorme rire, comme s'il venait de se débarrasser d'un poids insupportable. Nous sommes toujours plantés sur le bas-côté lorsqu'une voiture vient se ranger près de nous. Une vieille dame, suivie par un adolescent, en sort.

— Nous avons tout vu, dit-elle en tapotant l'épaule de Gus pour le consoler. Spectacle affreux. Heureusement, mon petit-fils a pu récupérer quelques morceaux.

— Grâce à un trou dans le flot de voitures, complète le garçon. J'ai pris ce que j'ai pu.

Il nous montre un paquet de miettes, de morceaux de bois et de cordes que Gus contemple sans un mot.

— Merci, parvient-il à articuler.

— On fait des miracles, de nos jours, on peut sans doute le réparer, commente la vieille dame en attrapant une corde qui émet une vibration lugubre.

— Peut-être, dit Gus, à nouveau au bord de l'explosion de rire. Nous allons nous en occuper. Merci beaucoup.

Tandis que la vieille dame et son petit-fils s'en vont, nous nous écroulons sur le talus. Après avoir posé l'assortiment de bois et de cordes dans l'herbe, Gus fixe le ciel.

— Eh bien voilà. C'est vraiment la fin.

Je lui tapote l'épaule pour lui donner du courage.

— Tu l'as dit. Et maintenant, téléphone-lui.

15

Une demi-heure plus tard, nous sommes de retour à Greenoaks. Gus gare la voiture. Nous soufflons.

— Cela aurait pu être pire, je lance. Si nous avions été à Clapham, elle t'aurait réellement arraché les yeux pour les donner à manger aux loups au lieu de simplement t'en menacer.

Gus semble au bord de l'étourdissement.

— J'ai besoin de boire un verre. Ou deux. S'il te plaît, Effie, à l'avenir, empêche-moi de recommencer. D'accord ?

De recommencer quoi ? De te perdre dans une relation amoureuse toxique ? De conduire avec deux violons sur le toit de la voiture ? Je ne sais pas. Mais je hoche la tête avec conviction.

— Tu peux compter sur moi !

— J'ai l'impression de sortir de prison, poursuit-il. Je me sens… léger. Comme la vie est belle, tout d'un coup ! Le soleil brille. Regarde cette journée magnifique.

Il sourit. Cet air heureux qu'il affiche est tellement inhabituel que je ne peux résister au plaisir de l'embrasser.

— Absolument magnifique !

— J'ai été dans un tel déni, c'est ridicule. Deux mois passés à me concentrer sur tout pour éviter le stress émotionnel. D'un autre côté, mon boulot marche à fond, m'apprend-il avec une lueur d'humour dans le regard. C'est le point positif.

En sortant de la voiture, je regarde automatiquement autour de moi pour m'assurer que nous sommes seuls. Gus secoue la tête d'un air incrédule.

— Tu as fini de te cacher, j'espère. Viens au brunch.

— Non merci. De toute façon, je suis occupée. Je dois fouiller la maison pour retrouver mes poupées russes.

— OK, mais promets-moi de ne pas disparaître sans me prévenir, d'accord, Éphélant ?

— Pas de problème, je dis en lui touchant le bras. Amuse-toi bien au brunch.

Je jette un nouveau coup d'œil aux alentours et me dirige vers la limite du pré. Pour rester invisible, je zigzague de voiture en voiture. Une tactique rendue difficile par le peu de véhicules qui reste. Derrière moi, Gus chantonne l'air de *Mission : Impossible*. Ah ! Ah ! Quel humour !

En émergeant à travers la haie dans le grand champ, j'éprouve la même sensation de liberté que mon frère. Enfin, je peux marcher à grandes foulées et détendre mes bras sans craindre d'être repérée.

Il fait un temps superbe. Le ciel est d'un bleu pur. J'avance en me souvenant de mes sprints vers la cabane dans l'arbre sur cette même herbe, quand j'étais enfant. Je courais avec une joyeuse impatience vers l'échelle de corde et le trapèze. Et plus tard, en riant avec Temi, je montais en cachette des bouteilles de vin. Des flashs qui assombrissent le reste.

La mémoire de mes muscles aidant, je me hisse facilement le long de l'échelle de corde avant de marquer une pause sur la plateforme en bois pour scruter l'horizon. Je suis contente de revenir ici une dernière fois. Contente d'admirer la vue et de respirer l'air estival. Au moment où je vais grimper à l'étage supérieur, un craquement m'alerte. Immobile, je regarde vers le haut. Si quelqu'un se trouve dans la cabane, ce ne peut être que Bean. Personne d'autre.

— Bean ? C'est toi ?

— Effie ? fait Joe.

Joe ? Je me sens bizarre.

Dans une tenue de lin – chemise et pantalon assortis – parfaite pour le brunch, il descend l'échelle de corde.

On se dévisage sans parler.

— Salut ! je dis d'un ton que j'espère cool, j'étais simplement…

Il a l'air aussi décontenancé que moi.

— Oui, oui ! Excuse-moi ! Je dégage tout de suite. En fait, j'étais en train de t'écrire une lettre. Je n'ai pas terminé. Pour dire la vérité, j'ai à peine commencé.

— Une lettre ? À quel propos ?

— À propos de… plein de sujets, répond-il comme s'il choisissait ses mots avec soin. J'ai beaucoup de choses à aborder maintenant que j'ai décidé de me confier. Difficile de savoir par quoi commencer.

Son hésitation m'agace. J'ai envie de dire : « Pourquoi difficile ? Commence par n'importe quel sujet. Le principal, c'est que tu te lances. »

Bon, inutile de lui mettre la pression.

— Puisque je suis là, pas la peine d'écrire. Pourquoi ne pas démarrer par l'endroit où tu te trouvais ce fameux soir ? Avec une autre fille ?

Étonnement de Joe, pour ne pas dire effarement.

— C'est ce que tu crois ? Écoute, Effie, voici la vérité vraie. Je suis resté à Nutwork toute la soirée.

— Quoi ?

— J'étais garé dans une rue transversale. Quand ma mère m'a appelé pour savoir où je me trouvais, j'étais tout près, agrippé à mon volant. J'étais… (Il ferme les yeux une seconde.)… paralysé.

— Paralysé ?

— Incapable de bouger, d'indiquer à ma mère où je me trouvais. Et encore moins de te le dire.

— Mais pourquoi ? je demande, abasourdie. Il y a un rapport avec ce que tu m'as confié hier soir ? Tes angoisses ?

Sa réponse positive me bouleverse parce que soudain – mais trop tard – tout devient clair.

— Joe, que s'est-il passé quand j'ai séjourné aux États-Unis ? Pourquoi tu ne m'as rien dit ? Qu'y a-t-il que j'ignore ?

Je me tais, avec une envie subite de reconstituer l'histoire. Chaque détail. Parce que je n'ai jamais rien compris. Jamais.

Le regard de Joe exprime de la souffrance.

— Un événement s'est produit pendant ton absence. Moche. J'ai cru que j'allais perdre mon boulot. Être radié de l'ordre. Peut-être même poursuivi.

— Poursuivi ? Mais c'est affreux. Pourquoi ?

— À cause d'un accident à l'hôpital. Je suis tombé sur un médecin consultant qui… prenait de…

— Prenait quoi ? Ah oui !

— De la drogue. Il se piquait. Avant d'opérer. J'étais inquiet et donc j'ai abordé le problème avec lui. En privé.

— Et alors ?

Le visage de Joe se contracte.

— Il m'a dit qu'il était soulagé et heureux que je sois venu lui en parler. Il m'a invité à boire un verre, qualifié de jeune homme responsable, donné des claques dans le dos. C'était un piège. Deux semaines plus tard, il a signalé que je prescrivais de manière illicite de la drogue à un patient. Il a falsifié le dossier avant que j'aie l'occasion de défendre ma position. Il a encouragé la famille du patient à me faire un procès pour « négligence ». Bref, il a tout fait pour me détruire.

Sous le choc, je le dévisage. Quelqu'un s'est attaqué à Joe ?

— J'étais impuissant. Paniqué. Je n'arrivais pas à réfléchir. J'étais déjà crevé par le travail et la fac. Mon cerveau est arrivé au stade de la fermeture d'urgence.

— Pourquoi tu ne m'en as rien dit ?

— Je ne pouvais en parler à personne. Je ne pouvais pas, Effie. C'était trop énorme. Une catastrophe épouvantable.

— Pas même à ta mère ?

— Surtout pas à elle. C'est grâce à elle que j'ai pu poursuivre mes études médicales. Comment lui avouer que je risquais de tout perdre ? J'ai parfois pensé à quitter le pays. J'ai même cherché sur Google les endroits où je pourrais vivre. J'ai envisagé le Costa Rica.

— Le Costa Rica ?

Si je n'étais pas au bord des larmes, l'idée de Joe en train de chercher des pays où vivre dans sa disgrâce me ferait presque rire.

— D'accord, absurde. Mais j'étais parti en vrille, je ne pensais pas correctement.

Il secoue la tête, comme pour se débarrasser de ses vieilles élucubrations.

— Et au milieu de ce marasme, tu es rentrée de San Francisco. Tu étais heureuse. Ta vie semblait au top alors que la mienne tournait au désastre. Je me voyais mal te dire : « Coucou, tu te souviens de ton amoureux, le médecin ? Écoute, j'ai un truc marrant à te… » C'est la raison pour laquelle je suis resté à Nutworth, agrippé à mon volant dans un état de panique absolue.

— Mais je t'aurais aidé, je proteste. J'aurais fait n'importe quoi pour…

— Bien sûr, dit-il en me regardant avec une sorte de tendresse désabusée. Je savais que tu sacrifierais tout ce que tu avais pour me soutenir. Mais je ne pouvais pas le supporter. Et si je vais au tribunal ? me disais-je. Si les journaux parlent de moi ? Si mon déshonneur retombe sur elle ? Je ne te méritais plus. Je me sentais… souillé.

— Souillé ?

Joe tressaille.

— J'étais en très mauvaise posture. Et ça a duré longtemps.

Une pensée stupide me traverse l'esprit.

— Pourtant tu as encore un boulot. Tu es docteur Joe. Comment ça se fait ?

— J'ai eu de la chance. Le médecin consultant a été pris sur le fait par deux infirmières. Parce qu'elles étaient deux à témoigner, il n'a pas pu nier. Petit à petit, toute l'histoire est sortie. Après un tas de réunions, j'ai été innocenté.

Mais j'étais une vraie loque. Impossible de me détendre, de dormir… Heureusement, un collègue a repéré les signes de dépression et m'a envoyé me faire soigner. Et désormais, je suis comme neuf. Enfin presque. Cette expérience m'a aidé quand l'affaire de la télé a débuté. J'avais du recul, des stratégies de survie.

Pas étonnant qu'il se soit senti comme une loque. Bien qu'éloignée de ce drame, rien qu'en l'écoutant je me sens moi-même comme une loque. Je me laisse choir sur les planches pour digérer l'histoire. Au bout d'un instant, Joe fait de même.

J'ai des tas de questions en tête. Une seule pourtant me tient à cœur :

— Pourquoi tu as attendu tout ce temps avant de m'en parler, Joe ? Quatre années ont passé. Pourquoi, Joe ?

— Oui, j'aurais dû, mais je me sentais trop merdique. Ce que je t'avais infligé était impardonnable. Plus je revenais à mon état normal, plus je me détestais pour la façon dont je t'avais traitée. Je ne voulais pas que tu croies que je cherchais à me faire pardonner, que je voulais revenir dans ta vie ou recevoir de la pitié de ta part.

De la pitié ? Après une telle épreuve ? Seul Joe Murran est capable de se montrer aussi dur avec lui-même. C'est le secret de sa réussite mais aussi la cause de ses problèmes. J'aimerais le serrer longuement contre moi.

— Ce n'est pas la façon dont j'aurais réagi, tu le sais.

— Plus je laissais traîner, plus c'était difficile. Si ça peut te consoler, je n'ai raconté l'affaire à ma mère que le mois dernier.

— C'est vrai ?

Il hoche la tête.

— Elle était sous le choc. Bouleversée. Et tout d'un coup elle m'a conseillé de te le dire aussi. C'est dans ce but que je suis venue à cette fête, en espérant que tu y assisterais et que j'aurais l'occasion de remettre les pendules à l'heure. Avec quatre ans de retard.

Je revis en pensée cet horrible rendez-vous dans le café. Joe évitait mon regard. Il parlait comme un robot. Mais au lieu de m'interroger sur les raisons profondes de son attitude, j'avais pris ce qu'il disait au pied de la lettre. Je lui en voulais. Pourtant, j'aurais dû deviner.

— Joe, je m'en veux terriblement pour les méchancetés que je t'ai sorties.

— Je ne te reproche rien. Tu te sentais abandonnée, c'était compréhensible.

Son regard se fixe sur mon cou et je me rappelle une des horreurs que je lui avais lancées : « Une chance que tu m'aies offert le Plus Petit Diamant du Monde ! Comme ça, je n'ai eu aucun scrupule à le jeter à la poubelle. »

Oh, son expression de désespoir ! Et moi je n'avais rien perçu. Pourquoi ? Pourquoi ?

— Je regrette infiniment que tu ne te sois pas confié à moi, Joe, je dis, les larmes aux yeux. Je comprends ton silence mais c'est vraiment dommage. Si tu avais été franc, nous n'aurions peut-être pas…

« Nos vies seraient complètement différentes… » Voilà ce que j'aimerais dire. Un peu trop mélo ? Oui. Cependant, c'est la vérité.

— C'est vrai, mais pendant longtemps je n'ai pas été bien. Et quand mon état s'est amélioré, tu avais un amoureux. Tu étais heureuse. Allais-je perturber ta vie ? Te téléphoner pour te dire : « Je t'ai brisé le cœur. Mais je peux t'expliquer pourquoi. » Il était trop tard. Je ne pouvais pas espérer que tu me pardonnes. Dans la vie, on rate parfois les occasions.

— Je n'étais pas heureuse, je murmure.

Joe assimile mon aveu en silence.

— Pourtant tu avais l'air de l'être quand tu es sorti avec ce type, Dominic. Et avant, quand tu étais avec… (Il prononce le nom avec une certaine difficulté.) Humph.

La honte ! Je me voile la face avec mes deux mains.

— S'il te plaît, ne mentionne pas Humph ! Cet épisode est à oublier.

— Je dois dire que j'ai été étonné. Même ma mère, qui a toujours pris ton parti, a flanché quand elle t'a vue avec lui à l'église. Avec cette toque extravagante en fourrure, l'appelant « chéri » à tout bout de champ.

Joe laisse échapper un petit ricanement.

— « Humph chéri, fait-il en imitant ma voix. Tu es hilarant. »

— Arrête, je dis en riant malgré moi.

— À l'époque, je ne trouvais pas ça drôle mais aujourd'hui ça me semble tordant.

Je lui adresse un sourire presque timide. Le fait de pouvoir rire ensemble tient du miracle.

— Je m'excuse de mon comportement à la messe de Noël. C'était de la comédie. Je voulais te montrer ce que tu ratais.

Et puis, j'ajoute avec maladresse :

— Humph et moi nous n'avons jamais…

— Jamais ?

— Non !

Il faut qu'il le sache. Est-ce important ? Impossible d'en être sûre. Joe affiche un visage fermé, un regard énigmatique. L'atmosphère devient lourde. Allez, Effie, change de sujet !

— C'est drôle de se retrouver ici, à l'endroit où tout s'est terminé, je dis en remuant nerveusement mon pied sur les planches.

Pause. J'observe la poussière qui flotte dans un rayon de soleil.

— De mon point de vue, fait Joe à voix basse, c'est l'endroit où tout a commencé.

Ses mots me prennent par surprise. Pendant des années, la cabane dans l'arbre a été pour moi synonyme de tristesse, de larmes, d'humiliation. Soudain, je me souviens d'un après-midi plus ancien. Un long après-midi baigné de lumière. Deux adolescents font l'amour ensemble pour la première fois. Si je ferme les yeux, je peux sentir le tapis rugueux. Les planches inégales du sol. Le corps de Joe est sur le mien, insistant, puissant. J'éprouve des sensations à la fois nouvelles et intemporelles. De la douleur et du plaisir.

J'ai oublié. Ou, plus exactement, j'ai choisi de ne pas me souvenir. Mais aujourd'hui… Troublée, je dévisage Joe. L'atmosphère reprend vie. Entre nous quelque chose se réveille. Sous l'emprise de fortes pulsations, je vibre, je palpite.

Un désir nostalgique de ce qui se passait autrefois ?

Non ! Une envie, maintenant. Tout de suite. De son corps, de cet homme, à cet endroit précis.

Je me lève fébrilement, Joe fait de même. Je contemple la vue qui est la même depuis toujours, avant même notre naissance. Ensuite, lentement, je me tourne vers lui.

— Parfois la vie offre une nouvelle chance, je dis d'une voix enrouée. Parfois on peut revenir en arrière. Là… où tout a commencé.

Le visage de Joe change. Ses yeux sont plongés dans les miens. Ils expriment une interrogation urgente. La même question que je pose en silence.

— Je n'oublierai jamais cette journée, fait-il d'un ton grave qui me fascine. Pas toi ? On s'est embrassés exactement ici. On voulait aller plus loin mais on était tellement nerveux qu'on a failli renoncer. Et puis, à tour de rôle, on s'est demandé si c'était le bon moment car je ne voulais pas… Bref !

Il s'approche, le regard fixé sur moi.

— Tu as d'abord fermé les volets, je parviens à dire.

— Tu as de la mémoire !

Sans se presser, il va à la fenêtre, ferme les volets tandis que j'attends, frémissante de désir.

— C'est le bon moment ? demande-t-il avec tendresse.

Des images enfouies dans ma mémoire surgissent en masse et se mélangent avec de nouvelles divagations.

— Ça l'est ? je demande suivant l'ancien script à la lettre.

— Ça l'est ? fait-il, me répondant par une question.

Je vois à son expression d'incertitude sincère qu'il veut être sûr que tout se passe bien. Au cours des quatre dernières années, son visage ne m'a évoqué qu'arrogance et cruauté. Mais maintenant, comme si un voile s'était levé, je le vois tel qu'il est vraiment. Le Joe bienveillant, attentif, sensible que j'aimais était là, pendant tout ce temps.

— Oui, oui, oui !

Pendant une seconde nous nous jaugeons, sans bouger, prolongeant notre supplice. Ensuite, sa bouche est sur la mienne, mes mains sont dans ses cheveux, l'air est chargé de nos respirations haletantes. *On devrait ralentir*, je me dis. *Mais non, au contraire. Surtout pas*… Il me pousse contre le mur, la cabane oscille, mon jean se retrouve en boule par terre. Il faut dire que nous avons quelques années à rattraper.

16

Après ? Je suis incapable de prononcer un mot. Mes sens sont en surchauffe, ma peau à vif. Nous nous écroulons sur le sol. Je me blottis contre Joe, ma tête sur son torse. Nous contemplons le plafond comme la première fois. De minuscules rayons de soleil s'immiscent à travers les planches et me font cligner des yeux.

— C'était…

Joe semble aussi anéanti que je le suis. Il part soudain d'un rire incrédule.

— Il y avait si longtemps !

— Quatre années !

— Quatre ans de tension sexuelle, c'est long !

— Quel est le traitement, docteur ? je dis en jouant les innocentes, ce qui le fait rire.

— De ne pas être le con que j'ai été, confie-t-il en enfouissant son visage dans mon cou. J'aurais dû tout t'avouer.

— Tu m'as manqué, je lance.

Et je suis très en dessous de la vérité !

Joe soupire, étend ses bras comme pour attraper un rayon de lumière et dit :

— Toi aussi tu m'as manqué.

Une tristesse s'empare de moi.

— J'aurais pu être un soutien pour toi. Penser que tu as traversé cette période catastrophique tout seul m'est insupportable.

— Pareil pour moi. J'aurais pu être avec toi quand tes parents se sont séparés. Quelle épreuve ça a dû être ! Tu l'as surmontée ?

— À présent, je suis plus sereine. Je commence à voir les événements différemment. Car je ne pouvais pas comprendre. Pour moi, papa et Mimi formaient un couple parfait. Mais hier soir, Bean m'a ouvert les yeux. Aujourd'hui, je suis moins de parti pris. Je me dis que leur relation n'était pas aussi idéale qu'il y paraissait, que leur divorce n'était pas aussi inattendu que je le croyais.

— Bien sûr. Ce genre de décision ne s'impose pas d'un coup. Mais dis-moi, pourquoi n'as-tu pas assisté à la fête ?

Cette question directe me prend au dépourvu. Il me faut un certain temps pour y répondre.

— Mon père et moi, nous ne nous parlons plus. Nos rapports se sont détériorés. Krista y est pour beaucoup.

— J'ai eu un avant-goût de son caractère au dîner. Mais c'est moche. Vous étiez si proches, ton père et toi.

— Tu sais, les relations familiales sont compliquées.

— Heureusement, vous n'en êtes pas venus aux coups.

Il essaye de me remonter le moral et je l'en remercie avec un grand sourire.

— Je suis sérieux. À l'hôpital, j'ai vu des gens quitter en pleurant la chambre de leur grand-père malade.

Ils sortaient bras dessus, bras dessous, visiblement dans les meilleurs termes. Les vieux médecins endurcis en avaient la larme à l'œil. Un instant plus tard, ils se bagarraient sec dans le couloir. Un cas oublié en médecine stipule que « les blessés pour cause d'attaque familiale doivent patienter en salle d'attente ». Heureusement qu'aucun d'entre vous n'a été emmené aux urgences.

— Pas encore, je précise.

— Pas encore, répète-t-il en rigolant.

— Krista va expédier papa aux urgences s'il ne fait pas attention. À cause d'une overdose de parties de jambes en l'air.

— Vraiment ?

— Je les ai surpris dans un curieux jeu de rôle ce matin. Pas joli-joli comme spectacle ! Voilà ce qui arrive quand on espionne sa famille. Krista en bonne sœur, tu vois le tableau ?

Joe éclate de rire.

— Krista en nonne ? Quelle imagination ! On peut au moins lui accorder ça.

— D'après Mike Woodson, elle projette de plumer papa, j'annonce d'un air grave pour voir sa réaction. Je ne plaisante pas. Il a prévenu Gus pendant la fête.

— Il se base sur quoi ?

— Krista aurait ciblé papa, se serait renseignée à son sujet avant d'attaquer. Elle lui a déjà extorqué un diamant. Maintenant elle veut qu'ils ouvrent un restaurant ensemble, au Portugal. J'ai peur qu'elle lui pique son argent et qu'elle le laisse tomber. Tu en penses quoi ?

— Ton père est trop avisé pour se faire arnaquer. À moins que je ne me trompe ?

Je m'efforce de considérer le problème avec honnêteté avant de répondre :

— Je dirais que si on le flatte assez, il peut perdre toute jugeote. Il est assez vaniteux, en fait.

— C'est sa vie, après tout ! D'un autre côté, quelqu'un peut lui parler.

— Peut-être. Mais pas moi.

— Hum, fait Joe sans se mouiller.

Puis, après un coup d'œil à sa montre :

— Tu n'as pas faim, Effie ?

— Je suis affamée. Je n'ai pas pris de petit déjeuner.

— On va trouver de quoi recharger tes batteries.

— Promis juré ? je questionne avec un clin d'œil.

Pendant qu'il se rhabille, j'enfile le jean emprunté à Bean et son tee-shirt, donne un coup de balai sommaire, grimpe à l'étage au-dessus pour regarder si par hasard mes poupées russes y seraient. Mais non ! Je n'y trouve que quelques vieux emballages de bonbons et un tas de souvenirs.

— Au revoir, ma cabane perchée, je dis en descendant l'échelle de corde pour la dernière fois.

— On lui a fait une fête d'adieu sympa, résume Joe.

— Pas trop mal, oui. Hé, c'est fou comme tu as l'air chic dans cette tenue en lin, docteur Joe !

— Merci !

Les lunettes de soleil qu'il vient de mettre le rendent encore plus élégant.

— Quels sont tes plans dans l'immédiat ? demande-t-il alors que nous nous frayons un chemin parmi les hautes herbes. Tu viens au brunch ?

— Au brunch ?

— Oui ! fait-il en haussant les épaules, comme si c'était une évidence. Pourquoi pas ? Un peu de nourriture, quelque chose à boire. Coucou la famille !

À croire qu'il n'a rien percuté !

— Tu te souviens, Joe ? Officiellement, je ne suis pas là, à la fête, en tant qu'invitée. D'accord ?

— Je sais. Mais je me dis que, puisque tu y es et que tout le monde est là, eh bien c'est la dernière occasion que tu as pour… pour une réunion à Greenoaks. C'est maintenant ou jamais.

Pause. Il étudie mon visage avec circonspection avant de poursuivre :

— J'ignore ce qui s'est passé entre ton père et toi mais je suspecte que ce n'est rien de grave…

— On ne communique que par mail d'un mot, sur des points pratiques, j'explique les yeux fixés sur le sol. C'est trop triste !

— J'ai peine à le croire. Vous étiez tellement… Mais tout de même, tu fais partie de ta famille, Effie. Je déteste que tu te caches comme si tu étais une étrangère. Cette maison est aussi la tienne. Ta maison. Tu veux mon avis ? Je pense que tu dois entrer par la porte principale, la tête haute, avec fierté et sans flancher. Effie Talbot est dans sa maison.

— Effie Talbot est dans sa maison, je répète.

Cette phrase me plaît infiniment.

— Effie Talbot est dans sa maison, dit-il une fois encore. Il est encore temps d'y aller, de participer. Dans le cas contraire, tu risques de le re…

— Chut ! Regarde, c'est Lacey !

Avec ses superbes cheveux roux, elle arrive à travers champs, vêtue d'une robe rose pâle. Elle fait un signe dans notre direction. Je me fige.

— Joe, va de l'autre côté ! Vite !

— Pour aller où ?

— J'en sais rien. Mais on doit filer. Il ne faut pas qu'elle me repère.

— Trop tard !

Nous l'observons prendre une photo du paysage. Elle crie quelque chose. Joe agite le bras.

— Arrête ! je marmonne.

— Je ne peux pas faire comme si je ne la voyais pas, proteste-t-il en rigolant.

— Tu trouves ça drôle ?

— Effie, tu ne peux pas rester planquée à jamais. Pourquoi ne pas profiter de l'occasion pour sortir au grand jour ?

— Pas de cette façon, je réplique avant qu'une idée s'impose à moi. Écoute, Lacey ne sait pas à quoi je ressemble. OK ? Je ne suis pas Effie. Tu piges ? Je suis quelqu'un d'autre.

— C'est ridicule, s'emporte Joe.

— Non ! Pas question que Lacey coure prévenir Krista que je suis ici. Je suis… Je suis… une de tes amies. D'ac ? On se promène en bavardant. Voilà. On dit bonjour, tu fais les présentations… Je m'appelle… Kate. Et je m'en vais. Accepte, Joe, s'il te plaît. D'accord ?

D'abord interloqué, il semble se résigner.

— Très bien, soupire-t-il. Mais tu ferais mieux de mettre mes lunettes de soleil. Sinon, les yeux Talbot vont te trahir.

— Je compte sur toi, Joe, je murmure alors que nous arrivons près d'elle.

— Ne t'en fais pas ! Lacey ! Quelle belle matinée, n'est-ce pas ?

— Divine ! Je fais quelques prises de vue pour Instagram. Et qui est cette jeune femme ? dit-elle d'une voix pleine de sous-entendus, en inspectant mon jean minable et mon tee-shirt.

— Je te présente mon amie Kate. Kate, voici Lacey.

— Bonjour, je réponds en tendant la main mais en détournant la tête autant que la politesse le permet. Excusez-moi, je dois y aller…

— Ravie de vous rencontrer, Kate.

Impossible d'éviter sa poignée de main. Je m'approche en hésitant et serre sa main délicate aussi rapidement qu'il est possible.

— Une de vos amies, docteur Joe ? demande Lacey avec une curiosité non dissimulée.

Elle a de la suite dans les idées !

— Une collègue, en fait, je rectifie. Je suis médecin. Comme j'étais dans les parages, je suis venue faire le point sur une patiente.

Brillante improvisation, Effie !

— Très professionnel de votre part, commente Lacey, avec une intonation qu'il m'est difficile de déchiffrer. Votre patiente va bien, j'espère. Ne me dites pas qu'elle est morte, ajoute-t-elle avec un ton théâtral.

C'est comme si elle attaquait le professionnalisme de Joe, dont les malades, j'en suis certaine, ne meurent pas.

— L'état de ma patiente s'est grandement amélioré, merci, je réplique de manière enjouée. Quoi qu'il en soit, je dois partir. Ravie d'avoir fait votre connaissance, Tracey.

J'ai volontairement écorché son prénom. Un autre coup de maître, si vous voulez mon avis. J'ai déjà tourné les talons quand Joe m'apostrophe :

— Kate, j'ai oublié de te demander : comment étaient les constantes de ta patiente, ce matin ?

Stupéfaite, je me retourne. Joe me dévisage avec une expression neutre. Il se trouve drôle ?

— D'une façon générale, satisfaisantes. Donc ça va. Bon, je file…

— Satisfaisantes ? s'étonne-t-il.

Je le maudis en silence.

— Oui. D'ailleurs je te les ai envoyées en SMS, je lance, prise d'une soudaine inspiration. Tu les trouveras sur ton téléphone. Regarde.

— Ton message a dû m'échapper, dit-il toujours impassible. Tu me donnes une approximation ?

Je vais le tuer, ce mec !

— Eh bien, ce matin ses constantes étaient à… (Vite, un chiffre !) à un bon 35. Alors que pendant la nuit c'était entre 21 et 22.

— Aussi bas que ça ?

— Oui, j'étais inquiète mais elle a bien réagi au traitement.

— Ouais ! s'enthousiasme Lacey qui n'a pas perdu une miette de notre conversation. Et ça veut dire quoi pour le profane ?

— Kate, tu veux bien lui expliquer ?

OK, tant pis pour lui !

— Cela signifie que la patiente va se remettre, je dis, tandis que Lacey croise les doigts. Sa vie continuera. Ses petits-enfants se promèneront dans le parc avec elle. Elle sentira les rayons du soleil sur son visage. Étant médecins, nous ne pouvons pas en demander plus. Voilà pourquoi nous avons choisi cette profession. Pour la vie et pour le soleil.

Joe, le sourire aux lèvres, mime des applaudissements.

— Votre métier est magnifique, s'emballe Lacey. Vous, les médecins, vous méritez des médailles.

— Kate sera certainement décorée, fait Joe avec une grimace narquoise. Je te raccompagne à la porte, chère consœur ?

— J'en serais ravie ! Alors, au revoir.

Dès que je suis sûre d'être hors de portée de voix, je te fustige :

— Merci beaucoup ! Comment as-tu deviné que l'improvisation sur l'état de mes patients faisait partie de mes passe-temps préférés ?

— Une prémonition… Tu t'en es bien dépatouillée, au fait. Tu pourrais envisager de changer de carrière.

— Pourquoi pas ?

Son demi-sourire me rappelle la fois où je me suis déguisée avec une blouse blanche, un stéthoscope et rien d'autre. Une surprise pour son anniversaire. J'avais presque effacé nos moments d'amusement. Mais maintenant, tous les joyeux moments de notre vie d'avant réapparaissent, un peu comme des nerfs qui reprennent vie.

Nous marchons en silence jusqu'à la porte qui mène au jardin. Je me cache d'office derrière la haie de lauriers pour scruter les environs.

— Tu vas faire quoi ? demande Joe.

Sans rien dire, je contemple mon Greenoaks bien-aimé, avec sa tourelle, ses fenêtres en vitraux, sa maçonnerie en briques que personne n'apprécie sauf moi. C'est maintenant ou jamais, a dit Joe. Il a raison. Greenoaks va sortir de ma vie. Pour toujours. Je ne suis pas sûre d'avoir vraiment intégré cette réalité. Pas comme aujourd'hui, en tout cas.

— Je veux faire mes adieux à la maison, je m'entends dire. Entrer quand tous les autres seront au brunch, me balader partout et simplement dire au revoir.

Et tant que j'y suis, je chercherai mes poupées. Mais mon cœur n'a plus les mêmes priorités. Mes poupées finiront sans doute dans une boîte. Mais pas Greenoaks. Temi a également raison. Je dois prendre mon temps. Communiquer avec ma maison. La sentir. Respirer avec elle.

— Bonne idée, acquiesce Joe. Tu as besoin d'aide ? Tu veux que je vienne avec toi ?

— Je préfère être seule, merci, je dis en lui attrapant la main affectueusement. En revanche, tu m'aideras en allant au brunch et en faisant en sorte que les invités restent dehors un bon moment.

Il m'embrasse.

— C'est comme si c'était fait, Effie !

17

Je vais faire mes adieux à ma manière. Je marche résolument dans l'allée, respirant les odeurs familières de plantes, de bois, de terre. Je vais entrer par la porte principale, la tête haute, avec fierté et sans flancher. Comme Joe me l'a conseillé.

À une vingtaine de pas de la maison, j'évalue la porte. Je me sens comme une gymnaste qui se prépare à effectuer un saut périlleux. Grande inspiration… pointe des pieds : on y va.

Légère et rapide, je m'avance pour la dernière fois vers l'entrée de la maison de mon enfance. Je dois profiter de cet instant, me souvenir de chaque détail. La lumière faisant étinceler les vitres des fenêtres. Les feuilles des arbres soulevées par le vent. Le…

Arrêt sur description.

Une énorme vague de rire provenant de la table du brunch stoppe ma progression. J'étouffe un juron bien senti. Pourquoi faut-il toujours que les membres de ma famille soient aussi présents ? Et pourquoi s'esclaffent-ils, d'ailleurs ? Comment se fait-il qu'ils soient aussi hilares ? Des fragments de conversation, le son occasionnel des couverts contre les assiettes parviennent à mes oreilles. Je suis rongée par la curiosité. J'aimerais voir la décoration de table, la façon dont les invités sont répartis, leurs tenues, les plats qui sont servis. Tout, en fait.

Un tout petit, un minuscule coup d'œil suffira. Ensuite, j'entrerai par la porte principale, avec fierté et sans flancher. Oui, bon plan, Effie !

Je fais le tour de la maison et rampe vers les buissons de roses d'où je vais pouvoir espionner la table. Très joli, le décor : blanc et argent. La banderole flotte dans la brise. On se croirait à un déjeuner de mariage en plein air. *J'ai toujours rêvé que ma cérémonie de mariage se passe à Greenoaks*, je me dis avec tristesse. À condition que je me marie, bien sûr.

Bon ! Assez !

Je regarde de plus près. Les invités, d'abord : Krista en robe de soie décolletée qui expose ses seins bronzés comme sur un socle dans un musée, Lacey avec sa robe rose pâle. Bean a mis une robe à bretelles en tissu à fleurs avec une capeline en paille pour protéger son visage du soleil. Derrière son sourire, je détecte une sorte d'anxiété. Humph a revêtu un costume en lin noir très cool. Son ex-copine nutritionniste l'a sans doute choisi pour lui. Gus a l'air en pleine forme : combien de verres il a déjà absorbés ? Joe se cache derrière ses lunettes de soleil et boit ce qui ressemble à de l'eau gazeuse. Papa, qui préside au bout de la table avec un de ses sourires indéchiffrables, me semble aussi élégant et d'humeur joyeuse que d'habitude.

Pendant mon inspection, le soleil est sorti d'un nuage. Est-ce à cause de la lumière vive ? Les convives ressemblent à une bande de poupées russes alignées autour d'une table. Tous dissimulent les couches profondes de leur être, protègent leurs secrets soit derrière un sourire charmeur, soit derrière une paire de lunettes noires, soit sous un chapeau de paille, plus simplement par des mensonges.

— Quel brunch merveilleux, dit Bean à Krista. Le week-end a été très réussi. Très... hum... décontracté.

— Je te remercie, Bean. Je voulais offrir à cette maison une belle fête d'adieu. Tu sais comme Greenoaks est chère à mon cœur.

— Bien sûr, fait Bean après un moment et une longue gorgée d'eau.

— Vous savez, l'argent ne fait pas partie de mes préoccupations, confie Lacey à Humph. Ça ne m'intéresse pas. D'ailleurs, je n'ai aucune idée du prix des choses. C'est le cadet de mes soucis.

Quand elle lève les bras, ses multiples bracelets luisent au soleil.

— Une attitude très rafraîchissante, commente Humph en lui souriant.

— En tout cas, c'est ma façon de voir les choses, confirme Laccy avec modestie.

En revanche, quand elle se tourne vers Joe, elle suce une paille de manière on ne peut plus provocante.

— Vous êtes bien silencieux, docteur Joe. Quelqu'un d'autre que moi a-t-il rencontré la délicieuse Kate, ce matin ?

Kate ? Catastrophe, elle parle de moi !

Bean réagit au quart de tour.

— Kate ? Qui est-ce ?

— Une amie, répond Joe sans se démonter.

— Oh, plus que ça, je dirais, s'exclame Lacey. Elle est venue ici pour lui parler du cas d'une patiente. Pendant le week-end. Vous auriez dû voir sa façon de le regarder. Elle ne pouvait pas détacher ses yeux de vous, docteur Joe, si vous me permettez cette indiscrétion.

N'importe quoi ! Mon comportement était professionnel. Entièrement professionnel.

— Vous auriez dû l'inviter au brunch, dit Krista. Tous vos amis sont les bienvenus, docteur Joe.

— Je le lui ai suggéré, répond Joe, mais elle n'a pas voulu s'imposer.

Bean, visiblement agacée :

— Si je comprends bien, toi et Kate vous êtes…

— … collègues, complète Joe.

— Pas seulement, si vous voulez mon avis, intervient Lacey.

— C'est vrai ? s'inquiète Bean.

Sa déception est touchante. J'ai envie à la fois de rire et de remettre les pendules à l'heure. Et si je lui envoyais un message pour lui signaler que la dénommée Kate n'est autre que sa sœur Effie ?

Non. Pas tout de suite. En le lisant, elle risque de me trahir.

— Bean, tu aurais dû assister à la scène, insiste Lacey. J'ai été obligée de regarder ailleurs.

— Mais n'est-ce pas contraire à l'éthique professionnelle, de flirter entre collègues ? interroge ma sœur.

— C'était un simple échange entre médecins, rectifie Joe.

— Allez, docteur Joe, le taquine Lacey, admettez que des étincelles crépitaient entre vous.

Joe prend son temps pour répondre.

— D'accord, je la trouve séduisante.

— Ah, je le savais ! s'exclame Lacey.

— Et même très jolie. D'ailleurs, en y repensant, Kate est la plus belle femme que je connaisse. Sans conteste, appuie-t-il, imperturbable.

Une manière pour Joe de clore la conversation. Pourtant je pique un fard.

— Waouh, rigole Humph. Présente-la-moi !

— La plus belle femme ? se crispe Lacey.

— Il faut absolument que nous la rencontrions, lance Krista. Lacey, tu n'as jamais dit qu'elle était canon.

— Je n'ai sans doute pas prêté assez attention à sa beauté, réplique Lacey en repoussant en arrière sa luxuriante chevelure brushée avec soin.

Bien qu'elle affiche un sourire enjôleur, elle est à l'évidence vexée.

— La beauté est véritablement subjective, n'est-ce pas ? ajoute-t-elle avec un rire de gorge. Parce que, en ce qui me concerne, j'aurais décrit le physique de votre Kate comme assez quelconque. En fait, l'aspect extérieur des gens ne m'intéresse pas. Ce qui compte à mes yeux, c'est leur personnalité. Vous voyez, Humph ? C'est leur cœur, leur âme, leur esprit.

— Alors je dois être très superficiel, riposte Joe.

Je me mords les lèvres pour ne pas pouffer de rire.

Je commence à avoir des crampes dans les jambes. Je change de position.

Effie, arrête de jouer les espionnes ! Va plutôt dire au revoir à la maison comme la femme fière et forte que tu es. Mais impossible de quitter mon rosier, de me détacher du spectacle qu'offrent les membres de ma famille réunis pour le brunch.

Un autre exemple du show ? Gus s'adressant à Joe :

— Malheureusement, Romilly et moi nous avons rompu. D'un commun accord. C'est bien sûr très triste.

— Très triste, confirme Joe avec précaution.

— Très… très… très triste, entonne Gus avec un sourire béat qu'il camoufle très vite en plaquant une main sur sa bouche. Pardon, je n'étais pas censé sourire. Tout à fait déplacé. Parce que c'est très triste.

Petit cri de joie, suivi d'un froncement de sourcils soucieux.

— Très… très triste.

Il est torché, mon frère. Cela dit, je ne lui en veux pas.

— Désolé, dit Joe qui a du mal à garder son sérieux. Cette rupture est extrêmement… triste.

— En vérité ! fait Gus en avalant une gorgée de vin. Il est très affligeant de ne plus m'entendre traiter de pauvre connard.

— Un vrai manque, confirme Joe.

— Comment vais-je le supporter ? Je l'ignore, continue Gus en lorgnant la bouteille de vin et le verre de Joe. Tu veux m'aider à noyer mon chagrin ?

— Bien sûr, les raisons de l'absence d'Effie, ce week-end, ne sont un secret pour personne.

En entendant mon nom prononcé à l'autre bout de la table, je dresse l'oreille. Humph semble tombé sous le charme de Lacey qui se penche si près de lui que ses cheveux roux cascadent sur son épaule.

— Un secret ? demande Lacey. Oh, je devine ! Elle veut vous éviter.

— Elle a toujours été amoureuse de moi, la pauvre, se vante Humph.

C'est sa version des faits ? Quel culot !

— Je la comprends, dit Lacey.

— Quand je l'ai laissée tomber, elle était désespérée. Elle m'a supplié de revenir sur ma décision, m'a bombardé de lettres...

Il se tait, les yeux dans le vague, comme plongé dans ses souvenirs.

— Humainement parlant, je suis navré pour elle, poursuit-il. Vous voulez savoir ce que je pense, Lacey ?

— Ouiiii !

Humph lui lance un noble sourire empreint de sagesse. Il se prend pour le dalaï-lama, ma parole !

— L'amour ne se force pas. C'est aussi simple que ça.

— Quelle pensée profonde ! s'écrie Lacey, qui affiche une expression pleine d'admiration.

— C'est nul, s'énerve Bean. Au fait, Humph, tu transformes la réalité. Effie n'était pas amoureuse de toi.

— Avec tout le respect que je te dois, Bean, il me semble qu'Effie ne partageait pas grand-chose avec toi.

— Mais si, figure-toi. Je sais pertinemment qu'elle ne t'aimait pas.

— Si c'est ce que tu crois...

Petite grimace à l'intention de Lacey, qui lance, l'air amusée et en plissant le nez :

— Pauvre Effie. C'est gênant !

— Je t'interdis de l'appeler « pauvre Effie ». Tu ne sais rien de cette histoire. L'idée qu'elle évite Humph est d'un ridicule achevé.

Elle a raison, Bean ! Bon, pour être honnête, je m'efforcerais d'éviter Humph quelles que soient les circonstances.

— Mais alors, comment expliquer son absence ? ironise Lacey. Qui s'abstiendrait d'assister à une fête de famille ?

— Elle avait un rendez-vous galant. Avec un sportif de haut niveau.

— Elle aurait pu l'amener, appuie Lacey. Pour moi, c'est bizarre. Tout le monde est là sauf elle. Il y a sûrement une raison autre. Ne me dis pas le contraire. Nous savons tous pourquoi elle n'est pas venue. Ou, plutôt, à cause de qui.

Quand, après sa plaidoirie, elle désigne Humph, celui-ci lève son verre vers elle en toute reconnaissance.

— De quoi parlez-vous ? demande papa, tout d'un coup.

Tout le monde tressaille. Je me rends compte qu'il est silencieux depuis un bon moment. Assis en bout de table, l'œil vissé sur son téléphone, il semble coupé du reste de l'assemblée. Et soudain, il prend la parole. Il enlève même ses lunettes de soleil.

Comme il a un peu bougé, il m'est difficile d'observer son visage. J'avance furtivement vers le côté du buisson de manière à mieux le voir.

— De quoi parlez-vous ? répète-t-il en remplissant son verre.

— D'Effie, répond Bean en gratifiant Humph d'un regard meurtrier.

— Oh !

Légère crispation du visage de mon père. Il avale une gorgée de vin. Quand il repose son verre, sa main tremble un tantinet. Lui aussi a trop bu.

— Ma chère petite Effie, fait-il rêveur. Je la vois encore traverser la pelouse avec ses ailes roses de fée.

— Oui, ses ailes roses, se souvient Bean. Elle a refusé de les enlever pendant quoi… un an ?

— Tu te rappelles ? Tu les avais mises par erreur dans la machine à laver. Nous avons été obligés d'en commander des nouvelles tout en prétendant les avoir égarées le temps qu'elles soient livrées.

Bean part d'un rire franc.

— Si je me rappelle ! Elle n'arrêtait pas de dire : « Les ailes de ma fée. Elles sont envolées ? »

— Et nous, on répondait : « Ne t'en fais pas, Effie ! Elles vont sûrement revenir. »

En les entendant, je deviens toute rouge. Je ne devrais pas écouter en douce les membres de ma famille. C'est mal et déloyal. Je dois partir. Maintenant.

Mais je ne peux pas m'y résoudre.

Les invités écoutent les réminiscences familiales poliment. Il y a même un regain d'intérêt quand papa poursuit :

— Et le goûter d'anniversaire d'Effie sur le thème du cirque ?

— La plus belle fête. Inoubliable.

— Les jours heureux, dit papa après une autre gorgée de vin. Tellement heureux. Les plus heureux de ma vie, peut-être.

Il a dit quoi, là ? Je me fige. « Les jours les plus heureux de ma vie ? »

Mon cœur s'emballe.

— Bean, tu avais raison. Effie devrait être là. Elle a certainement de bonnes excuses pour ne pas être venue, elle peut se montrer têtue comme une mule mais… j'aurais souhaité qu'elle change d'avis.

— Elle réagit comme une femme outragée, avance Lacey. Et personne n'est plus déterminé qu'une femme humiliée.

— Rien à voir avec Humph, éructe Bean, furieuse. La raison de son absence ? Elle n'a pas été invitée.

— Mais si, bien sûr ! Tu te trompes, Bean.

— Comme je l'ai dit tout à l'heure, il y a eu un petit malentendu, intervient tranquillement Krista. J'ai tardé à lui envoyer son invitation. Je t'ai prévenu, Tony. Une erreur de rien du tout et elle a pris la mouche. Rien de surprenant puisqu'elle n'a pas mis les pieds ici depuis des semaines. Quelqu'un veut quelque chose à boire ?

— Ce n'était pas seulement en retard, persiste Bean, rouge comme une tomate. C'était une invitation en mode passif-agressif. Elle a eu l'impression de ne pas être la bienvenue. Tu as vu la soi-disant invitation qu'elle a reçue, papa ?

— Euh… Krista a eu la gentillesse de s'occuper de tout.

— Tu ne l'as pas vue. Tu n'as pas vérifié ! Tu n'as aucune idée de ce qui se passe dans ta famille. On n'arrive pas à te joindre, papa. Impossible de te parler en direct. Pas étonnant qu'Effie ne soit pas venue. J'ai failli faire pareil. Et toi, Krista, tu n'es qu'une grosse menteuse. Tu n'as jamais envoyé à Effie le mail dont tu parlais hier soir. Tu ne l'as pas suppliée de venir. C'est un tissu de conneries !

L'assemblée est ébahie. Lacey porte une main à sa bouche comme si elle assistait à une corrida.

— Je ne l'ai peut-être pas envoyé, se défend Krista. Une erreur. Mais franchement, tout ce ramdam ne rime à rien. J'ai adressé à Effie une invitation dans les règles.

Si elle avait voulu être parmi nous, elle serait là. Elle a décidé d'être absente. C'est son choix.

— Bean, d'après toi, elle ne se sentait pas bienvenue ici ? demande papa.

— Absolument !

Stupéfaction de papa. À travers les feuilles, je l'observe avec incrédulité. Il ne s'attendait pas à ça. Il ne s'est pas rendu compte de la souffrance qui a été la mienne pendant tout ce temps.

Je parle toute seule, le cœur battant fort d'une indignation justifiée. Soudain l'image que j'ai de moi me fait honte. Que m'est-il arrivé ? Qu'est-ce que je fais, cachée derrière un rosier, marmonnant dans ma barbe, ressassant mon dépit ? Alors que je devrais… je devrais quoi, au juste ?

« Les affronter, me souffle une petite voix. Établir un dialogue avec eux. » Je suis aussi lâche que Gus avec Romilly. J'évite le problème au lieu d'agir. Gus se cachait derrière son travail. Je me cache derrière un buisson. C'est du pareil au même. Quand on se cache, on ne peut rien arranger.

Je ne comprends peut-être pas d'où viennent les problèmes de papa. Il ne comprend peut-être pas d'où viennent les miens. À moins de nous parler, nous resterons à jamais des étrangers. Même si entamer les pourparlers s'avère compliqué. Douloureux. Même si je dois faire le premier pas.

Comment procéder ? Comment démarrer ? Dois-je simplement émerger de ce rosier ?

Cette hypothèse me pétrifie. Et si je restais camouflée un peu plus longtemps ? En plus, j'ai très envie d'entendre la suite de la discussion.

Justement, papa s'adresse à Bean :

— Pourquoi tu ne m'as pas prévenu ?

Elle explose :

— Mais je l'ai fait. Quand Effie m'a raconté l'histoire de l'invitation, je t'ai appelé. Je t'ai laissé des messages. J'ai tout essayé. Mais je n'arrivais pas à te joindre. Même cette semaine, je t'ai téléphoné un nombre incalculable de fois. Krista a répondu chaque fois et m'a envoyé paître.

— Il était débordé, proteste Krista avec force battements de cils. Tony, tu m'as dit que tu étais trop occupé pour parler aux enfants. Je n'ai fait que suivre tes instructions.

— Incroyable ! Pendant la fête, je n'ai pas pu te parler, s'énerve Bean en secouant la tête. Gus non plus. C'était comme si tu nous évitais. Et puis, Effie m'avait demandé de ne pas aborder le sujet. Pourtant il le fallait. Tu sais, papa, Effie n'était pas têtue. Elle était blessée.

J'analyse cette dernière remarque. Si je suis honnête avec moi-même, je me suis montrée têtue. Mais j'étais aussi blessée. Papa va finalement, oui, finalement, capter la situation. Je vois à son expression qu'il commence à digérer l'information. Seulement maintenant ? Mais sur quelle planète se trouvait-il ?

À la fin, il réagit.

— Quelqu'un est en contact avec Effie ? Quelqu'un sait où elle est à cet instant précis ?

Sans y penser, je me redresse à moitié, avant, dans un moment de panique, de replonger à l'abri des feuilles.

— À cet instant précis ? fait Bean, visiblement prise à contre-pied. Tu veux dire en ce moment même ?

— Oui ! Quelqu'un a une idée ?

Une sorte de frisson passe entre certains convives. Bean jette un coup d'œil affolé à Gus qui regarde Joe, lequel s'éclaircit la gorge avant de pointer son menton vers la maison en faisant semblant de bouger sa chaise.

Franchement ! Quelle comédie ! La subtilité n'est pas leur fort.

— Je ne pourrais pas dire avec exactitude, dit Bean d'une voix guindée. Gus, tu sais, toi ?

— Hum… Difficile à dire. En théorie, elle peut être n'importe où.

— Voilà. Ce n'est pas évident. De savoir. Où elle est.

Après cette déclaration, Bean boit la moitié de son verre d'eau.

— J'ai commencé à lui écrire un message ce matin, dit papa, la mine décomposée. Et, pour finir, je ne l'ai pas envoyé. Sans raison. Quand cesserons-nous de faire des erreurs ?

Tous semblent sidérés par cette question de pure forme. Tous, sauf Lacey qui s'écrie gaiement : « Mais non, un homme d'affaires aussi brillant toi ne peut pas faire d'erreurs ! »

Papa lui lance un coup d'œil inexpressif puis attrape son téléphone. Une seconde plus tard, mon portable vibre. Même si je sais qui appelle, ma gorge se serre en voyant son nom. Papa. Là, sur mon écran. Papa. Enfin !

Instinctivement, mon pouce va vers la touche « Accepter ». Mais je stoppe. Non, Effie, pas de bêtises ! Tu ne peux pas lui répondre, sous le rosier, où tout le monde pourra entendre notre conversation. D'un autre côté, comment ne pas répondre ?

Le corps glacé, l'esprit agité, je regarde mon téléphone vibrer. Soudain l'évidence s'impose. Le souffle court, les jambes ankylosées, je sors du buisson de roses et me dirige vers la maison.

— Elle ne répond pas, j'entends papa dire alors que je me redresse et marche vers la porte arrière.

Je ne réponds pas encore. Mais je prendrai contact avec toi très, très bientôt. Et pas par téléphone. En personne.

En poussant les cintres sur leur tringle dans l'armoire de Bean, je suis pleine d'appréhension et nerveuse. Je voudrais tisser à nouveau des liens avec mon père. C'est mon souhait le plus cher. Il y a encore des faits dans notre histoire qui me paraissent incompréhensibles, des événements qui semblent empêcher la réconciliation. Mais Joe était inaccessible. Donc peut-être que rien n'est impossible.

Du moment que je porte une robe seyante. Car c'est le plus important. Pas question que Krista et Lacey, qui paradent en bas avec leurs faux cils et leurs tenues impeccables, me regardent avec condescendance.

En quelques secondes, je suis entrée par la porte arrière et j'ai grimpé les marches jusqu'au premier. Et maintenant je m'active. Car j'ai l'intention d'apparaître au brunch aussi rapidement que possible. Et même plus vite encore.

Je trouve finalement la robe que je cherchais : en tissu bleu imprimé avec une écharpe assortie. Je l'enfile et j'applique à la hâte un peu de maquillage. Mes cheveux sont dans un état déplorable mais je vais les discipliner dans une des pinces brillantes de Bean.

Une touche de blush pour me donner bonne mine, un dernier coup d'œil dans la glace et hop, je sors de la chambre. À mi-parcours dans l'escalier, je passe devant une porte-fenêtre donnant sur le balcon-mezzanine qui surplombe la pelouse. Bien que pressée, je m'accorde une petite pause pour étudier la scène. Spectacle idyllique : une réunion de famille au soleil autour d'une table joliment dressée. La banderole est soulevée par une douce brise. Les verres et les assiettes scintillent. Les invités sont élégants. Papa trône en bout de table à la manière d'un noble patriarche.

Mon arrivée surprise est imminente. À cette idée, mon cœur s'emballe. Comment vais-je m'y prendre ? Je vais m'approcher de papa et dire… Dire quoi ?

« Papa, c'est moi. »

Non, idiot ! Il sait que c'est moi.

« Papa, ça fait trop longtemps. »

Non, il va avoir l'impression que je l'en rends responsable.

Bon, je vais improviser…

Des applaudissements me font sursauter. Humph fait une démonstration de yoga sur l'herbe. Avec son costume de lin, il porte des sandales en cuir. En fait, sa position – jambes remontées jusqu'au visage – a l'air plutôt inconfortable.

Que se passe-t-il ? Il faut que je sache. Machinalement, je pousse les portes de la fenêtre. J'ai un nouveau plan. Je vais rester sur le balcon jusqu'à ce que quelqu'un regarde en l'air et me remarque. Je lancerai alors un « bonjour tout le monde » en mode désinvolte face à leurs têtes atterrées.

Sortant d'un espace situé entre ses cuisses, la voix essoufflée de Humph s'élève dans l'air estival :

— Mes organes internes sont en phase d'alignement. Je sens le flot de mon *rhu*, je le sens traverser mon corps, soignant toutes les imperfections qu'il trouve sur sa route.

— A-t-il dit : « Je sens le flot de mon pus » ? demande papa à Joe qui s'en étrangle.

— *Rhu*, corrige-t-il en essayant de contrôler son fou rire. Il a dit *rhu*. Le concept de Spinken.

— Incroyable, s'exclame Lacey en tapant dans ses mains. Vous êtes naturellement doué pour les contorsions, Humph.

— Lacey, montre-nous comment tu fais le grand écart, l'encourage Krista alors que Humph reprend une position normale. Vous devriez admirer les grands écarts de Lacey.

Mais cette dernière n'est pas d'accord :

— Pas dans cette robe, mon chou !

Jusqu'à maintenant, personne n'a remarqué ma présence. Je m'avance vers la balustrade et me penche. Ma robe frémit dans la brise. J'écoute les bavardages. Ils vont sûrement me repérer, maintenant. Et si je les appelais ? Bean ou, plus précisément, sa voix exceptionnellement stridente, m'empêche de passer à l'acte.

— Qu'as-tu dit, Krista ? Tu peux répéter ?

Elle semble bouleversée. Alerte rouge ! Il s'est produit quelque chose de sérieux.

— Bean ! s'exclame papa.

Mais elle l'ignore.

— Ils ont vendu les meubles de ma chambre, dit-elle à Gus dans un demi-sanglot. Sans me prévenir. Mon mobilier Pierre Lapin. Les acheteurs de la maison les prennent.

Ils ont osé ? C'est monstrueux de leur part.

— Les meubles de Bean ? Papa, c'est insensé, intervient Gus.

Vu sa tête, notre père est visiblement dépassé par les événements.

— Krista ? interroge-t-il.

— Les nouveaux propriétaires veulent garder les quelques objets et meubles qui leur plaisent, se défend Krista. J'ai arrangé l'affaire avec l'agent immobilier. Tu ne m'as jamais dit que ces meubles étaient spéciaux.

— Pourquoi Krista se mêle de ça ? explose Bean.

— Je donnais un coup de main à ton père, voilà pourquoi. Il a eu beaucoup à faire ces derniers temps. Vous devriez en tenir compte, les enfants, au lieu de l'embêter pour un vieux mobilier sans intérêt.

— Mimi n'aurait jamais fait ça, dit Bean en fusillant papa du regard. Jamais. Je voulais mettre ces meubles dans la chambre d'amis de mon cottage. Je les voulais pour…

Les joues empourprées, les yeux fiévreux, elle s'arrête brusquement.

Elle les voulait pour son bébé. Au début, peut-être pour elle-même. Mais ensuite, c'est évident, elle les destinait à la chambre du bébé. Elle semble terriblement tendue et ça m'inquiète.

— Effie avait raison, dit-elle en repoussant sa chaise. Elle était dans le vrai mais je n'écoutais pas. Notre famille n'existe plus. C'est fini.

— Écoute, mon petit, dit papa consterné, on va arranger ça, je te promets.

Mais elle fait la sourde oreille.

— J'ai fait tout ce qui était en mon pouvoir pour resserrer nos liens familiaux, pour pardonner, j'ai lu des livres, j'ai écouté des podcasts. Je suis venue assister à cette foutue fête, je me suis fait faire un chignon qui me fait mal au crâne. J'en ai assez, marre, ras le bol.

Avec des gestes désordonnés, elle arrache les pinces qui retiennent ses cheveux tout en vociférant.

— Oui, Effie avait raison. Cette famille est en miettes. Pas question de recoller les morceaux. Nous sommes comme une assiette cassée. Comme celle-là, par exemple.

Elle attrape l'assiette posée devant elle, une blanche en porcelaine avec ornements en filigrane.

Je suis tellement sidérée par sa sortie que je dois m'agripper à la balustrade. Comment est-ce possible ? Bean a toujours été optimiste, conciliante. Si elle abandonne ce rôle…

— Cette assiette est intacte, rectifie Krista qui croit clairement que ma sœur a perdu la boule.

— Oh, vraiment ? J'ai dû me tromper.

Devant les invités ébahis, elle lance l'assiette sur les dalles de la terrasse, où elle explose.

— Désolée, Krista ! J'espère que tu ne comptais pas la vendre. Maintenant elle est bonne pour la poubelle. Et celle-là aussi, fait-elle en prenant une autre assiette qu'elle balance également sur les dalles.

— Encore un truc à jeter. Tu ne trouves pas dommage que les choses qu'on aime soient esquintées ?

Quand elle s'empare d'une troisième assiette, Krista se lève, furibarde.

— Je t'interdis de briser celle-là, menace-t-elle, le souffle court sous sa robe de soie.

— Et pourquoi pas ? rigole Bean. Tu nous as assez gâché la vie ! Tu as repeint la cuisine de Mimi, tu as défiguré notre maison, tu as jeté le contenu de ton verre à la tête d'Effie... Et maintenant tu oses te plaindre au sujet d'une assiette ?

— Cette assiette appartient à ton père, assène froidement Krista.

— Ah oui ? hurle Bean. C'est vrai que tu es au courant. Tu avais jeté ton dévolu sur lui avant même de faire sa connaissance. Tu avais pris des renseignements sur lui et sur le prix de la maison. Cette assiette vaut quelque chose, tu crois ? Peut-être va-t-il me la laisser en héritage ? Tu en penses quoi, papa ?

Elle se retourne et la lance en visant le cadran solaire de la pelouse. Un morceau de porcelaine tombe, par ricochet, directement sur le pied de Humph.

— Aïe ! crie-t-il. Tu m'as coupé le pied !

Ma sœur s'immobilise pour évaluer les dégâts. Personne ne bouge une oreille.

— Excuse-moi. Je suis vraiment désolée. Mais tu sais quoi, Humph ? Ton pied fait partie des dommages collatéraux. Comme mon mobilier Pierre Lapin. Comme la cuisine de Mimi. Comme tout ce que nous avons adoré. Effie avait raison. Tout est saccagé.

Les larmes coulent sur ses joues. Elle s'affale sur une chaise et, secouée de sanglots, gémit : « Tout est saccagé. »

Je ne peux pas supporter de voir mon adorable sœur, patiente, confiante, bienveillante, éclater en sanglots.

Sortant de ma stupéfaction, je me penche au-dessus de la balustrade, moi aussi en pleurs.

— Bean ! S'il te plaît, calme-toi. Tout va s'arranger !

— Effie ? s'étonne Bean en levant un visage ruisselant de larmes.

Je me penche encore davantage, regrettant de ne pas pouvoir attraper ses mains dans les miennes.

— Tout va s'arranger, je te promets. On va trouver un moyen. On…

Craquement sinistre. Pour la seconde fois de la journée, alors que la balustrade en bois cède sous mon poids, je me dis que je vais mourir.

Je ne crie même pas. Je tombe en avant sans pouvoir me retenir, en état de choc, comme foudroyée…

Je heurte quelque chose.

— Aïe !

Merde !

J'atterris non pas sur le sol, mais dans les bras de Joe qui a intercepté ma chute. Nous culbutons par terre en duo et roulons à deux reprises avant de nous arrêter. Je le dévisage pendant quelques secondes, respirant à grandes goulées, incapable de comprendre ce qui vient de se produire. Lentement, il relâche son étreinte.

Il est livide. Je dois l'être aussi.

— Merci, je bredouille. Merci pour… Merci !

La tête me tourne. Je vais être malade… ou pas. Je respire à fond et laisse échapper un drôle de rire en inspectant mes jambes.

— Pas un bleu, ni même une égratignure. Tu es le meilleur, Joe.

— Tu peux remuer tes bras et tes jambes ?

— Oui, et toi ? je demande après avoir fait quelques gestes.

— Oui. Maintenant lève-toi et dis-moi si tu as mal quelque part.

Je lui obéis. Me remettant sur mes pieds avec précaution, je fais quelques pas.

— Ma cheville est un peu foulée. Autrement, tout va bien.

— Tant mieux ! Il vaudrait mieux réparer cette balustrade.

Depuis le début de l'incident, c'est le silence. Soudain Lacey me montre du doigt.

— Mais c'est Kate !

— Non, c'est Effie, réplique Gus.

— Effie ? s'indigne Lacey. C'est Effie ? Je savais bien que tu n'étais pas un vrai médecin. Que ce que tu racontais n'était qu'un tissu de mensonges.

— Kate ? fait Bean qui, visiblement, vient de comprendre. Alors c'est *toi*, Kate. Ouf ! Voilà un poids de moins sur mon cœur. Alors, tous les deux, vous… ? ajoute-t-elle, son regard passant de Joe à moi.

— Tu vois, Bean, ce n'est plus la peine de me faire la leçon sur les relations sentimentales dans le boulot. Comment tu te sens, Effie ? fait-il en me baisant la main.

— Un peu remuée. Mais, bon… Et toi, Bean, ça va ? Je m'inquiète pour toi.

— Ça va moyen, admet-elle. Mais je vais m'en remettre.

— Prends un peu d'eau et vas y doucement, me conseille Joe tout en m'observant tandis que je bois.

— Regardez les deux tourtereaux, se moque Lacey. Finalement, tu es venue à la fête, Effie. Tu ne pouvais pas rester à l'écart, hein ? Tes oreilles ont dû siffler.

— Ah ça oui ! je dis en lançant un regard acerbe à Humph qui détourne les yeux.

— Sympa d'être passée, petite sœur. On peut dire que tu tombes à pic. Ah ! Ah ! dit Gus, que sa plaisanterie fait rire.

Jusqu'à maintenant, Krista n'a émis aucun commentaire. Je sens entre nous notre vieille animosité. Mais je m'en fiche. Je suis devenue plus adulte. Calmement, avançant sur les débris de porcelaine, j'affiche une expression des plus dignes.

— Merci pour ton invitation, Krista. Tu vois, je suis en mesure de l'accepter.

— Eh bien, tu es la bienvenue, Effie, comme toujours, dit-elle en pinçant les lèvres.

— Merci. C'est très aimable à toi, je dis sur le même ton formel.

— Avec plaisir, répond-elle en croisant les bras.

Il ne reste maintenant que papa. Je ne l'ai pas encore regardé. Ce n'était pas ma priorité. Mais c'est le moment.

Comme il est pâle ! Je suis bouleversée.

— J'ai cru que tu allais y passer, je pensais que tu... dit-il avant d'émettre le son rauque d'une boîte à musique rouillée. Mais tu vas bien. C'est ce qui importe.

— Papa...

— Oh, mon Effie !

Dans ses yeux, je lis la même chaleur, le même scintillement qu'autrefois, lorsque j'étais enfant.

— Papa...

Mais quoi dire ? Par où commencer ?

Près de nous, arrivant sur la terrasse, un homme s'éclaircit la gorge. Un homme chauve en costume, un attaché-case à la main.

— Hum, pardon de vous interrompre, dit-il en évitant de marcher sur les morceaux d'assiette. Je suis Edwin Fullerton, agent immobilier chez Blake, et je viens de la part des Van Beuren.

— De qui ? demande Gus en fronçant les sourcils.

— M. et Mme Van Beuren, les acquéreurs de cette propriété.

Regards un peu gênés de nous tous.

Donc les nouveaux propriétaires s'appellent Van Beuren. Première fois que j'entends leur nom. À mes oreilles, ce patronyme semble sinistre. Pas étonnant qu'ils volent nos affaires.

— Que veulent-ils ? interroge papa.

— Ils veulent que j'évalue avec précision l'espace disponible pour les camions de déménagement dans l'allée. Ça ne vous gêne pas que je mesure ? Surtout (nouveau raclement de gorge) dites-moi si ce n'est pas le bon moment.

Il fait semblant de ne pas remarquer les débris d'assiette ni le pied ensanglanté de Humph, ni même le visage plein de larmes de Bean. Pour finir, il dirige son regard vers le ciel comme si les nuages l'intéressaient au plus au point.

— Faites ce que vous avez à faire, je vous en prie. Nous venons de... (Papa semble hésiter à décrire le spectacle qui s'offre à nous)... bruncher.

— Bien sûr, acquiesce le dénommé Edwin avec tact. Il y a aussi certains petits points que je voudrais vérifier, si vous ne voyez pas d'inconvénient à m'accorder un peu de votre temps, monsieur Talbot. Une fois encore, si le moment est mal venu... (Raclement de pieds, cette fois.) Euh... vous savez, j'ai laissé un message sur votre téléphone portable.

— Vous n'êtes pas le seul, intervient gaiement Bean. Notre père a été particulièrement difficile à joindre cette semaine. Donc ça n'a rien d'étonnant.

Sa sortie me déconcerte. D'habitude, elle n'est pas ironique, alors que là elle semble à la fois lasse et tendue, comme si le niveau de ses attentes était tombé si bas qu'il était inutile de se donner la peine de le relever.

Le regard de l'agent passe nerveusement de papa à Bean.

— Ce n'est pas un problème, dit-il.

— Pas un problème sans doute pour un agent immobilier. Mais pour ses enfants, ça l'est. Sans parler du fait que notre belle-mère vend les affaires qui sont les plus chères à nos yeux. Mais nous formons une famille, pour le meilleur et pour le pire. Au fait, monsieur Fullerton, ajoute-t-elle en prenant une assiette intacte, les Van Beuren avaient-ils l'intention d'acheter de la porcelaine ? Parce que certaines pièces sont un petit peu abîmées. Désolée. Usure naturelle.

Edwin Fullerton contemple en silence le tapis de débris avant de lever la tête vers Bean pour voir si elle plaisante.

— Je dois consulter le contrat, fait-il.

— Eh bien, faites-le-nous savoir. Décevoir les Van Beuren serait pour nous le pire des cauchemars. Littéralement.

— Bon, articule Edwin, en peine de trouver une réponse plus construite. Bon. Très bien.

Papa paraît reprendre contenance.

— Je vous emmène dans mon bureau, monsieur Fullerton ? propose-t-il.

— Le pire des cauchemars, crie Bean alors que les deux hommes s'éloignent. Nous ne voulons que le bonheur des Van Beuren.

Je regarde Joe. Vu sa tête, je devine que la nouvelle personnalité de Bean le sidère autant que moi. Que lui est-il arrivé ?

— Je ferais bien d'y aller aussi, pour voir de quoi ils parlent, dit Krista à sa sœur. Sers-toi du vin, mon chou. Toi aussi, Humph !

Elle s'en va sans même un regard vers nous autres. Au moment où je vais prendre la parole, Humph me devance :

— Mon pied n'arrête pas de saigner. Il faut que j'aille aux urgences mais je n'ai pas de voiture. Mon père m'a déposé. Quelqu'un peut m'y conduire ?

— Aux urgences ? ricane Joe. Pour te faire soigner par la médecine traditionnelle ?

— Pourquoi tu n'alignes pas tes trucs-machins-chouettes ? lance Gus en se versant un autre verre de vin. Tu sais ? Les bidules internes. Ton *rhu* va tout arranger, Humph. Garde confiance en ton *rhu*.

— Très drôle. Mais comme tu ne sais pas de quoi tu parles, je suggère que tu te taises.

— Je croyais que le *rhu* était la panacée grâce à son pouvoir transcendant, dit Joe. La médecine commence et finit avec le *rhu*, n'est-ce pas que ce que tu prônais ?

— Il y a des *exceptions*.

— Des exceptions vraiment ? fait Joe. Écoute, en tant que médecin classique, je te conseille d'aller montrer ton pied aux urgences. Techniquement parlant, cette blessure n'est pas belle à voir.

— J'ai appelé un taxi, annonce Lacey, faisant preuve d'une efficacité toute professionnelle. Je vous accompagne, Humph. J'essuierai votre front fiévreux au lieu de me moquer, comme certains, de vos convictions.

Et, secouant sa chevelure, elle tance Joe :

— Les gens croient en la pénicilline, n'est-ce pas ? Pourquoi ne croiraient-ils pas au *rhu* ?

— Parce que… réplique Joe, ébahi. OK ! Je ne sais même pas comment répondre à ta question.

— Ah, tu vois ! triomphe Lacey, comme si elle venait de marquer un point.

Ensuite, avec force battements de cils, elle poursuit :

— Humph, mon cher, je viens avec vous pour m'assurer que tout aille bien. Ensuite, vous me montrerez votre bureau. J'aimerais en apprendre davantage sur votre travail.

Je parie que ça la passionne. Tout comme son château et son titre de noblesse. En revanche, mieux vaut qu'elle ne compte pas sur une énorme fortune. Elle serait déçue.

Elle tend son bras pour qu'il s'appuie dessus. Et ils s'éloignent, Humph clopin-clopant, Lacey d'un pas assuré.

Tout d'un coup, se souvenant de ses manières de garçon bien élevé, il se retourne et s'adresse à moi :

— Sois gentille de remercier ton père et Krista de ma part pour ce charmant brunch. Dis-leur que je suis navré de ne pas leur dire au revoir en personne. Et que je leur enverrai un mot.

— Je transmettrai. Bonne chance, Humph !

Le pauvre ! Si j'étais lui, je ne compterais ni sur le *rhu* ni sur Lacey pour assurer mon bonheur. Une fois le couple arrivé dans l'allée, hors de notre vue, c'est le soulagement général.

— Je savais que quelqu'un finirait aux urgences, dit Joe. Je l'avais prédit.

— Pas de brunch sans séjour aux urgences, je confirme avec ardeur. C'est même un proverbe, non ?

Soudain, en avisant les morceaux d'assiette qui recouvrent la terrasse et la pelouse, je pars d'un rire hystérique.

— Tu as vu l'état de cet endroit ? L'agent immobilier est terrifié.

— Il est en train d'appeler les Van Beuren pour leur dire de se dépêcher d'emménager avant que la maison soit complètement détruite par une bande de cinglés.

Je me tords de rire.

— Oh, la tête qu'il faisait ! Joe, tu es sûr de tes sentiments pour moi ? Parce que, je te préviens, je viens d'une famille assez bizarre.

— Mais je la connais par cœur, ta famille, grimace-t-il.

Après un coup d'œil à Bean, il se tourne vers moi avec une expression interrogative. Elle est assise, ses pieds nus repliés sous elle, ses bras enserrant ses genoux, le regard perdu dans le vague, oublieuse du monde extérieur.

Il faut que je surveille ma sœur et le petit être qui est en elle.

— Bean, ça va ? Tu as l'air tendue.

— Absolument pas, répond-elle du tac au tac.

— Allez, Bean, sois honnête !

— Mais non, je t'assure ! Je suis archicool. J'ai dépassé le stade du stress. Je me fiche de la maison, de la famille… de tout. C'est assez libérateur, en fait.

Elle part d'un drôle de petit rire, ce qui ne lui ressemble pas.

Inquiète, je me tourne vers Joe qui fronce les sourcils.

— Bean, j'ai parlé à papa au sujet de tes meubles et…

— Ne t'en fais pas !

— Mais…

— Franchement je m'en fiche ! Je me sens inerte, sans ressorts, comme un élastique sur lequel on aurait tiré trop fort et trop souvent. Je renonce. La seule chose qui m'importe, c'est d'aller au pub pour bouffer des chips. Des tonnes de chips.

Elle enfile ses sandales et attrape son sac.

— Oui, au pub, excellente idée ! clame Gus.

Il vide son verre et titube tellement en se levant qu'il doit se rattraper au dossier de sa chaise.

— Pourquoi on n'y est pas allés dès le début ? continue-t-il avec des gestes de conférencier. C'est toujours une erreur de bouder le pub. Mais il n'est jamais trop tard pour apprendre. Jamais trop tard.

— Venez tout le monde, c'est ma tournée, propose Bean.

— Accompagne-les pour t'assurer que tout aille bien, je glisse à l'oreille de Joe. Bean débloque et Gus est complètement torché.

— Pas de problème. Et toi ? Tu ne viens pas ?

— Dans un petit moment. Je dois terminer… un certain boulot.

— Compris !

— Effie…

Bean me donne une accolade totalement inattendue.

— Effie, je m'excuse. Tu avais raison sur toute la ligne. Tu voyais les choses avec clarté quand moi je me berçais d'illusions. Notre famille est en miettes. Brisée. Elle n'existe plus.

— Ne dis pas ça !

— Mais c'est bien toi qui l'affirmais, réplique-t-elle avec toujours le même drôle de petit rire. Et c'est la vérité.

Avant qu'elle s'en aille bras dessus, bras dessous avec Gus, j'ai droit à une autre accolade. Je ne sais plus quoi penser. C'est vrai que je croyais notre famille détruite. Pourtant, dans la bouche de Bean, cette phrase sonne faux. Je voudrais protester. Lui dire : « Tu te trompes, ce n'est pas trop tard ! On peut recoller les morceaux. »

Question : est-ce possible ?

Mes yeux se tournent vers la maison nimbée du soleil de l'après-midi.

Il n'y a qu'un moyen de le savoir.

18

Je me tiens devant la façade de Greenoaks telle une gymnaste prête pour son deuxième essai. Cette fois-ci, rien ne va me détourner de mon but.

Légère mais déterminée, je m'avance pour la dernière fois vers la porte d'entrée de mon enfance. Je dois profiter de ce moment. Graver dans ma mémoire tous les détails. Le travail de maçonnerie (pas si affreux que ça) en briques. Les cheminées à la forme si particulière. Les vitraux. La manière dont…

Minute ! Qui est… ?

C'est Humph.

Incroyable mais vrai. Humph vient d'apparaître dans l'embrasure de la porte. Sur la première marche du perron, il s'accroche au chambranle de la porte pour ne pas tomber. À l'heure qu'il est, il devrait être en train de recevoir des soins médicaux. Ou de recevoir quelques soins langoureux de Lacey. Ou bien les deux.

— Salut ! fait-il d'une voix plaintive. Lacey est allée prendre ses affaires. Ensuite, on file aux urgences.

— On va s'occuper de toi là-bas. Bean n'a pas fait exprès, j'explique avec une pointe de culpabilité. C'était un accident.

— Je sais. Elle ne ferait pas de mal à une mouche. Elle semblait un peu… perturbée.

— Oui, il y a des périodes comme ça.

— Je ne lui en veux pas, dit Humph en hochant la tête avec une gentillesse non feinte.

— Tu sais si le type de l'agence est toujours avec mon père ?

— Il est sorti il y a quelques minutes mais je n'ai pas vu dans quelle direction il est allé.

— Merci.

— Effie, depuis quand tu étais sur le balcon avant de tomber ? demande-t-il quand je passe à côté de lui pour entrer dans la maison.

Pourquoi me pose-t-il la question ? Son expression gênée me renseigne.

— Tu veux savoir si je t'ai entendu te vanter de mon amour pour toi et des lettres dont je t'ai bombardé ?

Ses joues prennent une teinte de betterave cuite. Tout à coup, le gars godiche avec lequel je suis sorti a remplacé l'adepte du Dr Spinken.

— Je sais que tu n'as jamais été amoureuse de moi, marmonne-t-il, la tête baissée. Désolé.

— Je t'en prie.

— Moi-même je suis un peu perturbé ces temps-ci. Mes parents parlent de se séparer. C'est un peu l'enfer chez nous.

— Vraiment ? C'est moche.

Son vernis de suffisance est parti. Dans ses yeux, je lis l'expression d'un souci que je connais bien pour l'avoir éprouvé moi-même. J'ai tout d'un coup un élan de sympathie pour lui. Et même de l'affection.

— Ne t'inquiète pas, Humph. Tout va bien se passer. Si tu as besoin de parler, passe-moi un coup de fil. On bavardera en toute amitié.

— Je te remercie infiniment.

— Tu auras des hauts et des bas mais, si tu t'accroches, tu arriveras à les surmonter. Tu verras.

Ces mots me viennent spontanément. Ils sont nouveaux pour moi.

Suis-je sur le chemin de la réconciliation ? Enfin ?

— Content de l'entendre, dit Humph. Je vais suivre ton conseil. Tu as toujours été si posée, Effie.

Impossible de retenir un grand rire.

— Moi, posée ? Moi ? Posée ? Tu n'as pas écouté les amabilités dont on m'a affublée pendant le dîner ?

— Comment tu le sais ? Tu n'y étais pas.

— J'étais cachée sous la console et j'ai tout entendu.

Humph digère l'information en se frottant le nez.

— Je comprends. D'après moi, ce n'étaient que des calomnies. J'ai toujours pensé que tu étais une personne très posée. C'est pour ça que je t'admirais.

Je lève les yeux au ciel.

— Non, Humph, tu ne m'admirais pas.

— Si, je t'assure. Alors tu t'es remise avec Joe ? demande-t-il avec un drôle d'air.

Sourire béat de ma part.

— Oui, je suis à nouveau avec lui.

— Normal, fait-il en hochant la tête plusieurs fois.

— Et toi ? Tu es avec… Lacey ?

— Pour être honnête je ne peux pas me permettre de sortir avec elle. Elle va le découvrir très vite. En attendant, j'espère qu'elle va me conduire aux urgences.

J'avais oublié à quel point Humph pouvait être spirituel et expert dans l'art de l'autosabotage. Pendant toutes ces années, j'ai construit de lui une image négative, sans doute très exagérée – sans doute une façon de justifier à mes yeux la façon dont je l'avais traité.

— Je m'excuse, Humph.

— De quoi ?

— De mon attitude. J'ai été moche avec toi, à l'époque.

Il hausse les épaules.

— Je m'excuse aussi. À la même époque, j'embrassais vraiment comme un pied. Mais j'ai fait des progrès.

Nous éclatons de rire. Un jour, il faudra qu'on prenne un verre ensemble. Ça serait sympa.

— Bon, à la prochaine, je dis avec une petite tape maladroite sur son bras.

— Oui. Bonne continuation.

— Pareil pour toi, Humph.

Un instant plus tard, pleine de résolution, j'entre dans la maison. Effie Talbot est à Greenoaks.

En traversant le hall d'entrée, je suis une boule de nerfs. Que vais-je dire à papa ? Mes pensées tournoient à toute allure dans ma tête.

La porte de son bureau est ouverte. Je le vois, il m'aperçoit. Nous sommes comme paralysés. Sur nos gardes, aussi.

— Effie !

— Papa, je réponds, la voix étranglée. Je voulais… te parler.

— Entre !

Il se comporte comme s'il me recevait pour un entretien d'embauche. Bizarre ! La pièce est telle que je me la rappelle : le vieux bureau, ses ordinateurs, l'échiquier installé devant la cheminée. Nous avions l'habitude de jouer aux échecs. Quand Gus et Bean ont quitté la maison pour l'université, je venais ici après avoir fini mes devoirs. Papa buvait un gin tonic. Nous commencions une partie ou nous reprenions celle de la veille.

Mon père me dévisage avec tristesse.

— Malgré ton entrée fracassante, je suis content que tu aies changé d'avis et décidé d'assister à la fête. S'il te plaît, à l'avenir abstiens-toi de tomber du ciel, ma chérie. Sinon je risque l'infarctus et les urgences cardiaques.

Il veut me faire rire, c'est clair. Je tente un sourire. Essai infructueux. Trop de souffrance plane dans ce bureau. Mais peut-être suis-je la seule à m'en rendre compte.

— Papa…

Plusieurs introductions se profilent. *J'ai été bouleversée… Je me sentais rejetée… Pourquoi as-tu ignoré mes messages ?* Au lieu de quoi je m'entends dire :

— Papa, on s'inquiète pour toi.

— Mais pourquoi ? s'étonne-t-il.

— Gus, Bean et moi, on…

Je m'avance d'un pas avant de me lancer :

— Papa, est-ce que tu connais bien Krista ? Parce qu'elle a des arrière-pensées. Elle calculait en secret le prix des meubles avec Lacey. Nous les avons entendues en discuter. Sais-tu, en outre, que tu étais déjà dans son viseur avant que tu fasses sa connaissance ? Mike Woodson l'a confié à Gus.

— Mike Woodson a parlé de moi ?

— Tout le monde se fait du souci. Les gens veillent sur toi.

— Je n'ai pas besoin de leur aide, merci beaucoup, commence-t-il.

Pas question qu'il m'envoie promener de nouveau.

— Écoute-moi, je t'en prie. Krista a pris des renseignements sur toi au pub tout en prétendant être tombée sur toi par hasard. Elle t'a menti, papa. Elle en a après ton argent. Elle a déjà obtenu un gros diamant. Tu n'as jamais offert de gros diamants à Mimi. Elle veut que tu investisses tout ton argent dans un restaurant au Portugal et nous… nous sommes inquiets.

Je m'arrête en entendant le bruit de mitraillette des talons de Krista.

A-t-elle entendu ce que je disais ? je me demande, le cœur battant. Et quoi, exactement ? D'un autre côté, si c'est le cas, j'en serais ravie. Il faut que la vérité sorte, d'une façon ou d'une autre.

Accompagnée de Bambi, elle fait irruption dans le bureau. Vu son regard glacial, elle m'a entendue. C'est l'évidence même.

— Toujours le même discours, hein ? Tu penses que je suis une aventurière, intéressée par l'argent. Quelle farce ! Il n'y a pas un sou vaillant dans cette maison. Et je ne suis pas une aventurière. J'ai mon propre business. Je paye ma part. Tu crois que je suis assez bête pour me promener avec un diamant de cette taille au doigt ? C'est un zircon.

Si je veux dépenser de l'argent, j'achète des parts dans un fonds du Nasdaq. N'est-ce pas, Bambi ?

Bambi acquiesce en jappant.

Un zircon ?

Je contemple le pendentif brillant de mille éclats sur sa peau bronzée.

— Ce n'est pas un véritable diamant ? Papa et toi vous disiez…

— On le disait peut-être. Quelle différence ? On plaisantait à ce sujet. Je disais à ton père : « Pour tes enfants, je suis une aventurière. » On trouvait ça drôle. Mais toi, il faut que tu insistes. Chaque fois qu'il veut passer un bon moment, vous vous arrangez pour tout gâcher. Surtout toi, mademoiselle Effie.

En pointant un doigt vers moi, elle poursuit :

— Tout ça me rend dingue. Et pendant que tu déblatères sur moi, sache que ma sœur Lacey vous rend un service de taille. Son ex est antiquaire. Elle s'y connaît un peu et elle s'est constitué un bon réseau. Ton père est à court d'argent. Alors au lieu d'incriminer mon pauvre diamant, tu devrais plutôt t'inquiéter de ce problème.

— À court d'argent ?

— Écoute, Krista… s'écrie papa, peiné.

— Il est temps qu'ils sachent. Dis-lui, Tone !

— Effie, je crois que tu as fait fausse route.

— Tu es à court d'argent ? C'est quoi cette histoire ?

— C'est très exagéré, dit-il, les mains crispées sur le bord de son bureau. Mais j'ai des ennuis financiers. Et ça m'a pris la tête pendant un bon moment.

— Pourquoi tu n'en as rien dit ?

— Je ne voulais pas t'embêter, ma chérie.

Krista manifeste son impatience par quelques remarques bien senties :

— Pitié ! « L'inquiétude des enfants » : tu n'avais que ce mot à la bouche. Mais ils sont adultes. Ils peuvent s'inquiéter. Ils n'en mourront pas. Et si j'entends encore un mot sur cette putain de cuisine…

Si elle continue, elle va exploser. Ce qui ne m'empêche pas de l'affronter. De quel droit parle-t-elle comme ça de la cuisine ? Le culot !

— La cuisine de Mimi était une œuvre d'art, j'assène, tremblante de fureur. Un endroit magique. Tout le monde dans le village l'adorait, cette cuisine, pas seulement nous. Si tu n'es pas capable de l'apprécier…

— C'était une verrue de taille, me coupe Krista avec mépris. Tous les agents immobiliers pourront te l'affirmer. Belle maison. Enfin ! Curieusement laide. Mais à peu près vendable. À condition qu'on transforme cette horreur de cuisine. Qu'on la nettoie. Qu'on la repeigne. Qu'on se débarrasse de ces écureuils, de ces rats et de toutes ces saletés.

Le choc me coupe le souffle. Des écureuils, des rats et toutes ces saletés ? J'arrive finalement à retrouver ma voix.

— Il n'y avait aucun dessin de rat, j'objecte.

— Pour moi, tous ces animaux ressemblaient à des rats, rétorque-t-elle sans flancher. Donc je me suis dit que j'allais m'en occuper moi-même. Je suis assez bonne avec un pinceau dans la main. Mais ton père a commencé à se lamenter. À propos de Mimi, de vos précieux souvenirs, des enfants qui allaient le tuer. Donc je lui ai suggéré de faire retomber la faute sur moi. « Annonce-leur que c'est mon idée. Je me fiche de ce qu'ils pensent de moi. »

Et puis, tu es arrivée. La cuisine était superbement remise à neuf. Du coup, la maison attirait beaucoup plus d'éventuels acheteurs. Ai-je reçu des remerciements ? Non, bien sûr ! Je savais que tu piquerais une crise. J'ai dit : « Effie est celle qui va péter les plombs. » Et c'est ce qui est arrivé, aussi sûrement que deux et deux font quatre.

Je ne m'étais pas rendu compte…

— Dommage que tu n'en aies pas soufflé mot, papa. Si tu nous avais expliqué la réaction des agents immobiliers, nous aurions compris…

— Tu ne crois pas que ton père a assez d'emmerdements comme ça ? Il était hyper stressé. Il n'avait pas le temps de t'appeler au sujet de ces foutus placards. Je lui ai dit : « Pas la peine d'en parler, Tone ! On l'a fait. Fin de l'histoire. Point final. »

— Stressé à cause de quoi ?

— Décidément, tu n'as rien pigé ! éructe-t-elle. À propos du manque d'argent. Je te l'ai dit : il n'y a pas de magot à déterrer dans cette maison.

J'ai l'impression de devenir folle.

— Mais hier soir, pendant le dîner, tu as dit que cette année avait été excellente pour les investissements de papa.

Et voilà ! Je viens de me trahir. Alors autant avouer :

— J'étais cachée sous la console pendant tout le dîner.

— Quoi ? Oh, Effie ! s'exclame papa avec une sorte de rire.

— Tu étais sous la console ? fait Krista.

— Avant le dîner aussi. Quand tu mettais la table.

Et que tu te déshabillais, j'ajoute mentalement. Vu l'expression de son regard, elle a reçu le message cinq sur cinq.

— J'imagine que tu t'es glissée dans la maison. Je devrais poursuivre le videur. Il était censé interdire l'entrée aux intrus.

— Il n'a pas réussi. Et je t'ai entendue chanter les louanges des talents financiers de papa. Et le féliciter sur ses gains. C'est vrai, papa, n'est-ce pas ?

— Krista essayait de flatter mon ego. Elle voulait bien faire mais…

— Ça regarde qui ? s'énerve Krista. Il faut faire belle figure dans tous les cas. Répandre un peu de paillettes. Pourquoi ne pas faire croire que ton père est en pleine forme ? C'est quand même mieux que de raconter la vérité et de gâcher la soirée.

— Quelle est cette vérité ? je demande en les dévisageant à tour de rôle.

— Depuis le divorce, les choses ont été compliquées. Et Krista… Krista m'a aidé.

— Pour ce que j'ai été remerciée ! râle cette dernière en croisant fermement les bras.

J'ai le tournis. Ma perplexité est à son comble. Mon regard va de Krista – haute en couleur, vibrante, furieuse – à papa qui, comparativement, paraît gris et fatigué.

Ai-je mal jugé Krista ? Nous sommes-nous tous trompés ? Mais non. Non. Mon esprit refuse cette hypothèse. Souviens-toi, Effie : elle ne t'a pas invitée à la fête. Et elle t'a balancé son verre à la figure.

— Effie, demande papa avec gravité. As-tu évité de venir à la fête parce que tu n'approuves pas le fait que j'aie choisi Krista comme compagne ?

— Bien sûr que non ! je réplique, blessée. D'accord, elle et moi nous ne nous entendons pas. Mais ce n'est pas pour ça. La vraie raison, c'est l'invitation. Ou plus exactement l'anti-invitation.

— Krista t'a expliqué qu'elle avait fait une erreur, soupire-t-il. Ça peut arriver à tout le monde.

— Ce n'était pas une erreur. C'était délibéré. Et puis… j'ai supposé que tu étais d'accord, que tu ne souhaitais pas ma présence.

Réaction scandalisée de mon père :

— Comment peux-tu penser une chose pareille ?

C'est le comble !

— Écoute, papa, tu m'as supprimée de ta vie pendant des semaines. Le lendemain de la dispute dans la cuisine, je t'ai laissé un message vocal auquel tu n'as pas répondu. Ensuite tu m'as envoyé un horrible mail concernant la réexpédition de mon courrier. OK, j'avais compris. Papa ne désire plus communiquer avec moi. Parfait. On ne se parlera plus.

— Mais je t'ai invitée à déjeuner. Et tu n'as jamais donné suite.

— Quoi ?

— J'ai suggéré que nous déjeunions ensemble. Quand je t'ai fait livrer une corbeille de bonnes choses. Et je n'ai jamais eu de réponse de ta part.

Il me prend pour une menteuse ? J'en ai le souffle coupé.

— J'ai laissé un message téléphonique le lendemain. Quant à la corbeille, je ne l'ai jamais reçue.

— Elle venait de chez Fortnum, l'épicerie de luxe de Londres. Un petit gage de paix. Tu l'as certainement eue, Effie.

— Papa, si on m'avait livré une corbeille remplie de délices de chez Fortnum, je crois que je m'en souviendrais.

— Mais on te l'a fait envoyer. En tout cas, Krista s'en est occupée. Comme j'étais très absorbé par mes problèmes financiers, elle a insisté pour passer la commande. N'est-ce pas, Krista ?

En voyant l'expression belliqueuse de cette dernière, le regard de papa passe de l'incrédulité à l'effarement.

— Bon ! J'ai oublié ! se défend Krista. J'avais plein de trucs à faire. De toute façon, Tone, une corbeille de chez Fortnum était une absurdité, un achat que tu ne pouvais pas te permettre.

Elle a vraiment oublié ? Ou elle n'a pas pris la peine de passer commande ?

— Et mon message vocal ? je demande, prise de soupçons.

Elle hausse les épaules.

— Ton père en reçoit plein.

— C'est toi qui les tries ?

— Je lui fais gagner du temps. Je le protège comme si j'étais son assistante personnelle. Mon job est de filtrer les messages sans intérêt.

J'en reste sans voix.

— Si je comprends bien, tu ne transmets pas tout. Tu effaces certains messages ? Tu isoles volontairement papa. Même manœuvre avec Bean et Gus. Tu sais, papa, personne ne peut te joindre. On essaye de te parler en direct mais c'est mission impossible.

Papa regarde Krista. Une veine bat sur son front.

— Qu'est-ce que tu as fabriqué, Krista ?

— Tu m'as dit de faire appel à mon bon sens, affirme-t-elle sans vergogne. Eh bien, d'après moi, tu en fais trop pour tes gosses. Ce ne sont plus des gamins mais des adultes. Ils ont besoin de grandir, tous autant qu'ils sont.

Très pâle, mon père est pris de tremblements.

— Peut-être, assène-t-il en reprenant avec difficulté le contrôle de sa voix, mais c'est à moi d'en décider. Personne d'autre que moi ne décide de mes rapports avec eux.

Après un instant de silence et un coup d'œil à Krista, il ajoute, presque comme s'il se parlait à lui-même :

— Nos priorités étaient différentes mais... Effie, tu peux nous laisser un moment, s'il te plaît ?

Panique à bord !

— Bien sûr, je marmonne.

Je sors de la pièce, le cœur battant, ferme la porte et me réfugie dans le hall d'entrée. Après quelques pas, je stoppe. Le son de leurs voix parvient à mes oreilles. Le volume est fort, le ton, courroucé. Je reste plantée là, espérant saisir quelques bribes de leur échange bouillonnant. Devrais-je m'éloigner ? Oui, mais je ne peux pas m'y résoudre. J'ai l'impression d'avoir pris racine dans le sol. Que se passe-t-il ?

Soudain la porte s'ouvre avec violence. Krista sort, l'air furibard.

Oups ! J'aurais dû partir tant qu'il était encore temps. Son air méprisant, sa mâchoire serrée font peur.

— Tu as gagné, mademoiselle Effie, assène-t-elle. Avec ton père, c'est fini.

— Ce n'est pas un concours, j'objecte.

— Peu importe !

Ses yeux lancent des éclairs. Elle attrape un paquet de cigarettes dans son sac.

— Aventurière, moi ? Tu as un foutu culot. Oui, j'ai visé ton père. Tu sais pourquoi ? J'étais désolée pour ce type qui était une véritable épave. Pour ne pas me retrouver face à un dépressif, j'ai pris des renseignements sur lui. L'éternelle histoire. Un beau matin, bobonne se réveille, veut divorcer, lui pique tout son fric. Le mec va picoler dans un bar, Krista le remet sur pied. Pourquoi je fais ça ? Mon côté saint-bernard, je suppose.

— Mimi n'a pas ratissé tout l'argent de papa !

— Disons qu'elle s'est copieusement servie.

— Elle vit dans un appartement à Hammersmith. Ce n'est quand même pas le Ritz !

Krista m'étudie un moment avant de partir d'un éclat de rire sincère.

— Tu es naïve, constate-t-elle en sortant un briquet en or pour allumer sa cigarette. Mimi a eu bien plus de ton père qu'un appartement à Hammersmith. Si tu voyais son compte en banque... Tant mieux pour elle, remarque ! Mais pas pour ton père. J'ai entendu des tonnes de compliments sur ta merveilleuse Mimi. Sur sa personnalité généreuse et charmante. Sur ses dessins gentillets, ses robes de lin, ses paniers et tout le tintouin. On peut être en même temps chaleureuse et dure comme du fer.

Mimi, dure comme du fer ?

Une image impossible à intégrer. D'un autre côté, même si j'ai du mal à l'admettre, je n'ai vu qu'une partie du tableau. De la même façon, j'ai du mal à admettre qu'elle se soit montrée hargneuse avec papa. À ma connaissance, Mimi n'avait rien d'une femme d'affaires. Mais les arrangements financiers de divorce ne ressemblent-ils pas à du business ?

— Allez, Bambi, on s'en va, lance Krista qui a déjà tourné les talons.

Vite, Effie, réagis ! Elle sait plus de choses sur papa que n'importe qui. C'est ta seule chance d'en apprendre plus.

— Krista, concernant les finances de papa, que s'est-il passé ?

Va-t-elle répondre ? Pas sûr. Finalement, dans un haussement d'épaules, elle raconte :

— Il a commencé à faire des investissements à risque. Il passait ses journées sur son ordinateur. Mon père était bookmaker. Je sais lire la peur dans le regard des gens. C'est pour ça que j'ai commencé à aider Tony. En filtrant ses appels, par exemple. Tu peux penser ce que tu veux de moi, Effie. Mais on formait un duo, l'équipe Tony-Krista. Terminé, tout ça. Il est sympa, Tone. Je l'aime bien. Mais il trimbale des valises drôlement lourdes avec lui. Un sacré fardeau.

Elle me dévisage d'une manière désobligeante. Non mais ! Je ne me suis jamais considérée comme une valise.

— Tu es là, Bambi ? Viens, mon toutou d'amour.

— Attends, Krista ! Une dernière chose. Tu admets que tu as fait exprès de lancer un verre de kir royal sur ma robe ?

— Peut-être. Tu n'as pas fait mieux en me traitant d'aventurière intéressée.

— Et tu ne m'as pas invitée à la fête ? La dernière réunion familiale à Greenoaks. Tu m'as évincée délibérément en mentant à papa ?

Krista soupire et me jette un coup d'œil mauvais.

— J'aurais sans doute dû t'en envoyer une. Mais tu me cassais les pieds. Tu avais le don de m'exaspérer. Voilà.

— OK, je dis, prise d'une envie subite de rire. Merci pour ta franchise.

— Tout ça sans doute parce que tu as des tripes. Plus que ta sœur. Elle est gentille. Mais vous êtes très différentes. Tu vaux la peine qu'on se batte avec toi.

Est-ce un compliment ou je rêve ?

— Merci ! je dis à tout hasard.

— Tout le plaisir est pour moi.

J'étudie avec une sorte de fascination son visage impeccablement maquillé. C'est curieux : je souhaiterais mieux la connaître. C'est la femme avec laquelle je me suis disputée, qui a détruit sans sourciller mes rapports avec papa. Elle a causé tant de dégâts dans la famille qu'elle a failli nous séparer pour de bon. Mais elle a été bien pour mon père, elle a animé sa vie et l'a aidé de manière concrète. Elle manque peut-être de sens moral mais elle est forte, courageuse et a plus de qualités que je ne l'aurais pensé.

— Tu as tout d'une vraie poupée russe, je lâche sans réfléchir. Plus que nous, en tout cas.

Elle se hérisse.

— Tu me traites de poupée russe ? s'indigne-t-elle. Je ne suis pas russe et pas non plus une poupée. Tout mon corps est à moi. Sauf mes nichons. Mais se les faire refaire, c'est une question de politesse. De bonnes manières.

Dans une bouffée de colère, elle écrase son mégot dans une coupelle en céramique.

— Allez, Bambi, on se tire !

— Ça va aller ? je m'entends dire.

— Tu es trop drôle, Effie ! J'ai monté un business à partir de rien, j'ai débranché le respirateur artificiel de ma mère et j'ai flanqué un coup sur la mâchoire d'un requin. Alors, oui, je peux faire face à la situation.

Un peu sonnée, je l'observe monter les marches, la tête haute.

— Effie ? Tu es encore là, ma chérie ? appelle papa.

— Oui, je suis là. Toujours là pour toi.

Je retrouve papa dans son bureau, assis à côté de la cheminée devant l'échiquier. Pendant un instant, c'est comme si on avait remonté le temps.

— Je nous ai versé un whisky, dit-il.

— Merci.

Je m'assieds en face de lui. Il lève son verre à ma santé, je lui adresse un sourire hésitant et nous avalons une première gorgée.

— Effie, je suis tellement désolé, commence-t-il en reposant son verre.

— Moi aussi. (Je cherche mes mots…) C'était une sorte de malentendu, je pense.

— Une façon diplomate de le dire. Je n'arrive toujours pas à croire que Krista…

Il ferme les yeux sans poursuivre.

— Papa, on change de sujet.

Parler de Krista (ce que je ferai plus tard avec Bean) ne nous mènera à rien.

— Tu as assisté à la fête depuis le début ? s'étonne-t-il.

— Oui, en cachette.

— Mais pourquoi ? Pas seulement pour éviter Krista ?

— Non ! je réponds en rigolant. Je cherchais mes poupées russes. Tu ne les aurais pas vues, par hasard ?

— Tes poupées russes ? Si, il me semble les avoir vues quelque part. Mais où ?

— Bean m'a dit la même chose. J'espère que les déménageurs vont les retrouver.

— Elles ne sont pas perdues, me rassure papa.

Puis il ajoute avec un grand rire :

— Incroyable que tu te sois cachée sous la console. Tu te souviens du jour de Noël où tu t'étais glissée là-dessous, quand tu étais petite ?

— Je m'en souviens. Tu m'as rejointe. Ensuite tu m'as permis d'apporter le pudding à table.

— Les temps heureux, commente papa, le visage sombre.

Assise près de lui, je m'aperçois qu'il est plus ridé que la dernière fois que je l'ai vu. Il a l'air plus âgé, plus soucieux, pas du tout le « plus heureux des hommes », comme il le prétend.

Quel acteur, ce papa ! Il peut donner le change à ses invités et même à ses enfants. Mais la vie peut s'avérer complexe. Plus embrouillée qu'il ne le laisse entendre.

Tout d'un coup, j'ai honte. Lui ai-je déjà posé des questions sur son métier ? L'ai-je considéré comme une personne et non pas seulement comme un père plus que parfait à tous points de vue, un père qui ne divorcerait jamais, ni ne vendrait Greenoaks ?

— Dommage que nous n'ayons rien su de tes ennuis d'argent, je lance.

Immédiatement il affiche la mine du type décontracté.

— Ne t'inquiète pas ! répond-il avec un sourire signé Tony Talbot.

— Papa ! Stop ! Je ne suis plus une enfant. Dis-moi ! Si tu m'avais dit la vérité le jour où j'ai vu Krista photographier les meubles au lieu de m'engueuler…

En rejouant la scène dans ma tête, je l'interprète autrement. Cette fois-là, papa était en mode défensif. Gêné. Comme il ne pouvait pas supporter d'admettre la réalité des faits, il est passé à l'attaque.

Son expression change.

— Tu as raison, Effie. Ce fameux jour, je me suis mal conduit. Je m'en excuse. J'avais oublié que vous étiez des adultes. Bon, eh bien voilà…

Après une gorgée, il poursuit avec franchise :

— La situation était assez angoissante. J'étais fautif. Quand nous avons divorcé, Mimi et moi, il était évident que nos avoirs seraient séparés en deux et que la maison devrait être vendue.

— Je n'ai jamais pensé aux… dispositions matérielles de votre divorce.

— Normal ! Ma chérie, sache que ces arrangements se sont faits sans amertume. Mimi a bénéficié d'un règlement équitable. Nous étions tous les deux satisfaits de l'accord. Mais… cela a changé la donne. Dans mon plan budgétaire, je n'avais pas prévu de divorcer.

Il fait une pause pendant laquelle il boit son whisky. Une question me trotte dans la tête : y avait-il quelqu'un à qui il pouvait se confier ?

— Plus je pensais à la vente de Greenoaks, plus ce choix me semblait difficile, explique-t-il en promenant son regard autour de la pièce. Cette maison est plus qu'une maison. Tu vois ce que je veux dire ?

J'acquiesce en silence.

— J'ai donc décidé de me lancer dans des spéculations qui me permettraient de conserver Greenoaks. Funeste erreur. J'ai pris d'énormes risques, contre mes règles habituelles de prudence. Si j'avais été mon propre client… Mais il n'y avait personne pour me raisonner. En plus, j'avais ma fierté. Je me croyais meilleur spéculateur que je n'étais.

— Et alors ?

— Une catastrophe sur toute la ligne, fait-il sans s'appesantir malgré un regard grave. Deux semaines atroces pendant lesquelles j'ai eu peur de terminer sans Greenoaks et même sans toit du tout. C'est alors que j'ai confié ce qui concernait la famille à Krista. Ma seule préoccupation était de limiter les dégâts. L'ennui, c'est que je n'ai jamais récupéré la main. J'avais confiance en Krista. Et puis c'était la facilité.

— Et question finances, tout est rentré dans l'ordre ?

— Je survivrai, ma chérie, dit-il en posant une main rassurante sur mon épaule. Ça va aller. Peut-être pas dans une grande demeure comme celle-là mais la roue tourne. Greenoaks me manquera.

Il se sert un autre whisky. Je refuse d'un mouvement de tête qu'il me verse une rallonge.

— Je comprends que tu aies voulu garder la maison.

— J'étais tellement fier quand nous y avons emménagé. Un gosse de Layton-on-Sea dans cette maison. Je me rappelle la première visite de mon grand-père. Tu te souviens de lui ?

— Euh… Un peu.

— Je me rappelle encore son visage quand il a vu Greenoaks. « Eh bien, on peut dire que tu as réussi,

Tony », s'est-il exclamé. J'étais comblé. Remarque, c'était une fripouille, mon grand-père. Un jour, on s'est associés. On a inventé toutes sortes de stratagèmes pour gagner de l'argent rapidement. Bien sûr, aucun n'a marché. Je te l'ai déjà raconté ?

Je ris.

— Non. Déjeunons ensemble un de ces jours et tu m'en parleras.

— J'adorerais, ma chérie.

Je nous vois déjà dans un pub sympa, peut-être devant un bon feu de bois. Papa me racontant des anecdotes de son passé : cette idée me remplit de joie et d'optimisme.

— Greenoaks était bien plus qu'un symbole de statut social, poursuit papa. (Il fait tournoyer le liquide ambré de son verre.) C'était notre foyer chéri. Le point central de notre vie de famille. Je craignais que, sans elle, nos liens ne soient plus les mêmes.

— Bien sûr que si ! je rétorque avec une conviction qui me surprend. Nous n'avons pas besoin de Greenoaks pour resserrer nos liens. Nous sommes toujours une famille aimante. Mais… différente.

D'où sortent ces mots ? Je l'ignore. En les prononçant, je sens poindre une nouvelle résolution en moi. Je vais faire en sorte que cette phrase se transforme en réalité.

— Tu étais pleine de sagesse, Effie. J'aurais dû te demander conseil.

Ouais, c'est ça, je réponds silencieusement. Car je ne veux pas gâcher ce moment.

— Il faut que je parle à Bean, dit-il. Pour arranger les choses.

— Papa, tu ne peux pas permettre aux nouveaux propriétaires d'acheter son mobilier. Elle en aura le cœur brisé. On ne peut pas changer l'accord ?

— Désolé, Effie, les Van Beuren se sont montrés assez malins pour mettre des options sur des tas de choses. Il n'est pas question de faire capoter la vente de la maison.

— Mais…

— Non, Effie, n'insiste pas ! Avec Bean, il faudra que je trouve un moyen de me faire pardonner.

Nous nous taisons. Je vois bien qu'il est malheureux. Pas la peine d'insister. Il n'empêche que c'est injuste. Un rayon de soleil joue à cache-cache avec un nuage. Papa est perdu dans ses pensées.

Effie, à toi de rompre le silence.

L'instant est délicat. J'inspire profondément et lance :

— Pendant un long moment, je n'ai pas pu admettre votre séparation. C'était impensable. Je regardais sans arrêt des photos de vous deux, comme celle-ci.

Je sors mon téléphone et cherche une photo de moi sur un cheval à bascule. Nous la contemplons. Papa, Mimi et moi en tutu, un peu échevelée, tous les trois regardant l'objectif l'air radieux.

— Tu semblais heureux, je constate.

— Nous étions heureux, oui, confirme-t-il.

— Ce n'était pas feint. Vous ne faisiez donc pas semblant ?

Une larme coule le long de ma joue.

— Oh, ma chérie, c'est ce que tu croyais ? fait-il, bouleversé.

Je fixe l'écran du téléphone. Il proclamait à qui voulait l'entendre que c'était le bon temps. Et si cette attitude avait fait partie de son jeu pour épater la galerie ?

— C'est que vous paraissiez heureux jusqu'à l'annonce de votre divorce. Donc je me demandais si tout ce bonheur affiché n'était pas de la comédie.

— Effie, regarde-moi !

Il attend. Et je lève les yeux avec réticence.

— Écoute attentivement. Mimi et moi avons connu un bonheur sans nuages tout au long de ton enfance. Et même plus longtemps, bien après que vous, les enfants, avez quitté la maison. Ensuite, nous n'avons pas été malheureux ensemble. On s'entendait moins bien, voilà tout. Mais jusque-là ça a été l'accord parfait entre nous. Tu dois me croire. Rien n'était forcé. Notre amour était authentique. Et l'avenir, quel qu'il soit, le sera aussi, à sa manière. Un couple n'est pas une photo prise sur le vif. C'est un voyage ensemble.

Je pose une question qui me tourmente depuis longtemps, depuis l'annonce de leur divorce, en fait :

— Vous pourriez vous remettre ensemble ?

Je connais déjà la réponse.

— Pas de problème, papa ! Oublie !

— Viens ici, Effie, me dit papa, les yeux embués.

Nous nous étreignons, moi toujours agrippée à mon téléphone, lui me serrant fort contre lui. Je n'ai pas été dans les bras de mon père depuis si longtemps. Je croyais même que ça n'arriverait plus jamais.

— Excusez-moi !

Edwin Fullerton est à la porte, la mine embarrassée.

— Je ne veux pas interrompre ce moment, fait-il en examinant la pointe de ses chaussures mais j'ai un ou deux points de détail à éclaircir.

— Décidément, il tombe toujours mal ! marmonne papa.

— Ne t'en fais pas ! Tu as des trucs à faire. Et moi aussi, je lance, avant de quitter la pièce.

19

Je sors de la maison dans l'air tiède, un peu enivrée par les derniers événements. C'est parfait, positif. Le départ de Krista. Ma réconciliation avec papa. Mon rabibochage avec Joe. Problèmes réglés.

Je ne suis pas apaisée pour autant. Je me sens toujours nerveuse, à cran. Comme s'il me fallait résoudre encore quelque chose. Mais quoi ?

Une petite voix me rappelle : *Tu dois trouver tes poupées russes*. Je souffle. C'est la raison de ma venue ici. Mon but. Pourtant, ce n'est pas ma famille de poupées qui me met l'estomac à l'envers. C'est ma vraie famille.

Dans le jardin, les morceaux d'assiette jonchent la pelouse. Moche ! C'est ça, la dernière image que nous aurons de Greenoaks ? Des cris, des pleurs et de la vaisselle en miettes ?

Mon téléphone vibre. Je l'ouvre distraitement et tombe sur un message de Bean :

Tu es où ? Au pub, on commence une tournée de cocktails. Je te commande un mojito ?

Après avoir hésité, je réponds :

Tu reviens à Greenoaks ?

Réponse immédiate :

Revenir ? T'es dingue ou quoi ??? Bon, je te commande un mojito.

Mal à l'aise, je considère son message et tape :

Et le bassin des oiseaux ? Et les trucs que tu voulais garder ? Les souvenirs ?

Autre réponse instantanée :

Je me contrefous des souvenirs. Viens boire un verre.

Je lui envoie un émoji pouce en l'air. Pour gagner du temps. Je trouve sa réaction assez nulle.

Du coup, je compose le numéro de Temi. S'il y a une personne de bon conseil dans mon entourage, c'est elle.

Sa voix enjouée m'accueille au bout du fil :

— Effie ! Enfin ! Tu as tes poupées ?

— Non, mais je ne les ai pas vraiment cherchées.

— Comment ça, tu ne les as pas cherchées ?

— J'ai commencé. Mais des trucs de famille m'ont absorbée.

— Hum ! Quel genre ?

Un peu dépassée par les événements, je m'assieds sur mes talons.

— Temi, la famille a explosé. En morceaux.

— Je sais, trésor. Tu me le dis depuis un moment.

— Cette fois, c'est différent. C'est pire. Bean a quitté le brunch en trombe en criant que l'union familiale était foutue, définitivement.

— Bean ?

— Oui, c'était horrible. Elle a balancé des assiettes sur la terrasse de toutes ses forces.

Temi éclate de rire.

— Désolée, Effie ! Je sais que tu es stressée. Mais impossible de garder mon sérieux en imaginant ta sœur balancer des assiettes par terre.

— Elle a blessé Humph qui a été obligé d'aller aux urgences, je dis en rigolant malgré moi. Le point positif, c'est que papa et Krista ont rompu.

— Tu plaisantes ? Tout va bien, donc ! La prochaine fois que tu vas à une fête, inscris-moi sur la liste. OK ?

— Oh, Temi, quel dommage que tu n'aies pas été là ! La moitié des gens mettaient les pieds à Greenoaks pour la première fois. Si tu étais venue dire au revoir à la maison, la fête aurait été plus légitime et…

Je m'arrête au milieu de ma phrase. Mais oui ! Dans le mille. La fête n'avait rien d'authentique. C'était stupide, prétentieux, artificiel. Rien à voir avec une vraie fête d'adieu.

Pleine d'énergie, convaincue d'être dans le vrai, je me relève. Je sais exactement ce que je vais faire.

— Temi, tu peux sauter dans un train ? Tout de suite ?

— Quoi ?

— J'organise une fête d'adieu à Greenoaks. Ce soir.

— Encore une fête ?

— Oui, mais pas la même. Une vraie. Pas sophistiquée. Un feu de joie sur la butte… De quoi boire… Une fête à la Talbot.

— OK, compte sur moi. Je vais attraper le prochain train. Pas de feu de joie sans Temi, précise-t-elle, d'humeur joyeuse.

Je raccroche en souriant. Je vais organiser la fête que nous aurions dû avoir. Avec les bons invités. Sans Humph. Sans Lacey. Sans tous ces étrangers qui ne se sont pointés que pour picoler et manger.

J'ouvre mon mail et rédige une invitation :

Venez me rejoindre sur la butte pour profiter une dernière fois de l'atmosphère de Greenoaks. 20 heures. Buffet. Feu de joie. Affectueusement,

Effie

PS : Pas besoin de répondre. À tout à l'heure !

Ensuite, je crée un nouveau groupe WhatsApp pour papa, Bean, Gus, Joe, Temi et moi.

Son nom ? *Clap de fin.* Je colle le texte de l'invitation et j'envoie.

20

L'air du soir est encore doux quand Gus rajoute des branches à l'empilage de bois. Depuis le temps, il est imbattable pour construire un feu de joie.

— Vous voulez mettre les tapis à quel endroit ? demande papa, tout essoufflé par la montée de la butte.

— Là, je dis en désignant l'herbe derrière Gus. Comme toujours.

C'est l'endroit d'où on a les vues les plus splendides. D'un côté, on domine la maison et l'allée qui y mène, donc on peut voir qui arrive. De l'autre côté, on profite d'un dégagement exceptionnel sur les champs. J'ai attendu l'âge adulte pour apprécier ces panoramas.

— J'apporte les boissons, annonce Bean en nous rejoignant avec des bouteilles de vin. Oh là là ! C'est fou ce que je suis rouillée !

— Bravo, Bean ! s'exclame papa.

Elle lui adresse un petit sourire circonspect. Nous sommes tous un peu irritables. Bean, tout au moins. Gus a déjà un verre dans le nez bien qu'il prétende le contraire. Joe arrondit les angles. Et moi je gère l'organisation.

Au fond, j'aime bien être aux commandes, je me dis, au moment où je donne des instructions à Bean. Il faut que je me dégotte un job où l'ordre et la méthode priment.

Temi arrive à son tour avec les banderoles du brunch qu'elle a récupérées en bas.

— Pas de fête digne de ce nom sans fanions et drapeaux, annonce-t-elle.

Je jette un coup d'œil à la pelouse impeccablement nettoyée. Nous avons enlevé les débris de porcelaine. Impossible d'imaginer qu'une fête a eu lieu à cet endroit. Cette fête est morte ! Vive ma fête !

Temi plante une tige en bambou sur le sol pour accrocher la banderole. Hélas ! L'armature ne tient pas, ce qui lui arrache une série de jurons.

— Je vais t'aider, propose Gus. Il te faut du muscle !

— J'en ai du muscle, proteste Temi. Au bras de fer, je parie que je te bats.

Tel un animateur de goûter d'enfants, Joe apparaît en tenant une grappe de ballons qui s'entrechoquent au-dessus de lui.

— Ils étaient dans le salon. Au fait, je prends aussi la déco de la table Versailles ? demande-t-il, très pince-sans-rire.

— Je crois qu'on peut s'en passer, je réponds sur le même ton.

Ensuite, Bean s'approche. C'est l'occasion de lui parler.

— On pourrait essayer à nouveau de convaincre papa au sujet de tes meubles.

— Non, fait-elle à voix basse.

— On peut arriver à le persuader…

— Non ! j'ai tourné la page, me coupe-t-elle. Je n'en veux plus.

Je suis partagée. D'un côté, je parie qu'elle affirme le contraire de ce qu'elle pense. D'un autre, je trouve le sujet trop délicat pour être abordé dans l'immédiat.

— Gus, on peut allumer le feu maintenant, je suggère.

En expert des feux de joie qu'il est, il s'approche du bûcher tandis que papa se charge de déboucher les bouteilles.

— Effie, s'écrie-t-il soudain, je viens de me souvenir. Je sais où j'ai vu tes poupées russes.

— C'est vrai ?

— Oui, dans les mains de Krista.

La stupéfaction me rend muette. Je suis transformée en statue de pierre.

— Quand elle les a trouvées sous la banquette de la fenêtre, elle m'a demandé quoi en faire. Je lui ai dit de les garder, bien évidemment, se hâte-t-il de préciser devant mon expression accablée. Elle m'a assuré les avoir mises en lieu sûr. Elles se trouvent donc forcément dans la maison. Si on ne met pas la main dessus, je l'appellerai.

Krista, parlant d'un lieu sûr ? De quoi s'étrangler de rire. Le but de cette soirée est de resserrer nos liens familiaux distendus. Alors je ravale mon indignation et plaque un sourire sur mes lèvres.

— Merci, papa. On va les localiser facilement.

Ensuite, Bean apporte des coussins que nous disposons sur le sol selon notre vieille habitude. Ça y est ! Nous sommes à nouveau dans notre zone de confort.

Le feu prend, nous avons un verre à la main. Joe vient de monter avec un plateau de saucisses. Il a été d'une efficacité exemplaire cet après-midi, en faisant les courses et en allant chercher Temi quand son train est resté en rade dans une gare reculée.

Gus salive déjà.

— Les raviolis au homard, c'est bonnard, mais franchement rien ne vaut une bonne saucisse grillée.

Le feu crépite. Une fois de plus, le spectacle de ses flammes nous réjouit le cœur : un plaisir simple, spontané, la vraie façon de faire nos adieux à Greenoaks.

Notre famille s'est transformée, nos rapports sont différents. Peut-être évolueront-ils encore à l'avenir. Mais quoi qu'il arrive, nous serons toujours une famille.

— À votre santé, les Talbot ! s'écrie Temi. Merci de m'avoir invitée.

— C'est naturel, dit Bean. Tu as pratiquement grandi ici.

— Que de bons souvenirs ! continue Temi. Mais nous allons en créer d'autres.

— C'est notre objectif, confirme Bean.

— Tu l'as dit, ma grande sœur chérie ! je renchéris.

— Si on s'accroche aux choses à cause des souvenirs, poursuit Temi, on ne déménage jamais, on ne change pas de pays, on est dans l'immobilisme.

— Idem si on se cramponne à un petit copain nul au nom de quelques bons souvenirs communs, dit Bean. On doit le laisser partir. Autrement, c'est vite « Les sanglots longs des violons de l'automne… » comme disait le poète.

— Comme avec Niall, je lance.

Bean acquiesce parce qu'elle est restée avec son copain de fac beaucoup trop longtemps.

— Je me souviens encore de notre départ de France, raconte Temi. Une sale journée. J'étais si heureuse là-bas.

La région était ensoleillée. Nous habitions près de la plage. Je pouvais me promener pieds nus. Et je me suis retrouvée à Londres, sans parler un mot d'anglais, sous la pluie, entourée de gens qui ne semblaient pas très amicaux… J'étais persuadée que ma vie était fichue, terminée. Mais finalement, tout s'est bien passé, conclut-elle en me souriant.

Joe vient me rejoindre sur le tapis.

— Bravo, Effie ! Tes efforts sont récompensés.

— C'est trop tôt pour crier victoire.

— Mais non ! Tout est parfait. Même s'il n'y a pas de homard ni de DJ.

— Serais-tu en train de dénigrer la fiesta de Krista ?

— Certains hommes épousent toujours la même femme, dit Joe. La seconde est en général le double absolu de la première mais avec un prénom différent. Pourtant, ton père n'a pas suivi ce schéma, n'est-ce pas ?

— Pas vraiment, non ! Pour changer de sujet, je te remercie pour tout le shopping. Et pour être allé chercher Temi. Je t'ai à peine vu cet après-midi.

— Je voulais te poser une question. T'es-tu acquittée de ta mission ? Elle consistait en quoi, au fait ? Tu me fais assez confiance pour me le confier ?

— Bon, d'accord, mais c'est bien parce que c'est toi. Je suis venue chercher mes poupées russes. Je les ai depuis une éternité. Mon but était de les récupérer et de partir. Mais… les événements en ont décidé autrement.

— Je me souviens de tes poupées russes. Tu es vraiment venue pour elles ?

— Elles comptent beaucoup pour moi. J'avais peur qu'elles disparaissent dans le déménagement. C'est d'ailleurs ce qui semble s'être produit. D'après papa, Krista les a mises en « lieu sûr », sans doute à la poubelle. Mais on ne sait jamais, je continue l'enquête.

— Tu ne les as toujours pas trouvées ? dit Joe avec un drôle d'air.

— Non. Tu me trouves stupide ?

— Mais non ! C'était ça, ta mission mystérieuse ?

— Oui, pourquoi ?

— Parce que je sais où elles se trouvent.

— Hein ?

— Dans le hall d'entrée, à côté de la porte, sur le rebord de la fenêtre.

— Mais c'est impossible.

— Attends une minute !

Il se relève, descend la butte, traverse la pelouse en courant. Je l'observe, en pleine confusion. Comment peut-il connaître leur cachette ? Non ! C'est impossible. Il se trompe. Et même s'il avait une idée de l'endroit où elles se trouvent, elles n'y sont plus. Allez, Effie, pas de faux espoir !

Pourtant, j'attends, sous tension, le souffle court, les mains jointes. J'ai l'impression que mon cœur va jaillir de mon thorax. Mais le voilà, traversant la pelouse en sens inverse, escaladant la butte, un truc rouge dans la main. Mes poupées. J'ai les larmes aux yeux.

— Tiens ! Cadeau ! dit Joe.

Mes doigts caressent la silhouette familière de la plus grande de mes chéries. Je reprends ma respiration.

— Merci ! j'articule, bien que ce mot me semble faible par rapport à ce que j'éprouve. Merci beaucoup. Je pensais ne jamais les revoir.

Joe reprend sa place sur le tapis.

— Tu les avais tout le temps avec toi, je m'en souviens.

— Oui.

Le sujet ne l'inspire pas vraiment.

— Elles sont… jolies. Sont-elles considérées comme des objets de collection ?

— Peut-être.

Quand je pense à l'énergie que j'ai déployée pour les chercher alors qu'elles se trouvaient dans le hall. Contre toute attente, Krista les avait bien déposées en lieu sûr.

— Comment ne les ai-je pas vues puisqu'elles étaient dans le hall ?

— Elles étaient à moitié cachées par le rideau. Si je les ai repérées, c'est que j'ai passé pas mal de temps devant la porte. Cette petite dame n'arrêtait pas de me fixer de son œil glauque, commente-t-il avec une petite tape sur la plus grande des poupées.

Quelle audace ! Il a droit à un regard torve de ma part.

Comment les ai-je manquées ? C'est vrai, mon sens de l'observation n'était pas à son maximum quand je me suis introduite dans le hall pour sauter ensuite dans le placard à manteaux. Si j'avais pris le temps de jeter un coup d'œil…

— Si tu m'en avais parlé dans le rosier, je serais allé les récupérer pour toi.

— J'y serais allée moi-même, je t'aurais remercié et je serais rentrée par le premier train pour Londres.

Rétrospectivement, cette hypothèse me cloue au sol. Car dans ce cas, je ne serais pas avec lui aujourd'hui. La conversation dans la cave n'aurait pas eu lieu. Pas plus que la séance dans la cabane perchée et que tout le reste. J'en frissonne d'horreur.

— C'était moins une, résume Joe en levant les sourcils. On n'aurait jamais…

Je dévisage l'homme que j'ai failli perdre pour toujours. Pourvu que je ne me fourvoie pas une nouvelle fois !

— Joe, je dis en piquant un fard, nous… Sommes-nous… ? Tu veux… ? Où en sommes-nous ?

D'accord, je suis loin d'être claire. Mais je ne sais pas ce qu'il pense de nous, de notre situation. Je dois savoir. Que la réponse soit négative ou positive. Quelle est la signification de ce qui s'est passé ce matin ? La dernière rencontre de deux anciens amants, « salut, merci beaucoup, c'était sympa ». Ou…

— Effie, mon amour, tu poses vraiment la question ?

Ma gorge se serre en l'entendant m'appeler « mon amour ». Mais j'insiste. Son regard tendre ne doit pas m'influencer.

— Oui ! j'affirme en le fixant droit dans les yeux. Si la vie m'a appris quelque chose, c'est de ne jamais présumer de la réalité. Au contraire, il faut tirer les choses au clair. Sinon…

Tandis que je cherche mes mots, l'image de cette sculpture de yoga complètement inepte me vient à l'esprit.

— Sinon, tu peux t'imaginer que le mode d'emploi de l'assemblage est fourni alors qu'il ne l'est pas. Et cette erreur d'interprétation conduit tout droit à l'écroulement.

— À l'écroulement ? s'étonne Joe.

— Parfaitement ! Donc je te pose la question. Et j'attends de toi… une parfaite honnêteté.

Ma voix a tremblé mais je m'efforce de soutenir son regard. Le visage grave, Joe me regarde.

— Pour autant que je sache, le mode d'emploi est inclus, dit-il. Si tu coches la case, bien sûr.

Quelque chose dans mon corps semble se relâcher. Probablement un muscle, sous tension depuis quatre jours, qui se détend enfin.

— Je coche la case ! j'affirme.

— Bâtir une vie avec toi : voilà ce que je choisis. Une vie solide. Tu assembles les éléments avec maestria. Beaucoup mieux que moi, en fait. Je propose donc un projet de construction commun.

— J'excelle dans le maniement de la clé anglaise, je confirme en essayant de sourire sans y parvenir.

— J'irai jusqu'à avouer qu'il me semble impossible de construire la vie que je désire sans toi. J'ai essayé, rien n'a fonctionné.

— Oui, ce n'est pas si simple. Tu aurais pu commencer par monter deux étagères.

Il rigole avant de me prendre dans ses bras et de m'embrasser avec une détermination inédite.

— Nous sommes ensemble, glisse-t-il à mon oreille. Nous sommes de nouveau ensemble.

Nichée contre lui, j'acquiesce avec bonheur, une main serrant ma poupée, l'autre agrippée au cou de Joe. Jamais je ne les laisserai s'éloigner de moi. Jamais plus.

Après ce qui paraît des heures, nous relâchons notre étreinte. Joe affiche un air béat tandis que je sépare mes poupées et les aligne sur la pelouse en ordre de grandeur. Elles me sourient, avec leur visage heureux, comme si de rien n'était, comme si je ne les avais pas égarées, comme si tout allait bien.

Jouant avec la plus petite des poupées, je pose la question subsidiaire :

— Il y a toujours eu chez toi une part inconnue, enfouie sous des dehors accessibles. Un Joe que je n'ai jamais pu atteindre.

— Je sais. Je me ferme comme une huître, je m'isole du monde. C'est plus fort que moi.

— Laisse-moi entrer, Joe. Je veux pénétrer dans ton moi secret.

— Je vais essayer. Moi aussi, je veux atteindre le cœur de ton être.

— Tu y es déjà, Joe.

En jouant avec la plus petite des poupées, j'ai retiré de la matière adhésive collée à sa base. Et dans la cavité, quelque chose brille. Un petit morceau de chaîne en argent. Le scintillement du Plus Petit Diamant du Monde.

— Je n'en crois pas mes yeux, s'écrie Joe.

— La flamme a continué à brûler pendant toutes ces années, je dis en brandissant la minuscule bougie.

Il l'observe sans mot dire, puis il prend la chaîne et l'attache à mon cou. Je sens sa chaleur, comme si je l'avais ôtée quelques minutes auparavant.

— Effie…

Joe affiche une expression tourmentée. Je devance sa déclaration :

— On ne recule pas. On ne parle pas du passé. On va de l'avant. Vers le futur !

— Oh, tes poupées ! s'exclame Bean qui s'affale sur le tapis à côté de moi. Tu les as retrouvées ?

— C'est Joe. Il savait où elles se trouvaient.

— Évidemment ! rigole Bean. Fais confiance à Joe pour arranger les problèmes. Tu aurais dû lui demander d'emblée.

— Au contraire. Heureusement que je ne lui ai pas posé la question. Si je l'avais fait, nous ne serions pas assis là en ce moment.

Tout d'un coup, j'aperçois papa. Sans qu'on le remarque, il s'est éloigné vers l'autre côté de la butte où il s'est assis, seul, l'œil fixé sur le jardin. Son air désolé fait peine à voir.

Je donne un coup de coude à Bean qui réagit en plaquant une main affolée sur sa bouche. Je me tourne ensuite vers Gus qui s'arrête de bavarder avec Temi. Tous les deux s'approchent.

— Papa ?

Il me regarde avec une infinie tristesse. Allez, Effie, improvise ! Sois créative !

— On va chanter ! je propose. Allez, on s'y met tous !

Je me précipite vers lui, l'aide à se relever, attrape sa main et entonne d'une voix incertaine : « Ce n'est qu'un au revoir… »

Pendant un moment, personne ne bouge, personne ne vient me prêter voix forte. Je chante en solo. Un flop ! Une catastrophe annoncée. Subitement, papa se joint à moi. Sa voix résonne dans l'air à l'unisson de la mienne. Il me serre la main. Bean se dépêche de lui attraper l'autre main et lance des notes très aiguës et un peu fausses.

— Bravo, Effie ! Bravissimo ! me félicite Joe qui prend ma main libre dans la sienne et s'empare de celle de Temi qui chante à pleins poumons.

Pour finir, Gus se mêle au groupe, en beuglant aussi fort que s'il encourageait une équipe de rugby. En quelques instants, nous avons formé une chaîne. Alors, main dans la main, marquant le rythme de notre façon maladroite, nos visages illuminés par le feu de joie, nous chantons à tue-tête et rions quand nous oublions des mots. Nous chantons rassemblés, unis, ensemble.

21

À minuit, le vin est épuisé. Y compris la réserve de bouteilles. Plus de cidre, de saucisses, de gâteau au chocolat. Papa est rentré en prétendant qu'il était trop vieux pour passer la nuit sur la butte. Le feu s'est éteint. Gus, Joe, Temi, Bean et moi sommes blottis dans des sacs de couchage avec tous les coussins et les couvertures que nous avons pu trouver.

— C'est vraiment très inconfortable, se plaint Bean. Comment avons-nous pu dormir si souvent à la belle étoile ?

— Parce qu'on avait trop bu, explique Joe.

— Parce qu'on était jeunes, dit Temi. À une époque, j'étais capable de dormir n'importe où, après une fête. À même le parquet, sur un tapis, et même une fois dans une baignoire…

En rigolant, elle donne à coup à son oreiller.

— Effie, tu n'aurais pas un matelas gonflable qu'on pourrait utiliser ?

— Pourquoi pas sortir un vrai matelas de la maison ? suggère Gus.

— Et même un lit à baldaquin ? je réplique. Franchement, quelle bande de chochottes vous êtes ! C'est notre dernière nuit à Greenoaks. Nous devons la passer sur la butte.

Pas question d'admettre que je trouve moi aussi notre couchage très inconfortable. Ce n'est pas le sujet. L'important, c'est d'être à nouveau réunis comme autrefois. Même si les pierres nous percent le dos et même si, sans miroir, Temi ne peut pas appliquer sur son visage un de ses sérums revitalisants qui coûtent une fortune.

Je sombre dans une torpeur agitée, me réveillant plusieurs fois pour tirer la couverture sur moi ou me blottir contre Joe. À un moment donné, je me surprends à fixer les étoiles et les figures fascinantes qu'elles forment dans l'obscurité du ciel. Bean murmure dans son sommeil. Je me rendors. Et ainsi de suite pendant toute la nuit : je m'assoupis, je me réveille, je somnole. Tout d'un coup, il est 7 heures, le ciel est clair. Tout le monde dort sauf moi, qui me sens bien réveillée. Comme d'habitude.

J'ai froid. Sans doute parce que, pendant la nuit, je suis sortie de mon sac de couchage. Je suis courbatue avec l'impression d'avoir quatre-vingt-treize ans. D'un autre côté, un nouveau jour commence, l'air est pur et rien, ni murs, ni fenêtres, ne fait écran entre mon visage et le ciel. Je respire à fond. Le sentiment de satisfaction que j'éprouve est plus fort que les légères contusions de mes épaules. Nous sommes là, ensemble. On y est arrivés.

Appuyée sur les coudes, je contemple les environs en me demandant si j'ai assez d'énergie pour aller préparer du thé pour tout le monde ou si je vais réveiller Gus pour qu'il s'en charge. À ce moment-là, une Volvo arrive lentement dans l'allée. Arrêt du véhicule. Moteur coupé. Après un instant, une jeune femme sort de la voiture : la trentaine, des cheveux blonds ravissants. Elle porte un jean, des mocassins et une chemise blanche impeccable à rayures.

Sans bouger, je la regarde marcher vers la maison et lever le nez pour l'examiner. Après un coup d'œil vers l'allée, elle s'avance encore d'un pas et laisse échapper un petit cri d'allégresse tout à fait adorable. Ensuite, elle me repère sur mon poste d'observation. Mimique embarrassée de sa part. Cette visiteuse affiche un air si amical que je me lève et vais à sa rencontre.

— Bonjour. Désolée de faire irruption si tôt. Je suis Libby Van Beuren.

— Van Beuren ? je répète, sidérée.

Elle ne ressemble en rien aux Van Beuren que j'avais imaginés avec des têtes sinistres d'agents du FBI vêtus de costumes noirs.

— L'agent immobilier m'a dit que je pouvais débarquer sans vous déranger. Nous ne sommes propriétaires qu'à partir de mercredi mais, comme je passais dans le coin, je n'ai pas pu résister. Vous êtes un membre de… la famille Talbot ?

— Je suis Effie Talbot, je dis en lui tendant la main. Avec les autres (qui, soit dit en passant, commencent à ouvrir l'œil), nous avons… Pour dire au revoir à la maison, nous avons fait un feu de joie et passé la nuit dehors.

— Quelle bonne idée ! s'exclame-t-elle. Cet endroit est magique. Oui, magique. La cabane dans les arbres. La tourelle. J'ai des tas de projets pour…

Elle est interrompue par l'arrivée de la camionnette « Déménagements Garsett » dans l'allée.

— Voilà vos déménageurs ! Eh bien, bonne chance ! dit-elle avec une grimace comique. À mon avis, déménager est la pire des choses, mais mon mari est dans le déni. En tout cas, je suis ravie d'être venue à l'improviste. Je suis tellement excitée. Dites-moi, vous étiez heureux ici ?

— Oui, nous avons été heureux ici.

— Dès que je l'ai vue, je suis tombée amoureuse de la maison. Elle est tellement originale. Avec ses vitraux et sa maçonnerie en briques.

— Tout le monde n'aime pas ces briques, je fais remarquer.

— Ce que les gens pensent m'est bien égal. Moi je les aime. C'est différent. Ça lui donne un air unique.

Je me sens en phase avec la nouvelle propriétaire des lieux.

— Je pense la même chose, j'affirme avec un sourire. Greenoaks est incomparable. Inoubliable.

Libby Van Beuren veut en savoir plus.

— Vous êtes nombreux ? Vous avez grandi ici même ? Était-ce un endroit parfait pour élever des enfants ?

— Oui. En fait mes parents se sont séparés. Mais ça va maintenant. Nous avons… réglé le problème.

Après le coup de sonnette du déménageur, papa apparaît sur le seuil, une tasse de thé à la main. Je réponds au regard surpris qu'il nous lance en agitant le bras.

— Je ne veux pas vous déranger davantage, dit Libby Van Beuren. Ravie d'avoir fait votre connaissance.

— Attendez ! J'ai une question à vous poser. Vous avez acheté le mobilier Pierre Lapin d'une chambre. Mon père l'a vendu sans… sans se rendre compte.

Je m'efforce de peser mes mots.

— Il appartient à ma sœur. Elle y est très attachée et cette perte l'a bouleversée. On peut le racheter, vous pensez ?

Elle a l'air désolée.

— Mais bien sûr ! Ne vous tracassez pas. Mon mari adore faire une bonne affaire. Il a fait le tour des pièces à la recherche de petits extras à s'offrir, rien que pour le plaisir. Ce mobilier nous plaît mais s'il compte vraiment pour votre sœur…

— Oui, il compte beaucoup pour elle. Merci mille fois.

— Je vais arranger ça avec Dan. En fait, ajoute-t-elle en baissant le ton, il ne va même pas le remarquer.

Une autre camionnette arrive.

— Je bloque tout le monde. Excusez-moi. Je file.

— Mais non, prenez votre temps.

Elle jette un coup d'œil à sa voiture.

— C'est vrai ? Vous permettez que mes filles voient les lieux ?

— Je vous en prie.

— Je vais les déposer au centre aéré mais je serais contente qu'elles aient un aperçu de leur futur nid.

Elle va vers sa voiture, ouvre la porte et aide à en sortir deux gamines en jean et baskets avec des cheveux brillants retenus par des barrettes. L'une est agrippée à un vieux lapin en peluche, sa sœur suce son pouce. Elles font quelques pas en se tenant la main et regardent la maison avec de grands yeux étonnés.

— Mes petites chéries, voilà votre nouvelle maison, dit leur mère.

— Elle fait peur, gémit une des petites, presque en larmes. J'aime mieux la maison de mamie.

— Elle parle de la maison de ma mère, m'explique Libby Van Beuren. On y est installés depuis un moment. (Puis elle s'adresse à sa fille.) Nous allons aussi aimer cette maison. Tu verras, on va s'y habituer. Tu vois Effie ? Elle a habité ici quand elle avait ton âge. Effie, je vous présente Laura et Eleanor.

Je me penche pour être à la hauteur des deux fillettes qui me dévisagent d'un air sérieux et méfiant.

— Votre vie ici va être super. Il y a des greniers où on peut jouer à cache-cache, des prés où on peut courir, et une cabane perchée dans les arbres. Et puis aussi un chemin de grosses pierres très amusant, j'ajoute, me souvenant soudain des dalles sur lesquelles on sautait avec Bean.

Je leur montre les pierres fichées dans l'herbe le long de la butte. Au bout d'un moment, elles bondissent d'une pierre à l'autre, comme nous le faisions.

— Merci, fait Libby Van Beuren. C'est difficile pour elles. Une nouvelle maison, une nouvelle école… Vous alliez à l'école du village ?

— Oui. D'ailleurs la directrice est toujours là. Elle est épatante.

— Merci de l'information. Au fait, ça doit être difficile de quitter cet endroit après tant d'années, dit-elle comme si l'idée venait de lui traverser l'esprit.

— Oh, ça va, je dis. Pas de problème.

— J'espère que nous allons mettre cette maison en valeur. C'est une responsabilité de s'installer dans un tel endroit.

Quelque chose en moi se détend. Elle va aimer Greenoaks et bien s'en occuper.

— Je ne me fais pas de souci, j'affirme en rencontrant son regard inquiet. Vous allez bien en profiter. Et, s'il vous plaît, restez aussi longtemps que vous le désirez. Laissez vos filles prendre possession de l'endroit. Ravie de vous avoir rencontrées. Bonne chance !

— Bonne chance à vous et aux membres de votre famille. Et revenez quand vous voulez. N'importe quand. On serait ravis que vous nous rendiez visite.

— Peut-être. Merci en tout cas !

Je grimpe au sommet de la butte. Gus est toujours assoupi, Bean est en position assise dans son sac de couchage, Temi a l'œil fixé sur l'écran de son téléphone et Joe, les cheveux dressés sur la tête, semble attendre mon retour.

— Qui c'était ?

— La nouvelle propriétaire de Greenoaks.

— Tu accuses le coup comment ?

— Parfaitement bien.

— Je dois retourner à Londres, annonce Temi en bâillant. C'est lundi.

— Moi aussi. Mon traiteur m'a organisé un boulot.

— Je pensais attraper le train de 8 h 20, dit Gus en regardant sa montre. Ça nous laisse du temps pour des œufs au bacon ?

— Regarde les deux gamines qui se poursuivent entre les buissons de roses, fait Temi, attendrie.

— Elles vont bien s'amuser ici. Je l'espère tout au moins.

J'ai changé. Je suis plus forte. Non seulement je suis capable de tourner la page mais j'en suis heureuse. Je me concentre sur l'avenir. Je suis sur le point de demander à Bean si je peux lui emprunter son blazer bleu marine quand j'aperçois un homme qui marche vers la butte.

Il n'a rien d'un déménageur. Je n'imagine pas non plus Dan Van Beuren comme ça. Comment le décrire ? Un visage sympathique, des cheveux épais et bouclés. Il s'approche et je le reconnais. Oh ! Oh !

— Je suis Adam Solomon. Je cherche Bean.

Sa voix est ferme, son regard direct.

— Je suis là, Adam. Bonjour ! répond Bean d'une petite voix craintive.

Elle quitte l'endroit où elle était installée, à moitié cachée par Gus. Sa tension est perceptible.

— Salut ! dit Adam.

— Salut !

À côté de moi, Joe paraît crispé. Temi ouvre des yeux grands comme des soucoupes. Et Gus change de position pour mieux voir.

— Je voulais te demander… commence Adam dont les cheveux volettent sous la brise. Veux-tu prendre ton petit déjeuner avec moi ?

— D'accord !

— Et tu veux aussi déjeuner ?

— D'accord.

— Et dîner ? Et encore petit déjeuner ? Et peut-être… partager chaque repas ?

En comprenant ce qu'il propose, le visage de ma sœur se transforme. On dirait qu'un rayon de soleil l'illumine, ce qui me fait réaliser combien sa nuit a été longue.

— Oui, dit-elle d'une voix tremblante, un sourire joyeux sur les lèvres. Oui, j'adorerais.

— Très bien !

Il se penche vers elle dans un geste amoureux. Ensuite, conscient d'être observé par un public certes restreint mais pour le moins curieux, il se contente de lui prendre la main. Et de la serrer fort.

Les yeux brûlants de larmes, je pousse un soupir. À la façon protectrice qu'il a de la regarder, il vient de passer haut la main l'examen « Fait Pour Ma Sœur ».

— Je vais faire du café et ensuite je te présenterai tout le monde dans les règles, propose Bean.

Tout le monde comprend qu'il faut bouger.

— Je vais prendre une douche, déclare Temi.

— On doit avoir du bacon, dit Gus. Je vais faire des petits pains au bacon.

— Je vais t'aider, confirme Joe. Tu viens, Effie ?

— Dans un moment.

Assise dans l'herbe, je regarde Bean et Adam descendre la butte, main dans la main. Derrière eux, se traînant dans une sorte de procession, échevelés, les vêtements froissés, viennent Joe, Gus et Temi, emportant les sacs de couchage et les couvertures. Comme au bon vieux temps.

Ils traversent l'allée et disparaissent à l'intérieur de la maison. C'est le silence absolu. Pas de déménageurs en vue. Libby Van Beuren et ses filles ne sont plus là. Ne restent que moi et Greenoaks.

D'instinct, j'aligne mes poupées russes sur l'herbe et je prends une photo d'elles avec, en fond, la façade de la maison. Leurs cinq visages me fixent de leur sourire figé. Elles sont toujours connectées, toujours membres d'une même famille, toujours liées les unes aux autres même si elles sont séparées.

Je multiplie les prises de vue en utilisant différents filtres. Ensuite, je range mon téléphone et, les bras entourant mes genoux, je laisse mon regard se poser pour la dernière fois sur la tourelle, les vitraux, la maçonnerie en briques bizarre. Ma chère Greenoaks. Ma chère vieille maison affreuse.

Je n'y retournerai pas. C'est certain. Je n'en ai plus besoin.

Épilogue

Un an plus tard

Je suis décidée à ce que Skye soit notre demoiselle d'honneur. Elle est très en avance pour son âge. Par conséquent, je suis certaine qu'elle marchera bientôt.

— J'ai lu récemment qu'un bébé de huit mois avait fait ses premiers pas, je dis à Bean. Et sur YouTube il y en avait un autre qui trottinait à sept mois.

— Pas question de la pousser uniquement pour qu'elle marche à ton mariage, commente Bean avec un regard de mère outragée. Alors pas la peine de te faire des idées.

Skye nous regarde avec son merveilleux sourire lumineux. Allongée sur une peau de mouton dans sa chambre décorée sur le thème de Pierre Lapin, elle observe ses mains avec fascination. J'ai la même fascination, non seulement pour ses mains mais pour tout son petit être. D'ailleurs, je passe la plupart de mon temps libre chez Bean et Adam pour les aider.

— Et à quatre pattes, tu crois qu'elle pourrait être ma demoiselle d'honneur ?

— Une demoiselle d'honneur à quatre pattes ?

— Elle pourrait avoir une petite traîne blanche.

— Elle ressemblerait à une chenille, s'attendrit Bean. Ou à une petite limace rampant vers l'autel.

— Mais non ! Pas à une limace ! Hein, Skye ?

J'enfouis mon visage dans le ventre de ma nièce juste pour le plaisir de l'entendre gazouiller. Le soleil de cette fin d'été passe à travers les rideaux de mousseline. D'en bas provient le bruit d'un bouchon qui saute. Le signe que notre spritz va être servi. Dans la famille, nous avons toujours un événement à célébrer. Les fiançailles et le mariage de Bean, la naissance de Skye, et moi et Joe. Pas tout à fait habituée à sa présence sur mon doigt, je joue avec ma bague de fiançailles.

— Sympa, ce lapin en crochet sur la chaise à bascule, je dis à Bean dont le visage s'éclaire aussitôt.

— C'est Mimi qui l'a confectionné.

— Je ne suis pas étonnée.

Mimi est faite pour être grand-mère. Elle vient presque chaque jour depuis que Bean est sortie de la maternité, pour faire la lessive ou promener Skye autour du pâté de maisons. Elle ne s'est jamais occupée d'un petit bébé. Comme elle nous le fait souvent remarquer, c'est pour elle une nouvelle aventure. Ça l'est aussi pour nous tous.

Quand je suis en famille, je me sens différente. À égalité avec mon frère et ma sœur. Quand Adam, en déplacement professionnel, n'a pas pu assister à une des échos de contrôle de Bean, c'est moi qui suis allée lui tenir la main. Et je continue à lui envoyer des vitamines. C'est devenu une plaisanterie entre nous.

Ma sœur essaye toujours d'en faire trop. C'est dans sa nature. Mais, avec Gus, nous nous efforçons de la prendre de vitesse. À Noël, j'ai décidé du choix des cadeaux. J'ai même reçu la famille à l'occasion de l'anniversaire de papa et nous avons décoré mon petit sapin.

Le jour où Adam nous a annoncé la naissance de Skye, nous sommes passés à une autre génération. Désormais, je suis tatie Effie et papa est grand-papa. Bref, nous sommes montés d'un niveau. Gus l'a bien exprimé le lendemain, à la maternité, en disant : « Effie, c'est fini, notre enfance est révolue. Il est temps de grandir. »

Il est sorti avec plusieurs filles depuis sa rupture avec Romilly mais aucune de ses relations n'a duré. Papa aussi a rencontré une dame de cœur. Après la fête des adieux, il a mis du temps à récupérer. Pourtant, quelques mois plus tard, il nous a informés qu'il venait d'acheter un modeste appartement à Chichester, au bord de la mer.

Cette ville du Sussex lui convient. Il a commencé à faire de la voile. Son voisin se trouve être un vieux camarade d'université. Ces temps-ci, il fait parfois allusion à une amie très spéciale dont nous allons faire bientôt la connaissance, mais l'occasion ne s'est pas encore présentée. Il reste très discret sur le sujet : il ne poste plus de photos sur Instagram. On lui rend visite souvent. La dernière fois, alors que nous marchions le long du chemin des douaniers, j'ai dit à Joe : « C'est vraiment génial que papa se soit installé ici. »

Bean est enchantée de sa vie dans son cottage avec Adam et la petite Skye qui babille dans sa chambre de bébé. Je suis au comble de la joie d'être fiancée à Joe. Seul bémol : une hideuse photo de moi publiée dans le *Daily Mail* avec la légende suivante : « L'amour de jeunesse du Docteur des Cœurs exhibe sa nouvelle bague de fiançailles dans un coffee-shop. » En fait, j'étais tout simplement en train de boire un café.

J'ai reçu des tonnes de messages d'amies d'école. Par exemple : « On avait parié que vos fiançailles auraient lieu » ou « Pourquoi tu as attendu aussi longtemps ? » Humph nous a envoyé un mot charmant et nous a promis comme cadeau de noces une couverture tissée dans la laine d'un de ses soixante-dix moutons alpagas. Au fait, il a laissé tomber la méthode Spinken pour devenir – comme il dit – « fermier ».

Et j'ai un job. Enfin ! J'ai continué à déposer sans relâche des candidatures. Et j'ai finalement tiré le gros lot avec une agence spécialisée dans l'événementiel qui a ouvert un nouveau département. C'est le début, mais pour le moment, tout se passe bien.

Gus traverse également une période florissante. Depuis qu'il a quitté Romilly, il a beaucoup changé. Moins noyé dans son boulot, plus axé sur le monde réel. Peut-être parce que le monde réel a désormais plus d'attraits pour lui.

Notre famille ressemble à ce jeu d'adresse et de patience qui consiste à pencher dans tous les sens un plateau en plastique pour faire rouler des petites billes argentées dans les petits trous. L'opération semble impossible mais, si on se montre assez persévérant, on y arrive. Chacun des éléments finit par trouver sa place.

Dans la cuisine, papa est plongé dans une grande conversation avec Adam. Thème de l'échange ? La pâte à pain. Je me mords les lèvres pour ne pas rire. Car Adam est obsédé par la fabrication du pain. À deux reprises, il a donné à papa un bocal de levain accompagné d'instructions précises et, deux fois, l'entreprise a échoué par sa faute. D'après ce qu'on entend, il va y avoir une troisième tentative.

— Oui, la teneur en gluten ! dit mon père. Absolument. Je dois garder cette information en tête.

— Vous entendez ce son ? demande Adam en donnant un petit coup sur la miche de pain. C'est celui qui indique que le pain est bon.

Et, s'adressant à moi qui viens de passer voir Skye dans sa chambre :

— Tu l'as trouvée comment ?

— Encore plus exquise que la semaine dernière.

— Surtout à 3 heures du matin, ironise Bean en train d'installer sa fille dans son petit transat.

C'est un siège trouvé chez un brocanteur, et qu'elle a recouvert d'un joli tissu vintage, parce que c'est Bean et qu'elle ne se contente pas d'un simple transat d'occasion.

— Partantes pour un spritz ? demande Adam en reposant son pain sur une grille.

— Avec plaisir, je réponds.

— Moi aussi, dit Bean. Je sors le houmous du frigo.

Nous partons sur la terrasse avec les verres, le pain, la purée de pois chiches et Skye qui, toujours dans son transat, est déposée à l'ombre, à côté de la baignoire des oiseaux. Cet accessoire est ravissant dans le petit jardin de Bean, on le remarque plus qu'à Greenoaks.

— Hello, la famille ! dit Joe en arrivant directement par l'extérieur. J'étais sûr de vous trouver là.

Il vient m'embrasser. Quand sa main presse mon épaule, j'éprouve, comme souvent, une sensation incroyable. *Je suis avec Joe*. Pour de bon. Tout a marché. Nos retrouvailles ont failli rater. Mais elles ont eu lieu.

Quand Joe a salué tout le monde et s'est versé un cocktail, il me montre son portable.

— J'ai trouvé une maison.

— Quoi ? je dis, immédiatement en alerte car, depuis que nous cherchons, l'achat d'un chez-nous paraît impossible. Aussi improbable que la chasse au dahu. Soit elles coûtent une fortune, soit... Non, c'est le seul problème. Elles sont inabordables. Sauf si on choisit de vivre au milieu de nulle part comme Bean. Mais comme Joe doit aller à l'hôpital et que mon bureau est à Soho, nous avons circonscrit nos recherches à Londres. Même Temi s'est mordu les lèvres quand je lui ai demandé de nous trouver quelque chose. Et pourtant elle se pique d'être experte en immobilier.

— Oui, une maison, confirme Joe. Et nous pouvons nous l'offrir.

— Une maison ? Tu veux dire un appartement.

— Une maison, je te dis.

— Une maison ?

— Elle est particulière. L'agent immobilier m'a dit : « Il y a bien une maison mais elle est si laide que personne n'a même envie d'aller la visiter. »

— Laide ? je répète avec intérêt.

Grimace amusée de Joe.

— C'est ce qu'il a dit. Il l'a aussi qualifiée de « biscornue ». Tu veux la voir ?

S'affiche sur l'écran de son téléphone la maison la plus bizarroïde du monde. Quatre différentes finitions la recouvrent : briques, fausses pierres, crépi granité et bardeaux de bois. Elle est surmontée d'un pignon asymétrique, comporte un porche d'aspect branlant. Un arbre maigrichon s'appuie sur un de ses côtés. Mais cette maison me parle. Elle exsude la gentillesse. Elle semble dire : « Donne-moi une chance. Je prendrai soin de toi. »

Je fais défiler des photos d'un salon horrible, d'une salle de bains verdâtre, d'une cuisine marron en mauvais état, de trois chambres à coucher et d'un jardin. Mon cœur est gonflé d'amour.

— Bon sang, c'est moche, commente papa.

— Absolument pas, je rétorque, piquée au vif. En tout cas, sa laideur est positive. Les maisons doivent être un peu vilaines. C'est ce qui leur donne du caractère.

— Tout à fait d'accord, dit Joe en croisant mon regard.

Nous sommes sur la même longueur d'onde.

— C'est vrai, je reprends. Qui a envie de vivre dans un palais parfait ?

— Pas moi, affirme Joe.

— Effie, tu n'es pas sérieuse ! s'exclame Bean qui, comme papa, a regardé les photos par-dessus mon épaule.

— C'est pile le genre de maison que j'aime, je réplique.

— Et le crépi granité ?

— J'adore le crépi granité.

— Et les fenêtres ? Les remplacer coûte un bras.

— Justement ces fenêtres me plaisent à la folie. C'est même ce que je préfère.

— OK, les cuisses de poulet sont prêtes, annonce Adam qui déboule de la cuisine avec un plat sortant du four.

On s'assied autour de la table en bois en se passant les assiettes, les verres et les serviettes. La conversation porte sur la marinade aux herbes. Tout en souriant et en hochant la tête, je n'écoute qu'à moitié. En fait, je continue à regarder les photos de la maison. Ma tête est déjà pleine de projets. De projets pour l'avenir. Moi, Joe et une affreuse maison à chérir qui sera notre foyer.

La vie est belle.

Remerciements

Je tiens à remercier mes éditeurs, et leur grande sagesse : Frankie Gray, Kara Cesare, Whitney Frick et Clio Seraphim, ainsi que toute l'équipe de Transworld.

Un grand merci également, comme toujours, à Araminta Whitley, Marina de Pass, Nicki Kennedy, et tout le monde de chez Soho Agency et ILA.

Imprimé en France par CPI
en mai 2023

Composition et mise en pages
Nord Compo à Villeneuve-d'Ascq

#lisez! engagé
www.lisez.com
Pour plus d'information :
Imprimé sur du papier issu de forêts gérées durablement.

N° d'impression : 3052541